Julia Schöning

# Diagnose: Liebe

Julia Schöning

# Diagnose: Liebe

Erotischer Liebesroman

**édition el!es**

Internet: www.elles.de

E-Mail: info@elles.de

Umschlaggestaltung und Satz: graphik.text Antje Küchler

Coverillustrationen: © Sashkin, krabata – Fotolia.com

ISBN 978-3-941598-16-4

In dem Moment, in dem Prof. Eckhardt den Frühbesprechungsraum betrat, wusste Hannah, dass es kein gewöhnlicher Morgen werden würde. Eine junge Frau folgte ihm. Sie blieb direkt neben ihm stehen. Mit ihren Shorts und dem engen T-Shirt passte sie nicht in das alltägliche Bild, das sich Hannah sonst im Krankenhaus bot.

»Guten Morgen«, begrüßte Prof. Eckhardt seine Mitarbeiter. »Irgendwelche besonderen Vorkommnisse in der Nacht?«

Der diensthabende Arzt berichtete, was sich in den letzten Stunden ereignet hatte.

Hannah hörte ihm nicht zu. Stattdessen betrachtete sie die Frau genauer. Sie schien etwa ihr Alter zu haben. Blonde Haare umrahmten ihr Gesicht. Was machte diese Fremde hier? Vielleicht ein Praktikum? Aber normalerweise kündigte Prof. Eckhardt Studentinnen für die Semesterferien an.

In der Zwischenzeit berichteten die anderen von ihren Stationen. Hannah, die in der Notaufnahme arbeitete, hatte dazu nichts beizutragen.

Diese Frau war attraktiv. Sie hatte eine sehr sportliche Figur. Die Fremde ließ ihren Blick durch den Raum schweifen, dabei wippte sie von einem Fuß auf den anderen.

War es nur Einbildung, oder verharrte sie bei ihr länger als bei allen anderen?

»Frau Rehfeld?« Prof. Eckhardt hatte seine Augen direkt auf Hannah gerichtet.

Hannahs Wangen erröteten, als hätte er ihre Gedanken gelesen. Sie hatte keine Ahnung, ob er ihr eine Frage gestellt hatte. Ihre Aufmerksamkeit war in den letzten Minuten mit etwas anderem beschäftigt gewesen.

»Könnten Sie noch einen Moment bleiben? Ich habe etwas mit Ihnen zu besprechen.«

Die Worte ihres Chefs ließen Hannahs Finger feucht werden. Was hatte das zu bedeuten? Um sie herum verließen alle mit schnellen Schritten den Raum. Nur Prof. Eckhardt und die Fremde blieben zurück. Hannah erhob sich und ging auf ihren Chef zu.

Prof. Eckhardt lächelte sie an. »Ich habe eine kleine Bitte an Sie.«

Erleichtert atmete Hannah tief aus. Eine Bitte. Wenn es nicht mehr war. »Was kann ich für Sie tun?«

»Wahrscheinlich haben Sie unseren Besuch schon bemerkt.«

Hannah nickte. Das konnte man so sagen.

»Frau Benecke ist Journalistin und möchte eine Reportage über die Notaufnahme schreiben. Ich dachte, Sie könnte Ihnen ein wenig über die Schulter schauen.«

Frau Benecke streckte Hannah ihre Hand entgegen. »Hallo. Freut mich.«

Hannah erwiderte den Gruß, wenn auch widerwillig. Das hieß eindeutig mehr Arbeit für sie. Eine nervige Journalistin wäre ein lästiger Klotz am Bein. Darauf hatte Hannah keine Lust. Doch sie hatte keine andere Wahl. »Mich auch.«

»Gut, dann lass ich Sie beide nun allein. Viel Spaß, Frau Benecke. Und sollten Sie noch Fragen haben oder sollte es irgendwelche Probleme geben, melden Sie sich einfach bei mir.« Kaum hatte Prof. Eckhardt diese Worte ausgesprochen, war er auch schon verschwunden.

»Ich bin übrigens Hannah. Wenn das in Ordnung ist, würde ich vorschlagen, dass wir uns duzen. Das erleichtert die Arbeit.« Hannahs Versuch, ein möglichst freundliches Gesicht aufzusetzen, misslang.

»Natürlich. Ich heiße Sophie.« Sophie schenkte Hannah ein umwerfendes Lächeln, das Hannah ihren Unmut fast vergessen ließ.

Hannah räusperte sich. »In Ordnung. Dann zeige ich dir jetzt mal das Haus.«

Sophie lief vorneweg, auch wenn sie gar nicht genau wissen konnte, wohin sie laufen musste.

Hannah schüttelte den Kopf, während sie Sophie kritisch musterte. So wie sie herumlief, konnte sie hier im Krankenhaus nicht bleiben. »Moment«, rief Hannah ihr hinterher.

Verwundert blieb Sophie stehen. »Ist was?«

»In der Tat.« Hannah runzelte die Stirn. »Shorts sind nicht gerade eine geeignete Berufsbekleidung.«

Sophies Hände strichen ihre kurze Hose glatt. Daran hatte sie gar nicht gedacht, als sie sich am Morgen für dieses Outfit entschieden hatte. Es war Anfang August und brüllend heiß. Da war ihr etwas Luftiges angemessen erschienen.

»Wir gehen an der Wäscherei vorbei. Die haben bestimmt etwas Passendes für dich.« Das hieß, sie mussten auch noch einen Umweg gehen. Das konnte ja heiter werden. Ohne ein weiteres Wort führte Hannah Sophie in die Wäscheabteilung. Sie wechselte ein paar Worte mit der zuständigen Dame, die wenig später mit einem Kittel und einer Hose wiederkam.

»Probieren Sie das mal an«, forderte sie Sophie auf und zeigte ihr den Weg in die Umkleidekabine.

Es dauerte einige Minuten, bis Sophies Stimme durch die verschlossene Tür drang. »Mit dieser Hose komme ich auf keinen Fall raus. Das sieht ja schrecklich aus.«

Hannah konnte diese Reaktion verstehen. Diese Hosen mit den Gummizügen waren wirklich alles andere als schön. Aber das war unwichtig. »Wir machen hier keine Modenschau. Ich muss an die Arbeit. Also beeil dich«, forderte Hannah in scharfem Tonfall.

Grummelnd öffnete Sophie die Tür und trat hinaus.

»Geht doch.« Hannah betrachtete Sophie. Die unvorteilhafte Hose tat ihrer Attraktivität keinen Abbruch.

»Das sieht fürchterlich aus.« Sophies Blick haftete am Boden.

Erstmals hatte Hannah das Gefühl, einen Hauch von Selbstunsicherheit in Sophies Gesicht zu bemerken.

»Unsinn. Lass uns mal gehen.«

Sophie versuchte, mit Hannahs schnellen Schritten mitzuhalten, hatte aber ihre Mühe. Hannah flog beinahe durch die Gänge. »Rennst du immer so?«, keuchte Sophie.

Hannah verlangsamte ihr Tempo. »Entschuldige. Im Krankenhaus habe ich es irgendwie immer eilig.«

Sie waren an der Notaufnahme angekommen. Hannah betätigte den Türöffner und die schwere Eisentür, hinter der sich die Notaufnahme befand, schwang auf.

»Hereinspaziert.« Kaum hatten sie die Tür passiert, ertönte ein Klingeln, das ihren Besuch ankündigte.

Sophie sah sich um. Direkt hinter der Tür befand sich eine Anmeldung. Die Frau, die etwas in ihren PC tippte, grüßte die beiden, ohne hochzusehen.

»Hier können sich die Patienten melden, die von allein in die NFA kommen oder von ihrem Hausarzt geschickt werden«, erklärte Hannah. »Also alle Patienten, die noch selbst laufen können.«

»NFA?« Sophie hatte schon gehört, dass es im Krankenhaus für alles eine Abkürzung gab und sich vorgenommen, immer direkt zu fragen, wenn sie etwas nicht verstand.

»Notfallaufnahme.« Hannah verdrehte die Augen. Das war ja nun wirklich logisch.

Sophie nickte. »Ah, okay.«

»Die Tür daneben führt in den Wartebereich. In dieser Notaufnahme gibt es sowohl chirurgische, neurologische als auch internistische Patienten. Die internistischen Patienten sind die, um die ich mich kümmere.«

»Hm«, war alles, was Sophie von sich gab.

Um Sophie zu verdeutlichen, was das bedeutete, fügte Hannah noch hinzu: »Wir haben Patienten mit Lungen- oder Herzkrankheiten, mit Diabetes, mit irgendwelchen Erkrankungen im Bauchraum und noch viel mehr. Ich denke, du kannst hier viel sehen.«

»Bestimmt nicht so viel wie bei den Chirurgen«, fuhr Sophie Hannah unvermittelt an.

»Dann geh doch zu den Chirurgen. Ich habe auch ohne dich genug zu tun«, pampte Hannah zurück.

»Das wollte ich auch. Aber der dortige Chef war dagegen. Stattdessen bin ich bei euch gelandet.« Für Sophie klang das deutlich weniger spannend und aufregend.

»Schade«, zischte Hannah. Ihr Gesicht verdunkelte sich. Was bildete sich diese Journalistin denn ein?

»Guten Morgen, Hannah.« Eine zierliche Frau stand plötzlich neben ihnen.

»Das ist Laura. Sie ist hier Krankenschwester«, stellte Hannah die Frau Sophie vor.

»Angenehm. Ich bin Sophie Benecke und arbeite beim Blickpunkt. Ich mache hier eine Reportage«, übernahm Sophie ihre eigene Vorstellung.

»Sie hat noch vergessen zu erwähnen, dass sie lieber bei den Chirurgen statt bei mir wäre«, konnte Hannah sich einen erneuten Seitenhieb nicht verkneifen.

»Glauben Sie mir, mit Hannah haben Sie es deutlich besser getroffen als mit jedem der Chirurgen hier.« Laura konnte ein Kichern nicht zurückhalten. »Hannah ist wenigstens höflich und charmant.«

»Davon habe ich noch nichts gemerkt.« Sophies Augen verengten sich zu einem bedrohlich engen Spalt.

»Ich sehe, ihr habt viel Spaß miteinander. Dann will ich mal lieber nicht weiter stören.« Laura gab Hannah einen aufmunternden Klaps auf die Schulter, bevor sie im Wartezimmer verschwand.

»Wir können das hier auch bleibenlassen. Wie gesagt, ich kann mich auch ohne dich gut beschäftigen.« Hannah stemmte ihre Hände in die Hüften.

Sophie rieb über ihren Nasenrücken. »Tut mir leid. So war das nicht gemeint«, entschuldigte sie sich.

Hannah seufzte. »In Ordnung. Vielleicht sollten wir einfach erst einmal einen Kaffee trinken. Komm, ich zeig dir unseren Aufenthaltsraum.«

Sie bogen um eine Ecke und folgten dem Duft von frischem Kaffee, der sich bereits im Flur ausgebreitet hatte.

Hannah öffnete die Tür. Es war niemand dort. »Hier gibt es immer Kaffee, natürlich auch Wasser. Und wenn man Glück hat, stehen hier auch ein paar Plätzchen oder Süßigkeiten. Nimm Platz.«

Um einen großen Tisch herum standen zahlreiche Stühle. Sophie setzte sich direkt neben die Tür.

Hannah nahm zwei Tassen aus einem Schrank und schenkte Kaffee ein. »Milch oder Zucker?«

»Ein bisschen Milch, bitte.«

Kurz darauf stellte Hannah die dampfende Tasse vor Sophie ab und nahm neben ihr Platz. »Jetzt erzähl mir doch erst einmal genauer, was du vorhast. Dann weiß ich, was ich dir zeigen kann.«

Sophie nippte an ihrer Tasse und verbrannte sich prompt die Zunge. »Aua. Heiß«, fluchte sie.

»Verbrennungen behandeln wir auch, kein Problem.« Erstmals war Hannah tatsächlich nach einem ernstgemeinten Lächeln zumute.

Sophie verzog kurz das Gesicht, ehe sie fortfuhr: »Also, wie schon erwähnt, ich arbeite als Journalistin beim Blickpunkt in Essen. Vielleicht kennst du uns.«

Hannah nickte. »Ja, ich glaube schon. Das ist so ein Magazin, was einmal in der Woche erscheint, oder?«

»Ganz genau. Überregional«, ergänzte Sophie, nicht ohne Stolz in ihrer Stimme. »Schon ein recht großes Blatt. Jedenfalls arbeite ich normalerweise im Kulturressort. Aber ...« Sie machte eine kleine Pause. »Ein Kollege von mir ist längerfristig krank geworden und wir brauchten jemanden, der so lange in der Gesundheit aushilft. Rate, auf wen die Wahl gefallen ist!«

»Verstehe.« Hannahs Finger trommelten auf die Tischplatte. »Nicht nur, dass das mit den Chirurgen nicht geklappt hat, eigentlich ist das nicht einmal dein Ressort. Kein Wunder, dass du so lustlos bist.«

»Bin ich gar nicht!«, protestierte Sophie. Sie verschränkte ihre Hände ineinander. »Gut, vielleicht ein kleines bisschen«, gab sie schließlich zu.

»Und über was willst du jetzt schreiben?«, fragte Hannah weiter.

»Mehr oder weniger einfach über den Alltag in einer deutschen Notaufnahme. Nichts Bestimmtes. Wir wollen den Lesern zeigen, wie es im Krankenhaus so zugeht.«

»Dann erzähl ich dir am besten erst einmal ein bisschen von unserem normalen Ablauf hier.«

Sophie holte einen Notizblock aus ihrer Kitteltasche. »Gern.«

Ihr Kugelschreiber klickte.

»Wie du bereits gemerkt hast, ist um sieben Uhr dreißig unsere Frühbesprechung. Danach komme ich normalerweise hierher. Manchmal sind noch Patienten übrig aus der Nacht, oft ist aber erst mal nichts zu tun. Dann gehe ich einen Kaffee trinken, denn wenn die ersten Patienten kommen, ist es mit der Ruhe für die nächsten Stunden vorbei. Eigentlich kann man fast die Uhr danach stellen, so um neun geht es los.«

Sophie notierte eifrig alles, was Hannah ihr erzählte. »Und dann?«

»Tja, das kommt drauf an, was die Patienten haben und wie sie hierherkommen. Manche kommen mit dem Notarzt, dann ist es meist ernster und muss schneller gehen. Manche werden von ihrem Hausarzt eingewiesen, andere kommen von allein. Meist kommt erst jemand von der Pflege oder der Zivi und schreibt schon mal ein EKG. Dann komme ich, lege einen Zugang und nehme Blut ab.«

»Zugang?« Sophie sah Hannah fragend an. Sie unterstrich das Wort.

»Okay, mit dem Gesundheitsressort hattest du wohl vorher wirklich nichts zu tun.« Hannahs Mund verzog sich zu einer Grimasse. »Ein Zugang ist die berühmte Nadel, die man in den Arm bekommt, über die dann die Infusionen laufen. Nur dass in Wahrheit ein Plastikschlauch im Gefäß bleibt und natürlich keine Nadel mehr.«

»Ja, das kenne ich.« Sophie nickte.

Hannah erzählte noch ein bisschen mehr. »Aber du wirst das ohnehin alles in den nächsten Tagen sehen«, schloss sie ihre Erklärungen ab.

Sophie fuhr sich durch ihre blonden Haare. »Klingt alles ganz schön kompliziert.«

Hannah machte eine wegwerfende Handbewegung. »Keine Sorge. Das wird schon. Du kannst mich gern jederzeit fragen. Wie lange bleibst du überhaupt?« Hannah biss sich auf die Unterlippe. Zwar schien Sophie doch nicht so schlimm zu sein, wie sie am Anfang befürchtet hatte, doch sie hatte trotzdem keine große Lust, sie wochenlang mit sich herumzuschleppen.

»Nur drei Tage. Ich hoffe, die Zeit reicht aus.« Sophie nahm einen Schluck aus ihrer Kaffeetasse. Mittlerweile war der Kaffee kalt.

»Wo kommst du eigentlich her? Du hast einen norddeutschen Akzent, oder?« Schon als sie das erste Mal mit Sophie gesprochen hatte, hatte sie bemerkt, dass Sophie auf keinen Fall im Ruhrgebiet aufgewachsen war.

»Stimmt. Ich komme aus Hamburg.«

In diesem Moment klingelte Hannahs Telefon. Sie wechselte ein paar Worte. »So, ich fürchte, den Rest unseres Gesprächs müssen wir vertagen. Da ist eben eine Patientin für uns gekommen.

Hannah verließ den Aufenthaltsraum und Sophie folgte ihr. Ihr Herz klopfte schneller. Nun ging es also los. Trotz Hannahs Ausführungen hatte sie keine Ahnung, was sie in der Realität erwarten würde.

»Ich habe hier eine neunundfünfzigjährige Frau mit Dyspnoe für dich.« Laura, die fast einen Kopf kleiner war als Hannah, überreichte ihr einen Stapel Papier. »Lars schreibt gerade das EKG. Labor habe ich dir so weit gestellt. D-Dimere habe ich auch angekreuzt. Die Sättigung beträgt zweiundneunzig Prozent. Soll ich ihr schon Sauerstoff geben und eine BGA machen?«

Sophie verstand nur Bahnhof. Sie notierte sich alles, was sie später nachfragen wollte.

»Ja, mach das bitte. Erst mal zwei Liter.« Hannah ließ ihren Blick über die erste Seite schweifen. Offensichtlich war die Patientin von zu Hause gekommen. »Danke, Laura.« Sie drehte sich zu Sophie um. »Komm mit, dann erklär ich dir alles.«

Die beiden gingen in den Untersuchungsraum. Hinter einem Vorhang sprach ein junger Mann mit einer Frau. »Das ist Lars, unser Zivi. Er leitet gerade ein EKG bei unserer Patientin ab. Daran könnten wir beispielsweise sehen, ob ein Herzinfarkt oder Herzrhythmusstörungen für die Luftnot verantwortlich sind.« Hannah flüsterte, damit die Patientin die beunruhigenden Worte nicht hörte. »Wenn er fertig ist, gehen wir zu ihr und unterhalten uns mit ihr. Und dann nehme ich ihr das Blut ab. Auch hier können wir Parameter bestimmen, die auf einen Herzinfarkt hinweisen können, und noch einen anderen Wert, der vielleicht für eine Lungenembolie sprechen würde.«

Sophie machte große Augen. Das war ganz schön viel, was Hannah ihr da alles erklärte. Das würde sie sich niemals merken können.

Lars kam aus der Kabine und überreichte Hannah ein Stück Papier mit für Sophie wirr aussehenden Zacken.

»Alles bestens«, befundete Hannah nach wenigen Sekunden mit einem geübten Blick das EKG. »Ich werde Frau Sicking fragen, ob es in Ordnung ist, wenn du mitkommst. Warte bitte so lange hier.« Hannah verschwand hinter dem Vorhang. Sie erklärte der Patientin kurz, wer Sophie war und was sie hier machte. Die Patientin gab ohne Zögern ihre Zustimmung.

»Sophie, du kannst kommen.«

Um Selbstsicherheit bemüht, trat Sophie in die Kabine. »Hallo. Benecke«, begrüßte sie die Patientin.

»Frau Sicking, dann erzählen Sie uns doch mal, was Sie ins Krankenhaus geführt hat.«

Die Patientin berichtete in allen Einzelheiten, was vorgefallen war. Immer wieder unterbrach Hannah ihre Ausführungen und stellte Nachfragen. Nebenbei nahm sie der Patientin noch Blut ab und legte den Zugang.

»In Ordnung. Dann ziehen Sie sich bitte aus, damit ich Sie untersuchen kann.« Hannah holte ihr Stethoskop aus ihrer Kitteltasche und hörte damit Herz und Lunge ab. Sie sah der Patientin in den Mund, tastete ihren Bauch ab. Klopfte hier und da, drückte hier und dort.

Sophie beobachtete jeden Handgriff ganz genau. Es sah sehr professionell aus, was Hannah machte. Sie hätte sich bei ihr in guten Händen gefühlt. Hannah strahlte sehr viel Kompetenz aus. Sophie hätte ihr als Patientin bedingungslos vertraut.

»Jetzt nimmt Ihnen die Schwester noch einen Tropfen Blut aus dem Ohr ab. Daran können wir sehen, wie viel Sauerstoff und Kohlenstoffdioxid in Ihrem Blut sind.«

Wie gerufen stand Laura plötzlich im Raum.

»Und wir gehen das jetzt mal alles aufschreiben«, sagte Hannah und verschwand wieder durch den Vorhang.

Kurze Zeit später war Sophie mehr als nur erstaunt, dass Hannah sich das alles hatte merken können, was die Patientin ihr erzählt hatte. Das war nicht wenig gewesen.

Als hätte Hannah Sophies Gedanken erraten, meinte sie: »Ich muss nur das Wichtigste herausfiltern und aufschreiben. Die meisten Patienten erzählen einem viel zu viel und völlig Unwichtiges. Es ist schon eine kleine Kunst, sie in die richtige Richtung zu lenken. Meist hat man nach wenigen Worten, manchmal auch schon vorher eine bestimmte Verdachtsdiagnose, und die kann ich durch eine gezielte Anamnese überprüfen oder verwerfen. Die Untersuchung gibt dann oft einen weiteren entscheidenden Hinweis.«

Sophie nickte. Wenn Hannah das sagte, würde es schon stimmen.

»Hannah?« Laura rief durch die gesamte Notaufnahme.

»Hier!«, meldete sich Hannah, und kurz darauf stand Laura vor ihr.

»Gleich kommt der Notarzt mit einem Patienten für dich. Brustschmerzen. Mehr weiß ich noch nicht.« Kaum hatte sie zu Ende gesprochen, kündigte das Klingeln schon den Besuch an.

Gemeinsam mit zwei Rettungsassistentinnen schob der Notarzt einen Mann auf einer Trage in die Notaufnahme. Laura und Hannah empfingen ihn.

»Was habt ihr uns denn hier gebracht?«, begrüßte Hannah den Notarzt, mit dem sie schon oft zusammengearbeitet hatte.

»Hallo Hannah, das hier ist Herr Willecke. Dreiundsechzig Jahre. Ausstrahlende Brustschmerzen seit einer Stunde. Bekannte Angina pectoris. Sonst keine Vorerkrankungen. Unser EKG war unauffällig. Er hat trotzdem das gesamte Herzinfarktprogramm bekommen. Zwei Hub Nitro. Darunter keine wesentliche Besserung. Fünftausend Einheiten Heparin. Fünfhundert Aspisol. Betablocker, Morphium und Sauerstoff. Die Dosierungen habe ich aufgeschrieben. Der Druck war in Ordnung.«

Hannah nahm das Protokoll vom Notarzt entgegen. »Alles klar. Danke.«

»Wo sollen wir hin?« Die kleinere der beiden Rettungsassistentinnen sah Laura fragend an.

Sie musste neu sein. Hannah hatte sie vorher noch nie gesehen.

»Kabine eins ist frei«, sagte Laura und half kurz darauf der Rettungsassistentin, den Patienten auf der Trage in den Raum zu schieben und dann umzulagern. Auch Laura war die Neue sofort aufgefallen. Mit ihren kurzen braunen Haaren und ihrer kräftigen Figur wirkte sie ein wenig burschikos.

Sophie beobachtete das Geschehen lieber aus sicherer Entfernung. Nicht, dass irgendjemand sie für eine Verantwortliche hielt, nur weil sie einen weißen Kittel trug.

»Willst du nicht mitkommen?« Ein sanfter Stoß gegen den Rücken riss Sophie aus ihren Gedanken. Es war Hannah gewesen, die für einen kurzen Augenblick mit ihrer Hand ihren Rükken berührt hatte.

»Ähm, doch ...«, stotterte Sophie. Was war denn plötzlich los mit ihr? Ihre Wangen röteten sich.

Hannah lächelte Sophie zu. Irgendwie war sie schon süß, vor allem, wenn sie unsicher wirkte.

Im Prinzip passierte mit dem Patienten das Gleiche wie zuvor mit der anderen Patientin. Hannah befragte und untersuchte ihn. Sie studierte das EKG und nahm Blut ab. Es ging nur alles etwas schneller. Sophie konnte den Abläufen lediglich bedingt folgen, und Hannah hatte keine Zeit, ihr alles detailliert zu erklären.

»Der Patient geht gleich ins Katheterlabor und dann gucken sich unsere Kardiologen die Herzkranzgefäße an«, verkündete Hannah schließlich an Sophie gewandt. »Im Labor haben sich deutliche Hinweise auf einen Herzinfarkt gezeigt, auch wenn das EKG noch normal war.« Sie strich ihren Kittel glatt. »Und das Labor und die Blutgasanalyse von Frau Sicking sind auch da. Sie bekommt gleich eine Computertomographie der Lunge. Ich glaube nämlich, sie hat eine kleine Lungenembolie. Zumindest sprechen alle bisherigen Ergebnisse dafür. Das müssen wir überprüfen.« Hannah unterschrieb einen Röntgenschein für Frau Sicking. »Kannst du noch folgen?«

Sophie zuckte mit den Schultern. »Wenn ich ehrlich bin, nicht so richtig.«

Das hatte Hannah erwartet, und es tat ihr fast ein wenig leid, aber in all dem Trubel konnte sie Sophie nicht mehr erzählen. Das musste warten, bis wieder etwas Ruhe herrschte.

»Ich habe noch etwas für dich.« Laura hielt Hannah erneut einen Zettel unter die Nase. »Eingewiesen vom Hausarzt. Neu aufgetretenes Vorhofflimmern.«

Hannah seufzte. »Heute nimmt es wohl gar kein Ende.« Sie nahm das Blatt entgegen. »Frau Sicking geht jetzt ins CT. Den Röntgenschein habe ich ausgefüllt, und die Radiologen wissen Bescheid. Ich habe bereits Nathalie gebeten, sie ins CT zu bringen.«

»Wie immer perfekt organisiert.« Laura zwinkerte Hannah zu. »Ich bin es nicht anders gewohnt.« Ihre warmen braunen Augen strahlten Hannah fröhlich entgegen.

»Du hast mich eben gut erzogen.«

»Was hältst du von Mittagessen?« Hannah hielt sich den Bauch. Es war den gesamten Vormittag so geschäftig weitergegangen. Die Lungenembolie bei Frau Sicking hatte sich im CT bestätigt. Sie hatten noch den Patienten mit dem Vorhofflimmern aufgenommen, bei einer Patientin einen Diabetes mellitus festgestellt, einen Patienten mit unklarem Fieber gesehen und schließlich eine junge Dame, die hyperventiliert hatte, wieder nach Hause geschickt. »Ich verhungere gleich, und diese Ruhe vor dem Sturm müssen wir nutzen.«

Sophie hatte gar nicht bemerkt, wie schnell die Zeit vergangen war. »Sehr gern«, stimmte sie dem Vorschlag zu. Sie hatte bereits viel gesehen und einen guten Eindruck davon bekommen, wie es in der Notaufnahme zuging. Die Abläufe waren sehr standardisiert. Es wiederholte sich alles. Und ganz so langweilig, wie sie es sich vorgestellt hatte, war es doch nicht gewesen. Es waren zwar keine blutüberströmten Unfallopfer mit Knochenbrüchen gekommen, aber spannend war es trotzdem.

Laura tippte Hannah auf die Schulter. »Hast du einen kleinen Moment Zeit?«

»Eigentlich wollten wir gerade essen gehen.«

»Es geht auch schnell, ich brauche deinen fachmännischen Rat.«

Dem Funkeln in Lauras Augen konnte Hannah entnehmen, dass es nicht um die Medizin ging. Hannah lächelte. »Also gut.

Was kann ich für dich tun?«

Laura beugte sich dicht zu Hannah. Eine Strähne ihrer langen braunen Haare, die sich aus ihrer Hochsteckfrisur gelöst hatte, kitzelte Hannahs Wange. »Hast du diese süße Rettungsassistentin vorhin bemerkt? Die sah wirklich umwerfend aus. Fandest du nicht auch?«, flüsterte sie Hannah ins Ohr.

Hannah konnte sich ein Grinsen nicht verkneifen. »Mein Typ ist sie jetzt nicht. Aber schlecht sah sie wirklich nicht aus.«

»Vielleicht sollte ich versuchen, sie näher kennenzulernen. Meine letzte Beziehung ...« Laura seufzte.

Hannah klopfte ihr auf die Schulter. »Du hast recht. Die ist schon viel zu lange her. Das ist eine gute Idee. Und halt mich auf dem Laufenden.«

Sophie konnte nur ein paar Fetzen verstehen. Doch sie war sich sicher, dass es dabei um eine Frau ging.

»Entschuldige die Verzögerung. Es kann losgehen«, wandte sich Hannah schließlich wieder an Sophie.

Sophie folgte Hannah. Sie mussten die Treppe aus dem Keller nehmen, um zur Mitarbeiterkantine zu gelangen.

»Das duftet ja mal wieder herrlich«, kommentierte Hannah die herannahende Duftwolke aus altem Fett. Sie verdrehte die Augen. »Es gibt Pommes.«

Hannah zeigte Sophie, wo sie die Speisekarte fand, wo Tabletts und Geschirr standen und wo es das Essen gab.

Mit zwei randvoll gefüllten Tellern suchten sie sich einen Tisch und fanden schließlich sogar noch einen freien Platz auf dem Balkon. So konnten sie sogar die Sonnenstrahlen genießen. Hannah zog ihren Kittel aus, bevor sie sich setzte. Was für ein herrlicher Tag.

Sophie folgte ihrem Beispiel und entledigte sich ebenfalls ihres Kittels.

Unwillkürlich glitt Hannahs Blick an Sophies hautengem blauen Top entlang, das ihre Vorzüge mehr als deutlich zur Geltung brachte. Hannah räusperte sich. So genau sollte sie sich Sophie besser nicht ansehen. Sie senkte ihren Kopf, um sich stattdessen ihrem Essen zu widmen. »Sie könnten ruhig an der Menge sparen und dafür die Qualität verbessern.« Hannah stocherte in ihren Nudeln mit Tomatensoße herum. »Das schmeckt immer alles gleich. Und vor allem salzig.«

Sophie nahm eine Kostprobe. Sie hatte sich ebenfalls für die Nudeln entschieden. »Na ja, wenn ich koche, ist es schlimmer.« Sie grinste und entlockte Hannah so ebenfalls ein Grinsen. Mit ihren zu einem Pferdeschwanz gebundenen schwarzen Haaren sah Hannah ein wenig streng aus. Ein Lächeln stand ihr deutlich besser und ließ sie weniger verbissen wirken. »Du und Laura, ihr kennt euch aber gut, oder?« Sophie hatte sich den ganzen Weg zur Kantine gefragt, ob die beiden wohl befreundet waren, so vertraut, wie sie miteinander umgingen. Nun konnte sie ihre Neugierde nicht länger im Zaum halten. Außerdem interessierte sie brennend, worüber sie getuschelt hatten. Das war wohl ihr journalistisches Gen.

»Das kann man so sagen.« Wie gut sie sich wirklich kannten, das wollte Hannah Sophie nicht verraten. »Wir sind gute Freundinnen.« Hannahs Finger fuhren über ihr Schlüsselbein.

*Den leicht geröteten Wangen und deiner Verlegenheit nach, ward ihr aber nicht immer nur Freundinnen*, dachte Sophie, sprach es aber nicht aus. Sie schob sich eine weitere Gabel Nudeln in den Mund. Dabei suchte sich ein kleiner Soßenspritzer seinen Platz auf Sophies Nase.

»Du hast da etwas«, machte Hannah Sophie darauf aufmerksam, indem sie auf ihre eigene Nasenspitze tippte.

Sophie wischte den Fleck weg. Hannah fand, dass sie im Gegensatz zu sich selbst eine schöne, kleine Nase hatte.

»Besser?«

Hannah nickte. »Und jetzt erzähl mir noch einmal, wo du herkommst und was dich ins Ruhrgebiet verschlagen hat. Hoffentlich werden wir dieses Mal nicht unterbrochen.«

»Wie gesagt, ich bin in Hamburg geboren und auch dort aufgewachsen. Ich habe sogar in Hamburg studiert. Aber irgendwann fehlte mir dort die Perspektive. Da kam ein unwiderstehliches Angebot vom ‚Blickpunkt', das ich nicht ablehnen konnte. Dass ich dafür nach Essen ziehen musste, habe ich gern in Kauf genommen. Das war vor zwei Jahren. Und du?«

Erst jetzt fielen Hannah Sophies strahlend grüne Augen auf. Für einen Moment vergaß sie zu antworten. Sie liebte Grün.

»Bist du hier geboren?«, hakte Sophie noch einmal nach, als

Hannah keine Anstalten machte, etwas zu sagen.

»Nein.« Hannah schüttelte den Kopf. Nicht, um ihrer Antwort Nachdruck zu verleihen, sondern um die Gedanken an diese wunderschönen Augen zu vertreiben. Sie holte einmal tief Luft. »Ich bin in Duisburg geboren und aufgewachsen. Zum Studium bin ich dann nach Bochum gegangen und irgendwie hier hängen geblieben. Es gibt hier so viel zu entdecken.«

Sophie runzelte die Stirn. »Das ist mir bis jetzt nicht wirklich aufgefallen. Ich finde es hier eher eintönig.«

»Dann hast du dir noch nicht das Richtige angesehen.« Die Sonnenstrahlen brannten auf Hannahs Haut. Es war beinahe unerträglich heiß. Die wenigen Bäume, die um das Krankenhaus herumgepflanzt waren, spendeten kaum Schatten.

»Daran könnte es liegen. Um ehrlich zu sein, ich habe mir bisher fast nichts angesehen.«

»Zwei Jahre Ruhrgebiet, und du hast dir nichts angesehen?« Hannah konnte das kaum glauben.

Sophie zuckte mit den Schultern. »Irgendwie nicht. Entweder war ich arbeiten oder in Hamburg. Oder ...« Sie stockte. »Ach ...« Sie machte eine wegwerfende Handbewegung. »Ist auch egal.«

Mittlerweile waren sie satt, auch wenn die Teller so aussahen, als hätten die beiden sie kaum angerührt. Ein Blick auf die Armbanduhr verriet Hannah, dass es an der Zeit war, zurück in die Notaufnahme zu gehen. »Ich glaube, wir müssen weiterarbeiten.«

»Ist es in Ordnung für dich, wenn ich schon in die Redaktion fahre? Ich habe dort noch einiges zu erledigen.« Sophie kratzte den letzten Löffel Schokoladenpudding aus ihrem Schälchen.

»Selbstverständlich. Ich kenne den Alltag in der Notaufnahme schon.« Sie schenkte Sophie ihr schönstes Lächeln. Wenn sie ehrlich war, war sie sogar ein bisschen traurig, den Rest des Tages allein verbringen zu müssen. Auch wenn sie sich das heute Morgen kaum hätte vorstellen können. Sophie war wirklich nett. Mehr als nur nett ...

»Wo kann ich mich denn umziehen?«

Hannah zeigte Sophie auf dem Weg zurück die Personalumkleide der Notaufnahme und schloss ihr auf. »Wenn du fertig bist, zieh die Tür einfach zu. Wir können uns morgen um zwanzig nach sieben hier treffen. Dann sind wir pünktlich bei der Frühbesprechung.«

Außer Atem kam Sophie an der Umkleide an. Heute war bereits ihr dritter und letzter Tag. Auch gestern hatte es ihr viel Spaß gemacht. Hannah hatte ihr alles Mögliche gezeigt und erklärt, obwohl wieder viel los gewesen war. Sie hatte sich zwischendurch immer Zeit für Sophie genommen. Es war schon ein bisschen schade, dass die Stunden so schnell vergangen waren.

Sophie klopfte an die Tür. Sie war einige Minuten zu spät und hoffte, dass Hannah noch dort war und nicht bereits im Frühbesprechungsraum.

Die Tür öffnete sich. »Guten Morgen.« Hannah strahlte ihr entgegen. Sie war bereits vollständig umgezogen.

»Entschuldige. Es war so viel los unterwegs.« Sophie drängte sich an Hannah vorbei in die Umkleide.

Erst jetzt bemerkte Hannah den Fahrradhelm, der an Sophies Arm hing. »Bist du von Essen mit dem Rad nach Bochum gekommen?« Ungläubig starrte sie Sophie an. Das waren gut und gern zwanzig Kilometer. Diese Distanz hätte Hannah niemals auf zwei Rädern zurückgelegt, und erst recht nicht am frühen Morgen.

»Natürlich. Ich fahre fast überall mit meinem Fahrrad hin. Was gibt es Schöneres, als sich morgens zu bewegen? Und bei diesem Sommerwetter. Das muss man nutzen!« Sophie knöpfte ihre Jeans auf und ließ sie zu Boden gleiten, als wäre es das Normalste der Welt.

Hannahs Blick fiel unvermittelt auf Sophies schöne Beine und die makellose Haut. Sie musste schlucken. Alle guten Vorsätze, sich sofort umzudrehen und keinen fremden Frauen beim Umziehen zuzusehen, versandeten. Hannah konnte ihre Augen nicht von Sophie lösen. Sophies Oberschenkel waren sehr trainiert. Es stand ihr ausgezeichnet. Auch ihre Waden wirkten muskulös. Nicht übertrieben, sondern genau richtig. Das kam bestimmt vom Radfahren, folgerte Hannah.

Viel zu schnell streifte Sophie ihre Arbeitshose über. Dann schloss sie den Kittel. »Fertig. Wir können los.« Ihre Blicke trafen sich.

Hannah versuchte, tief durchzuatmen und so ihr klopfendes Herz zu beruhigen. Dass Sophie sie aber auch so aus der Ruhe bringen musste!

Nach der Frühbesprechung setzten sie sich wie bereits an den letzten Tagen in den Aufenthaltsraum, um gemeinsam einen Kaffee zu trinken.

»Mit Milch.« Hannah reichte Sophie eine Tasse.

Ein kleines Lächeln umspielte Sophies Lippen. Hannah hatte sich gemerkt, wie sie ihren Kaffee trank.

»Und hast du alles erfahren, was du wissen musst?« Hannah strich sich eine schwarze Haarsträhne aus der Stirn.

»Ich denke schon. Zur Not komme ich morgen noch einmal wieder.«

»Da musst du dich dann aber wem anders anschließen. Ich habe heute Dienst.« Hannah zog eine Grimasse.

»Dienst? Hast du nicht jeden Tag Dienst?« Offensichtlich waren drei Tage noch nicht genug gewesen, um alles im Krankenhaus zu verstehen.

Hannah nickte. »Natürlich. Aber mit ‚Dienst' meinen wir hier einen Vierundzwanzig-Stunden-Dienst. Also, ich muss die ganze Nacht hier bleiben, bis morgen früh. Irgendwer muss sich ja nachts um die Kranken kümmern. Und heute hat es mich getroffen.« Hannah seufzte. »Dafür habe ich danach frei. Deswegen bin ich morgen nicht hier.«

Sophie nahm einen Schluck aus ihrer Tasse. »Die ganze Nacht? Und was ist mit Schlafen?«

»Wenn ich Glück habe, kann ich mich zwischendurch hinlegen. Je nachdem, was so los ist.« Hannah deutete auf ihr Telefon, das sie vor sich auf den Tisch gelegt hatte. »Wenn es still bleibt, kann ich schlafen.«

»Bleibt bei so viel Arbeit eigentlich noch Zeit für Hobbys?« Sophie hob fragend eine Augenbraue.

»Na ja. Mit festen Terminen ist es schwierig. Aber ich gehe tanzen. In der Tanzschule. Glücklicherweise ist mein Tanzpartner recht flexibel, und so beschließen wir meistens spontan, wann wir zum Unterricht gehen.«

»Dein Tanzpartner?« Sophies Herz klopfte etwas schneller. Bisher hatte Hannah noch nie einen Mann erwähnt. Allerdings auch keine Freundin. Aber konnte ihr das nicht eigentlich vollkommen egal sein? Sie war schließlich nicht auf der Suche.

»Er heißt Jan. Wir sind seit der Schulzeit gute Freunde, und seitdem tanzen wir auch zusammen. Auf der Tanzfläche harmonieren wir perfekt. Im wirklichen Leben sind wir beide zu temperamentvoll, da gibt's immer wieder Zoff zwischen uns.« Hannah zwinkerte Sophie vielsagend zu.

Aber Sophie wusste nicht, wie sie das deuten sollte. »Ich kann mir kaum vorstellen, dass du auf der Tanzfläche die Kontrolle abgeben kannst.« Zwar kannten sich die beiden kaum, aber Sophie hatte bisher den Eindruck gehabt, dass Hannah besonders in der Notaufnahme die unbedingte Kontrolle brauchte. Alles musste so laufen, wie sie sich das vorstellte. Sonst konnte sie sehr ungehalten werden.

Hannah lachte. »Man glaubt es kaum, ich weiß.«

Sophie zupfte an ihrem Ohrläppchen. »Entschuldige, wenn ich dir zu nahe getreten bin.« Manchmal war sie aber auch zu direkt und konnte ihren Mund nicht halten.

»Nein. Keine Sorge. Du hast ja recht.« Hannah band ihren Pferdeschwanz neu. »Ansonsten lese ich gern oder koche. Und was treibst du so, wenn du nicht arbeiten musst?«

»Sport. Ich fahre Rennrad oder gehe joggen.«

*Das sieht man*, dachte Hannah. Den Anblick von Sophies muskulösen Armen und Beinen hatte sie bereits genießen dürfen.

»Und wenn es sich ergibt, gehe ich ins Stadion zum Fußball«, fuhr Sophie fort.

Hannah verdrehte die Augen. »Fußball? Ich kann mir kaum etwas Langweiligeres vorstellen.«

»Langweilig? Warst du überhaupt schon mal im Stadion?«, protestierte Sophie.

Hannah verschränkte ihre Finger ineinander. »Nein, war ich nicht«, gab sie zu.

»Und das in einer Fußballmetropole wie dem Ruhrgebiet!« Sophie schüttelte den Kopf. »Das kann ich kaum glauben.«

Wieder war es das Klingeln des Telefons, das die Unterhaltung unterbrach.

»Wir haben Kundschaft. Ein Patient mit Verdacht auf eine Pneumonie«, erklärte Hannah, nachdem sie aufgelegt hatte.

»Pneumo... was?« Dass diese Ärzte aber auch ständig mit den merkwürdigsten Begriffen um sich werfen mussten, als wäre es das Normalste der Welt.

»Eine Lungenentzündung. Entschuldige. Du gehörst mittlerweile so sehr hierhin, dass ich manchmal vergesse, dass du von Medizin gar keine Ahnung hast.« Hannah zuckte mit den Schultern. »Dann wollen wir mal.«

Sie betraten die Kabine. Hannah stellte sich vor und begrüßte den fast sechzigjährigen Mann. »Herr Dietz, was führt Sie denn zu uns?«

»Ja, wenn ich dat mal wüsste! Irgendwie war ich so'n bisschen tüddelich heute. Und dann musste ich die ganze Zeit husten. Und da hatte meine Frau auch schon nach'em Arzt gerufen. Der hat gesacht, ich muss inne Notaufnahme – und jetzt bin ich hier.«

Sophie konnte ein Schmunzeln nicht unterdrücken. Das war ein absolutes Ruhrpott-Original, das vor ihnen saß.

»Dann wollen wir mal gucken«, erwiderte Hannah augenzwinkernd. Sie hatte Sophies Grinsen bemerkt.

»Ja, wenn Se dat sagen. Wissen Se, ich war die Tage mit meinen Enkeln im Schwimmbad. Ich glaub, da hab ich mir wat wechjeholt.«

Sophie biss auf ihre Unterlippe, um nicht loszuprusten. Sie hatte mittlerweile zwar schon viele Leute im Ruhrgebiet kennengelernt, aber manchmal amüsierte es sie dennoch, wenn jemand wie dieser Patient seinem Dialekt so freien Lauf ließ. Aber Hannah stand ihm in Nichts nach. Man merkte, dass sie hier aufgewachsen war. Während Sophie zwischendurch gar nicht verstand, was Herr Dietz ihnen mitteilen wollte, schien Hannah keinerlei Verständigungsprobleme zu haben.

»Möchtest du nicht langsam mal nach Hause gehen? Es ist schon nach fünf.« Hannah sah Sophie fragend an.

»Irgendwie kann ich mich nicht von der Notaufnahme trennen«, gestand Sophie. Auch wenn es nicht die ganze Wahrheit war. *Ich kann mich nicht von dir trennen*, dachte sie. Was war nur los mit ihr? Ohne Frage, Hannah war eine tolle Frau. Attraktiv, gebildet, charmant. Aber ... Sophie drehte an ihrem Ring. Für den Bruchteil einer Sekunde blitzte Alinas Gesicht vor ihren Augen auf. Sophie schluckte.

»Meinetwegen kannst du die ganze Nacht bei mir bleiben und mir Gesellschaft leisten. Ich werde sowieso nicht viel zum Schlafen kommen«, unterbrach Hannah Sophies Überlegungen. *Mit so einer wundervollen Frau verbringe ich gern die Nacht*, ergänzte Hannah in Gedanken.

»Ich weiß nicht«, zögerte Sophie. Es wäre vernünftiger, einfach nach Hause zu gehen, den Artikel zu schreiben und Hannah ein für alle Mal zu vergessen. Es war doch zum Scheitern verurteilt. Außerdem war sie doch glücklich, so, wie es war.

»Du musst nicht. Es war nur ein Angebot.« Hannah lächelte sie an, während sie ihre Unterschrift unter einen Laborschein setzte und die bereits abgenommenen Blutproben dazulegte.

»Doch, ich würde gern bleiben«, beschloss Sophie. Warum sollte sie nicht? Was war schon dabei? Nur ein Abend unter Freundinnen. Mehr nicht. Kein Grund für ein schlechtes Gewissen. Und das konnte für ihre Recherche sicherlich interessant sein. »Ich muss nur noch einen Anruf erledigen.«

»Ich freue mich«, erklärte Hannah. Sie meinte es ernst. Mittlerweile konnte sie sich kaum mehr vorstellen, dass sie Sophie vor drei Tagen am liebsten noch verflucht hätte. »Aber jetzt müssen wir weitermachen. Es warten noch zwei Patienten auf uns.«

Sophie verschwand für einen Moment vor der Tür, um zu telefonieren.

Unterdessen widmete sich Hannah bereits einem älteren Mann.

»Guten Tag. Ich bin Frau Dr. Rehfeld, Ihre Ärztin. Was führt Sie denn zu uns?« Hannah schob sich einen Hocker zurecht und nahm Platz.

Der Mann erzählte von Unwohlsein und Bauchschmerzen.

Dann stieß Sophie wieder dazu.

»Darf ich Ihnen Frau Benecke vorstellen? Sie ist Journalistin und begleitet mich ein paar Tage.«

Der Mann versuchte, Sophie freundlich zuzunicken, aber auf seinem Gesicht zeichnete sich der Schmerz deutlich ab.

»Und was fällt dir an diesem Patienten auf?« Hannah suchte Sophies Blick.

Sophies Herz schlug schneller. Diesen schönen blauen Augen hatte sie eindeutig noch nicht genug Aufmerksamkeit geschenkt. Doch jetzt war nicht die richtige Gelegenheit. »Ähm ...«, stottere sie. Sie spürte die Hitze in ihr aufsteigen, als wäre sie in einer Prüfung. So ein Unsinn. Sie sah sich den Patienten genauer an, aber ihr fiel nichts auf.

»Wie würdest du denn die Hautfarbe beschreiben?«, fragte Hannah weiter nach. Für sie war es eine reine Blickdiagnose. Wenn man das einmal gesehen hatte, vergaß man das nie wieder.

Erst jetzt bemerkte Sophie, dass der Patient ziemlich gelb wirkte. »Irgendwie sieht er gelb aus.« Sie zupfte an ihrem Ohrläppchen.

Hannah klatschte einmal kurz in die Hände. »Ganz genau. Er hat einen Ikterus, also eine Gelbfärbung der Haut. Zusammen mit den Beschwerden, die er schildert, würde ich auf einen Stein im Gallengang tippen. Choledocholithiasis auf schlau.« Sie verließ kurz die Kabine und schob wenig später ein Ultraschallgerät hinein. Dann schaltete sie das Gerät ein und gab etwas von dem Ultraschallgel auf den Schallkopf. »Steine im Gang kann man normalerweise mit dem Ultraschall nicht sehen, dafür braucht man eine spezielle Untersuchung. Aber wir können vielleicht Steine in der Gallenblase sehen, oder wir können sehen, dass der Gallengang erweitert ist«, fuhr sie fachmännisch fort. »Es wird gleich mal kalt«, warnte sie den Patienten vor, bevor sie auch eine Portion des Gels auf dem Patienten verteilte.

Sophie musste schmunzeln. In ihrem Eifer vergaß Hannah wohl manchmal, dass sie nur etwas über den Alltag in der Notaufnahme erfahren wollte und nicht Medizin studierte. Aber es war niedlich, dass sie sich so bemühte.

Während Hannah mit zusammengekniffenen Augen auf den Monitor starrte und versuchte, in den schwarzweißen Bildern etwas zu erkennen, studierte Sophie sie genauer.

Hannah war ein ganzes Stückchen größer als sie. Die hohen Wangenknochen verliehen ihrem schmalen Gesicht ein markantes Profil. Auch wenn sie noch nicht über ihr Alter gesprochen hatten, so schätzte Sophie doch, dass sie in etwa gleich alt waren. Älter als dreißig war Hannah auf keinen Fall. Sie hatte eine sehr gute Figur. Ihre Rundungen waren nicht allzu üppig, dafür war ihre Haltung einzigartig. Das kam sicherlich vom Tanzen. Sie wirkte sehr graziös und elegant. Sophie musste sich immer wieder ermahnen, ihren Rücken gerade zu halten, bei Hannah sah das hingegen ganz mühelos aus. Wenn Hannah so vertieft in ihre Arbeit war, wirkte sie noch schöner.

»Siehst du hier die Steine?« Hannah riss Sophie aus ihren Gedanken. Mit ihrem Finger zeigte sie auf den Bildschirm.

Sophie konnte nicht wirklich etwas erkennen. »Na ja ...«

»Dieses Helle hier, das sind Steine in der Gallenblase, und dahinter ist es dunkel, weil der Schall durch die Steine nicht durchdringt. Das ist also quasi der Schatten.«

Sophie nickte, auch wenn sie nicht ganz genau verstand, was Hannah ihr erklärte.

Hannah schaltete das Gerät wieder aus und teilte dem Patienten den Befund mit.

Nachdem sie mit diesem und auch dem nächsten Patienten fertig waren, hielt Hannah es für eine gute Idee, über das Abendessen nachzudenken. »Meistens bestelle ich mir eine Pizza oder so was, wenn ich Dienst habe. Wenn du Lust hast, könnten wir das heute auch so machen. Was meinst du?« Hannah und Sophie waren auf dem Weg in den Aufenthaltsraum.

»Pizza klingt immer gut.«

Aber sie kamen nicht dazu, weiter darüber zu reden, denn Hannahs Telefon klingelte erneut. »Verfluchtes Teil. Es klingelt immer im falschen Augenblick. Hier hat man auch niemals seine Ruhe.« Sie mussten zurück in die Notaufnahme, der nächste Patient wartete bereits.

So ging es eine ganze Weile weiter. Hannah blieb zwischendurch kaum Zeit, Luft zu holen.

Sophie hatte mittlerweile die Abläufe verstanden und konnte meistens bereits Hannahs nächste Schritte vorhersagen. Statt sich auf die Patienten zu konzentrieren, verlor sie sich immer wieder in dem dunklen Blau von Hannahs Augen. Sophie wusste selbst nicht, was mit ihr los war. Es war keine gute Zeit, sich zu verlieben. Besser gesagt, sie durfte sich nicht verlieben. Sophie biss auf ihre Unterlippe. Nein, es gab überhaupt keinen Grund dazu. Sie war schließlich glücklich.

»Ich glaube, jetzt können wir uns endlich etwas bestellen. Ich verhungere schon.« Hannah holte Sophie in die Realität zurück.

Auch Sophie bemerkte ein Knurren in ihrer Magengegend.

»Außerdem müssen wir uns beeilen. Um halb elf macht die Pizzeria zu. Ich hoffe, du brauchst nicht allzu lange, um dich zu entscheiden.« Hannah zwinkerte Sophie zu.

»Keine Sorge. Ich bin sehr entscheidungsfreudig. Und ich esse sowieso am liebsten Salamipizza.«

Im Aufenthaltsraum nahm Hannah den Prospekt der Pizzeria, wählte die Telefonnummer und gab ihre Bestellung auf.

Sophie schenkte sich ein Glas Wasser ein. »Möchtest du auch?«

»Gern. Ich trinke immer viel zu wenig bei der Arbeit.« Hannah setzte sich in einen Stuhl und verschränkte die Arme im Nacken. Sie streckte sich. »Und der Kittel ist auch viel zu schwer. Die Taschen sind einfach zu voll.« Sie seufzte. »Ich habe schon richtig Rückenschmerzen.«

»Soll ich dich ein wenig massieren?« Kaum hatten die Worte Sophies Mund verlassen, bereute sie es bereits. Körperkontakt war das Letzte, was sie gebrauchen konnte.

»Das wäre wunderbar. Wir können in mein Dienstzimmer gehen. Ich sage einfach der Pflege Bescheid, dass sie den Pizzaboten dorthin schicken sollen.«

Einen kurzen Augenblick dachte Sophie darüber nach, ihr Angebot wieder zurückzuziehen, entschied sich aber dagegen.

»Komm mit!« Hannah erhob sich. »Ich zeig dir, wo ich nachts schlafe.«

Sophies Puls rastete. Das konnte nicht gutgehen. »Alles klar«, stotterte sie. Wo war ihre Selbstsicherheit geblieben?

»Normalerweise zeige ich den Frauen nicht so schnell mein Schlafzimmer.« Hannah musste lachen. Mit ihrem Arm streifte sie Sophies Schulter.

Die Berührung hinterließ ein Prickeln auf Sophies Haut. Sie hatte sich also nicht getäuscht. Hannah schien auch auf Frauen zu stehen. Sophies Wangen begannen zu glühen. Ihr wurde heiß. Sie versuchte, sich darauf zu konzentrieren, einen Schritt vor den anderen zu setzen. Doch selbst das fiel ihr schwer. Wäre Hannah nicht bei ihr gewesen, hätte sie sich in diesen langen Kellergängen sicher verirrt.

»Hier sind wir.« Hannah holte einen Schlüssel aus ihrer Hosentasche. Wenig später öffnete sich die Tür und gab den Blick auf ein kleines Zimmer, in dem nur ein Bett und ein kleiner Tisch standen, frei.

*Wir beide in einem Bett*, schoss es Sophie durch den Kopf. Eine andere Sitzmöglichkeit schien es nicht zu geben. Jedenfalls konnte Sophie nichts dergleichen entdecken.

»Du darfst gern reinkommen.« Hannah schmunzelte. Sophie stand wie angewurzelt vor der Tür. Ihre Unsicherheit war nicht zu übersehen.

Sophie wischte ihre feuchten Finger an ihrer Hose ab. Dann trat sie in das kleine Zimmer.

Hannah zog bereits den Vorhang zu. Erst jetzt bemerkte sie, dass ihre Augen brannten. Sie hatte ihre Kontaktlinsen schon viel zu lange getragen. Aber eigentlich wollte sie jetzt nicht ihre Brille aufsetzen. Auch wenn das Gestell ganz schön war, ohne Brille gefiel sich Hannah deutlich besser. Doch es half nichts. Ein Blick in den Spiegel, der in einer Ecke über dem Waschbekken hing, zeigte deutlich, dass ihre Augen gerötet waren. »Ich muss mal meine Kontaktlinsen herausnehmen«, erklärte sie schließlich.

Sophie konnte nicht hinsehen, als Hannah ohne zu zögern in ihre Augen fasste. Sie hatte gar nicht bemerkt, dass Hannah Kontaktlinsen trug, obwohl sie in den letzten Stunden deutlich mehr als einmal und dazu noch ziemlich intensiv in ihre Augen gesehen hatte.

Sophie blickte sich in dem Raum um. Es gab tatsächlich keinen Stuhl. Nur das Bett, einen Tisch und eine Waschecke. Aber gut, es war ja auch nur zum Schlafen gedacht.

Plötzlich stand Hannah wieder vor Sophie. »Leider sehe ich mit Brille nicht so wirklich gut aus.«

Da konnte Sophie nicht zustimmen. »Die Brille steht dir sehr gut. Du siehst umwerfend auf.« Sophie wickelte eine Haarsträhne um ihren Finger.

Eine leichte Röte überzog Hannahs Gesicht. »Jetzt übertreib nicht!«

»Ich meine das ernst.« Sophie hatte eine Schwäche für Frauen mit Brille. Eine Brille verlieh ihnen so ein intelligentes und gebildetes Aussehen. Das fand Sophie sehr attraktiv. Doch das wollte sie Hannah nicht so deutlich sagen. Hinterher verstand sie das noch falsch. Aber gab es da überhaupt etwas falsch zu verstehen?

»Was ist jetzt mit meiner Massage?« Hannah war bereits dabei, den Kittel auszuziehen. »Ich könnte wirklich gut ein bisschen Entspannung gebrauchen.«

Sophie schluckte. Unter ihrem Kittel trug Hannah ein ziemlich enges dunkelgrünes T-Shirt. »Dann leg dich hin.« Hatte sie das gerade wirklich gesagt?

»Jetzt gehst du aber ganz schön ran.« Hannah lachte laut, folgte jedoch der Aufforderung.

Sophie kniete sich neben Hannah, was auf dem schmalen Bett nicht so einfach war. Sie legte ihre Hände auf Hannahs Rücken. Sogleich spürte sie eine angenehme Wärme. Ihre Finger begannen Hannahs verspannte Muskeln zu kneten. Sophie schloss ihre Augen und vertiefte sich ganz in die Massage.

Auch Hannah genoss die Berührungen. Es musste eine Ewigkeit her sein, dass jemand sie massiert hatte, und Sophie machte das wirklich gut. Sie merkte, wie sie langsam entspannte und wie sich die schmerzenden Muskeln beruhigten. »Wundervoll. Du könntest immer so weitermachen.«

Doch das Klopfen an der Tür unterbrach Sophie. Es war der Pizzabote.

Wenig später hielt Hannah zwei herrlich duftende Pizzakartons in der Hand. »Gott sei Dank. Unser Essen.« Hannah reichte Sophie ihre Pizza. »Aber krümel nicht in mein Bett!«

Die beiden setzten sich nebeneinander auf das Bett, und auch wenn genügend Platz vorhanden war, rückten sie so eng zusammen, dass sich ihre Schultern beinahe berührten.

»Wie bist du eigentlich zur Zeitung gekommen?« Hannah biss in ihre Pizza.

»Ach, ich wollte schon immer schreiben. In der achten Klasse habe ich angefangen, für unsere Schülerzeitung zu schreiben.« Sophie musste grinsen. »Das war eine lustige Zeit. Wenn ich die Artikel heute lese, könnte ich mich manchmal wirklich totlachen.« Sie strich ihre Haare hinter ihre Ohren. »Und dann habe ich in der elften Klasse ein Praktikum bei unserer Tageszeitung gemacht. In der Lokalredaktion. Da durfte ich aus den Faxen und E-Mails, die irgendwelche Veranstaltungen ankündigten, kleine Meldungen schreiben. Irgendwann durfte ich dann auch die Redakteure zu Außenterminen begleiten und dazu Berichte verfassen. Hasenzüchtertreffen, Sommerfest im Kindergarten. So was eben.« Sophie nahm ein Stück Pizza aus dem Karton. »Tja, zuerst fand ich das alles langweilig, ganz anders, als ich mir das vorgestellt hatte. Aber nach dem Praktikum hat mich der Chefredakteur gefragt, ob ich nicht als freie Mitarbeiterin schreiben wollte. Das war natürlich eine super Möglichkeit, mein Taschengeld aufzubessern. Das hat auch wirklich Spaß gemacht, trotzdem war mir schnell klar, dass die Lokalredaktion nicht der Ort ist, wo ich mein restliches berufliches Leben verbringen will.«

»Das kann ich mir vorstellen. Ist ja auch irgendwie immer das Gleiche.«

»Ganz genau.« Sophie nickte. »Und den Rest der Geschichte kennst du ja schon.«

Schweigend aßen sie weiter. Es schmeckte ausgezeichnet. Hannah hatte nicht zu viel versprochen. Aber Sophie konnte sich nicht richtig auf das Essen konzentrieren. Ihre Gedanken waren ständig woanders. Hannahs Nähe raubte ihr den Verstand. Sie ließ ihr Herz schneller schlagen. Wann hatte sie das letzte Mal eine fremde Frau so lange und ausgiebig berührt? Und dazu noch eine fremde Frau, die sie ganz durcheinanderbrachte?

Auch Hannah war nicht bei der Sache. Immer, wenn sie Sophie ansah, spürte sie diese Schmetterlinge im Bauch. Dieses

Kribbeln machte es ihr unmöglich, zu essen.

Irgendwann stellten sie die Kartons auf den Boden. Beide hatten einige Stücke übrig gelassen.

»Nachts ist nicht viel los im Krankenhaus, oder?«, unterbrach Sophie die Stille.

»Das kann man so nicht sagen. Manchmal ist viel los, manchmal nicht. Leider kann man das nie vorhersehen.« Hannah zuckte mit den Schultern. »Ist es dir eigentlich hell genug?«

Erst jetzt bemerkte Sophie, dass nur eine kleine Nachttischlampe brannte und die Deckenleuchte ausgeschaltet war. Doch es störte sie nicht im Geringsten. »Das ist perfekt.« Sophie räusperte sich. »Bist du eigentlich in festen Händen?« Seit drei Tagen hatte sie diese Frage beschäftigt, doch bisher hatte sie sich nicht getraut, sie zu stellen.

Hannah zögerte einen Moment. »Nein. Ich bin seit zwei Jahren Single.« Sie löste ihr Zopfband und ließ ihre langen schwarzen Haare auf ihre Schulter fallen.

Sophie stockte der Atem. So sah Hannah noch viel schöner aus.

»Davor hatte ich eine zweijährige Beziehung«, fuhr Hannah fort.

»Und warum ist es auseinandergegangen?« Jetzt war Sophies Neugierde geweckt.

Hannah wickelte eine Haarsträhne um ihren Finger. »Miriam hatte wohl einfach die Nase voll von mir. So genau weiß ich das bis heute nicht. Eines Tages sagte sie mir, es sei vorbei. Sie hatte schon ihre Sachen zusammengepackt, und ich habe sie nie wiedergesehen.«

Sophie zwinkerte Hannah vielsagend zu. »Frauen sind manchmal wirklich komisch.« Sie hatte da auch schon ihre Erfahrungen gemacht.

Hannah nickte zustimmend. »Das ist wahr.« Bisher war sie sich nicht sicher gewesen, ob Sophie lesbisch war, aber nun gab es daran keinen Zweifel mehr. Ihr Herz machte einen kleinen Freudensprung. »Doch Miriam ist längst vergessen.«

Wie von selbst näherte sich Sophies Hand Hannahs Oberschenkel, der nur wenige Zentimeter von ihrem eigenen entfernt war. Sie konnte ihre Finger nicht aufhalten, sie suchten sich ihren Weg von allein. Ihre Fingerspitzen tippten gegen die Jeans.

Hannah zuckte zusammen. Aber sie genoss diese unerwartete Berührung. Ihre Hand wanderte in Sophies Richtung.

Die beiden sahen sich nicht an, aber bald lag Hannahs Hand auf Sophies Oberschenkel.

Sophie hatte das Gefühl, ihre Haut würde brennen.

Sie drehten sich einander zu. Ihre Blicke trafen sich. Für einen Moment schien die Welt stillzustehen. Hannah strich über Sophies Wange.

Sophie schloss ihre Augen. Es fühlte sich gut an. Mit einem Mal spürte sie Hannahs weiche Lippen auf ihrer Wange. Ganz langsam näherte sie sich ihrem Mund, küsste sachte ihren Mundwinkel. Sophies Atem beschleunigte sich.

Das schrille Klingeln des Telefons ließ sich auseinanderschrecken.

»Verdammt!« Hannah schlug mit der flachen Hand auf das Bett. »Immer zum falschen Zeitpunkt.« Entschuldigend sah sie Sophie an. »Tut mir leid.« Sie fischte das Telefon aus der Kitteltasche und nahm ab.

Sophies Kehle war wie zugeschnürt. Ihre Zunge lag schwer in ihrem Mund. Was hatte sie getan? Sie schluckte, doch das unangenehme Gefühl ließ sich nicht vertreiben. Es gab nur eine Möglichkeit – sie musste weg hier. Weg von Hannah. Niemals hätte sie gedacht, dass ihr so etwas passieren würde. Sie hatte Alina nie betrügen wollen. Sie war immer treu gewesen.

Sophie stand auf. Hannah hatte ihr den Rücken zugewandt und telefonierte immer noch. »Ich gehe besser«, erklärte sie mit heiserer Stimme. »Kannst du mir deinen Schlüssel für die Umkleide geben? Ich bringe ihn dir gleich wieder in die NFA.«

Hannah drehte sich um. Auf ihrer Stirn bildeten sich einige Falten. Sie sah Sophie fragend an. Was war plötzlich los mit ihr? Sie hatte nicht den Eindruck gemacht, dass sie das nicht gewollt hatte. Sie reichte Sophie ihren Schlüssel.

Sophie nahm ihn entgegen und verließ ohne ein weiteres Wort den Raum.

Im gleichen Augenblick legte Hannah auf. In der Notaufnahme wartete eine neue Patientin auf sie. Dass sie ausgerechnet jetzt kommen musste! Hannah verließ ebenfalls das Zimmer. Sie liebte ihre Arbeit, keine Frage. Auch die Dienste, die viele so fürchterlich fanden, mochte sie. Heute allerdings war das anders. Mit schnellen Schritten eilte sie in das Untersuchungszimmer.

»Was ist denn mit dir los?« Laura, die Nachtdienst hatte, sah Hannah fragend an. So kannte sie diese gar nicht.

»Nichts.« Hannah schüttelte grummelnd den Kopf. »Haben wir schon ein EKG?«

Laura reichte ihr den Papierausdruck. »Du hattest auch schon mal bessere Laune.«

Hannah seufzte. »Ich weiß.« Sie studierte das EKG, konnte aber außer einer leicht erhöhten Anzahl an Herzschlägen nichts Außergewöhnliches feststellen.

»Hier!« Mit einem Mal stand Sophie vor ihr und hielt ihr den Schlüssel entgegen. »Und danke noch mal für alles.«

»Das war es jetzt?« Hannah suchte Sophies Augen, doch Sophie wich ihrem Blick aus.

Ohne jede weitere Erklärung ging Sophie in Richtung Treppenhaus. Sie musste endlich weg, Hannah vergessen. Sie hätte niemals bleiben sollen. Was war nur in sie gefahren?

»Was macht denn die kleine Journalistin noch hier?« Laura hatte die Szene interessiert verfolgt.

Hannah verschränkte die Hände ineinander. »Das ist eine lange Geschichte.« Sie atmete tief aus.

»Dann hoffe ich mal, dass heute Nacht nicht allzu viel los ist. Dann habe ich jede Menge Zeit, mir auch die längste Geschichte anzuhören.« Laura lächelte Hannah zu. Wenn sie so reizbar war, dann war etwas nicht in Ordnung. Dafür kannte sie Hannah mittlerweile zu gut. Sie hatte normalerweise nie schlechte Laune, oder ließ es zumindest niemanden spüren, wenn es doch so war.

Nach einer halben Stunde hatte Hannah die Patientin komplett aufgenommen. Sie hatte auf einer Feier eindeutig zu viel getrunken und dann Herzrasen bekommen. So etwas kam öfter vor, war aber meistens vollkommen harmlos. Dafür wurde sie gerufen ... Hannah ballte ihre Hände zu Fäusten. Aber vielleicht war es auch besser so gewesen.

»Kaffee?« Laura legte ihre Hand auf Hannahs Schulter.

Hannah nickte. »Den kann ich gut gebrauchen. An Schlaf ist bei mir heute Nacht ohnehin nicht mehr zu denken.«

Im Aufenthaltsraum waren die beiden Frauen allein. Laura setzte eine neue Kanne Kaffee auf. Der Rest, der noch in der Maschine war, war schon einige Stunden alt und ungenießbar.

»Und jetzt erzähl mal, welche Laus dir über die Leber gelaufen ist.« Lauras braune Augen ruhten auf Hannah.

Ein lauter Seufzer entwich Hannah. »Also«, setzte sie an, wusste dann aber nicht, wie sie fortfahren sollte.

»Es hat ganz offensichtlich etwas mit dieser Journalistin zu tun.« Laura biss in einen Schokoladenkeks.

»Sophie«, murmelte Hannah. »Ganz genau.« Sie schob ihre Brille etwas zurück auf ihre Nase. »Irgendwie wären wir uns vorhin fast nähergekommen.« Sie schluckte. »Na ja, eigentlich sind wir uns schon ziemlich nahegekommen. Und gerade, als ich sie küssen wollte, klingelte das Telefon.« Hannah verzog ihr Gesicht.

Laura schüttete den Kaffee ein, der mittlerweile durchgelaufen war. »Das ist zwar sehr ärgerlich, das versteh ich ja, aber noch lange kein Grund, so ein Gesicht zu ziehen.« Sie stellte eine Tasse vor Hannah ab.

»Das ist wahr. Aber plötzlich ist Sophie völlig überstürzt geflohen. Als hätte sie das alles gar nicht gewollt. Auch wenn mir das ganz anders vorkam.« Hannah wärmte ihre Finger an der heißen Tasse. »Ich weiß nicht, was ich falsch gemacht habe.«

Laura nahm ein zweites Plätzchen aus der Keksdose, die mitten auf dem Tisch stand, und betrachtete es ausgiebig, so als wollte es ihr eine Antwort geben. »Vielleicht ging ihr das einfach alles ein bisschen zu schnell. Wie lange kennt ihr euch?«

»Drei Tage«, presste Hannah zwischen ihren Lippen hervor.

»Das ist noch keine allzu lange Zeit.«

Das wusste Hannah ja selbst. »Du hast recht. Aber ich verstehe ihre Reaktion nicht. Es war alles schön. Perfekt. Und dann ...« Sie seufzte schwer.

»Hast du dich in sie verliebt?«, fragte Laura weiter.

Hannah rieb über ihre Stirn. »Ich bin mir nicht sicher.« Sophie hatte ihr Herz schneller schlagen lassen. Aber verliebt?

Konnte man das nach so einer kurzen Zeit sagen? »Ich mag sie«, erklärte sie schließlich.

Laura grinste. »Ich kenne dich. Und dein Gesicht verrät mir, dass das mehr als nur Mögen ist. Du hast dich verliebt! Gestehe!«

Nun musste auch Hannah ein kleines bisschen lächeln. »Vielleicht.«

»Dann gib nicht so schnell auf. Triff dich noch mal mit ihr, kämpf um sie!« Manchmal verstand Laura ihre beste Freundin nicht. Warum stand sie ihrem Glück nur so oft selbst im Weg?

»Ach Süße, ich weiß nicht, ob ich dazu die Kraft habe.« Hannah ließ die Schultern hängen.

»So ein Unsinn. Wenn jemand Kraft hat, dann du.« Laura sah sie tadelnd an.

»Aber ich sollte meine Energie besser in meine Karriere stekken, als sie an hoffnungslosen Liebesdingen zu verschwenden.« Hannah schlug mit ihrer Faust auf den Tisch, um ihren Worten Nachdruck zu verleihen.

Laura verdrehte die Augen. »Immer nur an die Karriere denken, das sieht dir ähnlich. Und woher willst du wissen, dass sich das nicht auszahlen würde und dir am Ende neue Energie bringt?« Sie zwinkerte Hannah zu.

Hannah machte eine wegwerfende Handbewegung. »Frauen rauben einem immer den letzten Nerv, das weißt du doch. Apropos, was macht eigentlich deine Rettungsassistentin?«, wechselte sie das Thema.

Das Strahlen auf Lauras Gesicht war nicht zu übersehen, kaum hatte Hannah die Rettungsassistentin erwähnt. »Im Prinzip gibt es nichts Neues. Leider. Ich habe sie noch einmal hier gesehen, aber wir haben kein Wort gewechselt.«

»Das müssen wir ändern.« Nun griff auch Hannah nach den Plätzchen. »Weißt du denn, wie sie heißt?«

Laura schüttelte den Kopf. Nicht einmal das hatte sie bisher herausfinden können.

»Das sollte das geringste Problem sein.« Hannah hob ihre Kaffeetassen. »Auf die Liebe.« Kichernd hielt sie Laura ihre Tasse entgegen.

»Auf dass wir beide glücklich werden, wenn das schon mit

uns nicht geklappt hat.«

»Wir haben einfach nicht zueinander gepasst«, meinte Hannah. Im Bett hatten sie sehr gut harmoniert, auch als beste Freundinnen verstanden sie sich ausgezeichnet, aber nach dieser einen Nacht, die sie gemeinsam verbracht hatten, war schnell klar, dass sie keine Beziehung führen konnten.

Hannah konnte ein Gähnen nicht länger unterdrücken. »Vielleicht versuche ich, doch noch ein bisschen zu schlafen, war ein anstrengender Tag heute.«

»Mach das. Und träum süß.« Spöttische Fältchen zeichneten sich um Lauras Mund herum ab.

Den ganzen Tag über hatte Sophie in der Redaktion auf ihren Bildschirm gestarrt, ohne auch nur annähernd etwas Sinnvolles zustandezubringen. Es lag nicht nur an der Müdigkeit. Die wenigen Stunden Schlaf der letzten Nacht hatten nicht ausgereicht. Doch das war nicht das eigentliche Problem. Vielmehr spukte Hannah die gesamte Zeit über in ihrem Kopf herum. Sosehr sich Sophie auch bemüht hatte, sie zu vertreiben und durch das Bild von Alina zu ersetzen, es war ihr nicht gelungen.

Sophie schloss ihre Wohnungstür auf. Endlich Feierabend. Sie hängte ihren Fahrradhelm an die Garderobe und ging geradewegs in die Küche. Aus dem Kühlschrank nahm sie eine Flasche Wein und goss sich ein Glas ein. Es war noch zu früh für Alkohol, fand sie. Aber es war ihr heute egal. Mit dem Wein und dem Telefon machte sie es sich auf der Couch gemütlich. Sie wählte Emilias Nummer. Sie musste ihrer besten Freundin von ihren Problemen berichten. Emilia hatte immer eine Lösung parat.

Nach dem dritten Klingeln meldete sich Emilias Mitbewohnerin, gab Sophie aber schnell weiter.

»Schön, mal wieder etwas von dir zu hören«, begrüßte ihre beste Freundin sie überschwänglich. »Wann bist du denn endlich mal wieder in Hamburg? Ich vermisse dich.«

Seit Sophie nach Essen gezogen war, sahen sich die beiden nur noch unregelmäßig. Wenn Sophie in Hamburg war, verbrachte sie die meiste Zeit mit Alina, und Alina mochte Emilia nicht und verhinderte meistens ein Treffen.

»Das weiß ich leider noch nicht. Aber ich verspreche dir, wenn ich nächstes Mal da bin, gehen wir einen Kaffee trinken.«

»Das sagst du immer.«

An Emilias Stimme konnte Sophie erkennen, dass sie nicht ernstlich böse war.

»Aber erzähl, weswegen rufst du an? Sicherlich nicht nur, um meine Stimme zu hören«, lachte Emilia.

Sophie seufzte. Das konnte sie nicht leugnen. »Mir ist etwas passiert.« Bei dem Gedanken an die vergangene Nacht wurden ihre Finger feucht. »Und ich weiß nicht, was ich machen soll.« In wenigen Sätzen umriss sie das Geschehen der letzten Stunden.

»Du hättest beinahe eine fremde Frau geküsst und Alina betrogen«, fasste Emilia zusammen. »Das hätte ich dir nicht zugetraut.«

Sophie schloss die Augen. »Ich mir auch nicht. Ich wollte das auch gar nicht. Eigentlich. Aber irgendwie …« Sie stockte. »Und außerdem ist es im Moment mit Alina schwierig. Du kennst sie ja.«

»Oja«, entgegnete Emilia. »Ich finde, du brauchst kein schlechtes Gewissen zu haben. Erstens ist gar nichts passiert, und zweitens ist Alina selbst schuld, so schlecht, wie sie dich behandelt. Kommt sie am Wochenende?«

»Ja.« Sophie nahm einen großen Schluck Wein. »Ich weiß gar nicht, wie ich ihr unter die Augen treten soll.« Sie betrachtete die helle Flüssigkeit. Kleine Wellen schlugen gegen das Glas.

»Ich finde, du solltest Hannah wiedersehen. Ganz unverbindlich.«

Sophie verschluckte sich. Hannah wiedersehen? Das war das Letzte, was sie wollte. »Auf keinen Fall«, protestierte sie.

»Wieso denn nicht? Weißt du, was Alina den ganzen Tag in Hamburg treibt? Und eine gute Freundin in deiner Nähe würde dir guttun. Es muss ja nicht mehr daraus werden.«

Sophie umklammerte ein Kissen. »Ich denke nicht, dass das

eine gute Idee ist.«

»Unsinn. Du brauchst jemanden in deiner Nähe, mit dem du mal etwas unternehmen kannst, mit dem du Spaß haben kannst, mit dem du reden kannst. Immer nur die Arbeit, am Wochenende Alina und ab und zu die Telefonate mit mir, das reicht doch nicht.«

Sophie seufzte. »Ach Emilia. Ich wünschte so sehr, du wärst hier.«

»Süße, ich wäre so gern bei dir. Das weißt du.«

Sophie nickte. Erst in solchen Momenten wurde ihr bewusst, wie sehr ihr ihre beste Freundin wirklich fehlte.

»Weißt du«, fuhr Emilia fort, »du kennst meine Meinung zu Alina, und du weißt auch, dass ich glaube, dass eure gemeinsame Zukunft, sofern es sie geben wird, schwer wird. Ich will dich auch nicht in die Arme einer anderen Frau treiben, aber eine gute Freundin würde dir nicht schade. Deswegen triff dich doch mit Hannah, wenn ihr euch gut versteht. Es spricht doch nichts dagegen.«

Es zog kräftig in Sophies Magen. »Vielleicht hast du recht.« Sie überlegte einen Moment. Es gab eine Möglichkeit, Hannah wiederzusehen ... Aber Sophie war sich nicht sicher, ob sie einer Begegnung gewachsen war. Jedes Mal, wenn sie Hannah gestern angesehen hatte, hatte das etwas in ihr ausgelöst. Ein sanftes Kribbeln, das sie schon eine Ewigkeit nicht mehr gespürt hatte. Früher hatte es gekribbelt, wenn sie Alina getroffen hatte, wenn sie einen Abend miteinander verbracht hatten. Doch das war lange her. Mittlerweile hielt sich die Vorfreude in Grenzen. Doch sie liebte Alina.

Liebte sie Alina? In diesem Augenblick war sich Sophie nicht mehr sicher. Sie hatte immer von einer gemeinsamen Zukunft mit Alina geträumt, aber in den letzten Wochen waren diese Träume zunehmend seltener geworden. Manchmal dachte sie, dass Alina sie gar nicht wirklich beachtete.

Sophie seufzte schwer. »Ich glaube, ich werde Hannah tatsächlich noch einen Besuch abstatten.«

»Sehr gute Idee«, stimmte Emilia zu.

»Aber jetzt haben wir genug von meinen Problemen gesprochen. Wie geht es dir?«

»Mir geht's super. Die Arbeit läuft gerade richtig gut, und meine Chefin ist letzte Woche gleich zweimal zu mir gekommen, um mir zu sagen, wie zufrieden sie mit mir ist«, begann Emilia. Sie berichtete Sophie ausführlich, was sich in den vergangenen Wochen bei ihr ereignet hatte. Unterdessen nahm Sophies Plan, Hannah zu treffen, immer konkretere Formen an. Die Vorfreude ließ ihr Herz schneller schlagen. Sie würde Hannah wiedersehen ...

»**G**uten Morgen«, begrüßte der Notarzt Hannah, kaum hatte sie nach der Frühbesprechung die Notaufnahme betreten. »Ich hab hier einen Patienten für dich. Herr Grau. Siebzig Jahre alt. Seit dem Morgen Kopfschmerzen und Schwindel. Als wir dazukamen, haben wir einen Druck von zweihundertdreißig zu hundertzwanzig gemessen. Wir haben den Druck dann gesenkt. Gerade war er bei hundertneunzig. Die Symptomatik ist etwas besser geworden. Am ehesten ist es also eine hypertensive Krise. Eine arterielle Hypertonie ist vorbekannt. Bisherige Medikation mit Ramipril. Wird laut Patient auch regelmäßig eingenommen. Hab dir alles aufgeschrieben.«

»Alles klar.« Hannah nickte. So fing der Morgen ja vielversprechend an. Das gesamte Krankenhaus war übervoll. Schon in den vergangenen Tagen hatte sie große Mühe gehabt, die Patienten unterzubringen. Auch der Kollege aus dem Nachtdienst hatte kaum gewusst, wo er die Patienten noch hinverlegen sollte. Für zwei Patienten hatte er auf den Stationen kein Bett finden können, sie lagen noch in der Notaufnahme, und nun kam schon der nächste Patient mit dem Notarzt. Das konnte heiter werden. »Danke.«

In der Zwischenzeit wurde der Patient umgelagert.

»Kannst du noch unterschreiben?« Der Notarzt hielt Hannah den Transportschein und das Einsatzprotokoll unter die Nase.

Hannah nahm ihren Kugelschreiber aus der Kitteltasche. »Klar.« Sie unterschrieb die beiden Zettel.

»Dann mal bis später«, verabschiedete sie der Notarzt.

»Muss nicht unbedingt sein.« Hannah lächelte.

»Ich gebe mein Bestes.« Er zuckte mit den Schultern. »Aber versprechen kann ich nichts.«

Hannah folgte ihrem Patienten in die Kabine.

»Guten Morgen. Mein Name ist Frau Doktor Rehfeld. Ich bin Ihre Ärztin. Können Sie mir kurz erzählen, was Ihnen passiert ist?«, fragte sie Herrn Grau. Aber noch ehe Herr Grau antworten konnte, wurde Hannah wieder nach vorn gerufen.

»Hannah, hier ist der nächste Notarzt mit der nächsten Patientin für dich.«

Hannah seufzte. »Ich komme.« Sie wandte sich noch einmal an Herrn Grau. »Ich komme gleich wieder. In der Zwischenzeit schreiben wir schon mal ein EKG bei Ihnen, messen noch mal den Blutdruck, untersuchen einmal Ihren Urin, nehmen ein bisschen Blut aus ihrem Ohr ab, und dann gucken wir gleich mal weiter.«

Herr Grau nickte. Er hatte ohnehin keine andere Wahl.

»Ich habe hier eine fünfzigjährige Frau mit Blutzuckerentgleisung. BZ war vorhin bei sechshundertvierzig. Bisher kein Diabetes bekannt. Ansonsten geht's ihr aber im Augenblick ganz gut«, stellte die Notärztin Hannah die Patientin vor.

Mechanisch nickte Hannah und setzte ihre Unterschrift an die geforderten Stellen.

»Gut. Vielen Dank.« Hannah zückte ihr Telefon und wählte die Nummer der Intensivstation. So eine Patientin musste überwacht werden, bei ihr musste unter kontrollierten Bedingungen der Blutzucker gesenkt werden. Kurze Zeit später nahm der zuständige Kollege ab. »Hallo Hannah.«

»Hallo Jens. Ich habe hier eine Patientin für euch. Habt ihr noch ein Bett frei?« Wenig später hatten sie alles geklärt und Hannah konnte Frau Hummel auf das letzte freie Intensivbett bringen.

Als Hannah wieder die Notaufnahme betrat, wurde sie schon von einer jungen Studentin erwartet. *Auch das noch*, schoss es Hannah durch den Kopf, als sie die Studentin entdeckte. Unweigerlich musste sie an ihre letzte Begleitung in der Notaufnahme denken. Ihre Magen krampfte sich schmerzhaft zusammen. Die letzte Stunde hatte sie erfolgreich die Gedanken an Sophie verdrängt – und jetzt so etwas.

»Hallo. Ich bin Nadine. PJ-Studentin. Ich bin für zwei Wochen hier in der Notaufnahme eingesetzt.« Nadine reichte Hannah ihre Hand.

Hannah versuchte zu lächeln. Nadine konnte ja nichts für ihre schlechte Laune. »Hi. Ich bin Hannah. Ist das dein erstes Tertial?«

»Nein. Schon mein letztes.«

»Ach, das ist sehr gut«, bemerkte Hannah erleichtert. Das hieß, Nadine hatte ihr Medizinstudium fast beendet und stand kurz vor dem Examen. Dann war sie Hannah wenigstens eine Hilfe. »Ich hätte auch gleich etwas für dich zu tun. In Kabine eins wartet ein Patient auf uns. Dem könntest du einen Zugang legen, Blut abnehmen, die Anamnese erheben und ihn dann untersuchen. Traust du dir das zu?«

Nadine nickte. »Ich denke schon.«

»Sehr gut. Ich muss hier nämlich noch ein bisschen was organisieren.«

»Hannah?« Pfleger Michael stand mit einem Mal hinter Hannah. »Da ist schon wieder der Rettungsdienst für dich.«

Hannah verdrehte die Augen. Heute schien es kein Ende zu nehmen. »Ich komme. Also, Nadine, du kümmerst dich um Herrn Grau? Wenn irgendwas ist, frag mich einfach, okay? Wenn du dir unsicher bist, melde dich. Und wenn sein Druck wieder über hundertneunzig geht, auch. Ansonsten hast du hier aber auch ein kompetentes Pflegeteam an deiner Seite. Dann mal los.«

Im Eingangsbereich lag ein junges Mädchen auf einer Trage und wartete darauf, in Empfang genommen zu werden.

»Hallo. Was bringt ihr mir denn hier?«, begrüßte Hannah den Rettungsdienst.

»Synkope.«

»Ah ja. Könnt ihr mir auch noch ein bisschen mehr erzählen?« Auf Ratespielchen hatte Hannah jetzt überhaupt keine Lust. Etwas mehr Informationen brauchte sie schon.

»Klar. Also, dreiundzwanzigjähriges Mädchen, heute Morgen auf dem Weg zur Arbeit im Bus plötzlich bewusstlos geworden.

Im Stehen. Für circa zehn Sekunden. Danach sofort wieder ansprechbar und orientiert. Keine Vorerkrankungen. Bei unserem Eintreffen Vitalparameter stabil, Druck etwas niedrig.« Der Rettungssanitäter hielt Hannah das Protokoll hin, auf dem er alle Werte notiert hatte.

Das hörte sich zumindest nach einem einfachen Fall an. Trotzdem musste Hannah mit ihrem Oberarzt sprechen, dass er die Klinik bei der Feuerwehrleitstelle abmeldete. Wenn jetzt alle fünf Minuten ein neuer Patient kam und sie die schon anwesenden nicht einmal mehr auf den Stationen unterbekam, konnte das nicht gut ausgehen. Und spätestens wenn die Hausarztpraxen geöffnet hatten, kamen neben den Patienten, die die Feuerwehr brachten, auch noch die Patienten, die von ihrem Arzt eingewiesen wurden. Das ließ sich sowieso nicht verhindern.

»Hallo Volker.« Bereits beim zweiten Klingeln meldete sich ihr zuständiger Oberarzt.

»Ach Hannah, gut, dass du anrufst, ich wollte ohnehin mit dir sprechen. Was kann ich für dich tun?«

»Ich glaube, du solltest uns abmelden. Ich habe gerade das letzte Intensivbett belegt, und auch die Peripherie ist voll. Ich bekomme schon die Patienten aus der Nacht nicht mehr unter, und ich habe jetzt schon wieder zwei neue Patienten bekommen. Wir platzen aus allen Nähten. Zumindest vorübergehend.« Hannah hörte im Hintergrund, wie Volker etwas in den PC tippte. Wahrscheinlich überprüfte er die Stationsbelegung im Intranet.

»Ja, du hast recht. Die Stationen sind alle voll. Ich rufe gleich die Feuerwehr an und melde uns ab. Zumindest bis zum Nachmittag, dann sehen wir mal weiter.«

Hannah atmete erleichtert aus. »Danke.« Vielleicht half das zumindest ein wenig.

»Kommst du nachher mal bei mir vorbei? Ich wollte dich etwas fragen.«

»Klar«, stimmte Hannah zu. Sie hatte keine Ahnung, was ihr Oberarzt von ihr wollte. Aber er klang zumindest nicht so, als wäre es etwas Schlimmes.

Nadine stellte sich als echte Bereicherung heraus. Sie war eine wirklich große Hilfe und wusste, was sie tat. So konnte Hannah sie am Nachmittag, als es ein weniger ruhiger war, auch tatsächlich mal allein lassen, um zu Volker zu gehen.

Ein bisschen nervös war Hannah dann doch, als sie bei Volker an die Tür klopfe. Noch immer hatte sie keine Vorstellung, was er von ihr wollte. Seit ungefähr einem Jahr arbeitete Hannah nun in der Notaufnahme, und seitdem war Volker für sie zuständig. Eigentlich verstanden sich die beiden wirklich gut, und ihre Zusammenarbeit funktionierte bestens. Jedenfalls war das Hannahs Eindruck.

»Herein«, bat Volker kurze Zeit später.

Hannah trat in sein Zimmer.

»Ach Hannah, schön, dass du Zeit hast. Nimm doch Platz.« Volker lächelte sie an. Er war knapp über vierzig und sah für einen Mann durchaus attraktiv aus.

Hannah setzte sich Volker gegenüber an seinen Schreibtisch. Überall lagen Akten und andere Unterlagen herum. Der Ordentlichste war Volker nicht gerade.

»Was kann ich denn für dich tun?« Hannah hatte ihre Finger ineinander verschränkt.

»Ich will gar nicht lange um den heißen Brei herum reden. Ich suche noch jemanden, der bei einer Studie mitmacht, und da habe ich an dich gedacht. Du bist doch wissenschaftlich interessiert.« Volker fuhr sich durch seine kurzen blonden Haare.

Hannah nickte. Das war sie in der Tat. Sie konnte sich gut vorstellen, in die Forschung zu gehen, zumindest zum Teil. Zwar machte ihr die Arbeit am Krankenbett Spaß, aber sie wollte auch ihren Teil zur Wissenschaft beitragen, am liebsten in der Grundlagenforschung. »Worum geht es denn?«

»Es ist eine klinische Studie.«

»Hm.« Hannah rieb über ihr Kinn. Das war nicht das, was sie sich vorstellte. Sie wollte ins Labor. Klinische Studien entsprachen nicht ihren Wünschen, und das wusste Volker auch. »Volker, du weißt, dass ich gern etwas im Labor machen möchte.«

Volker seufzte. »Ja, ich weiß. Aber du bist die Beste. Mir fällt niemand ein, der besser geeignet wäre dafür. Überleg dir das doch noch mal.« Er sah Hannah eindringlich an. »Es geht um

Schilddrüsenerkrankungen.«

Hannah verdrehte die Augen. Auch das noch. Ein viel langweiligeres Thema hätte sie sich kaum vorstellen können.

»Es wäre doch schon mal ein Anfang. Ins Labor könntest du später immer noch. Das wäre doch ein erster Schritt für deine Karriere.«

Hannah schüttelte den Kopf. »Volker, ganz ehrlich, das bezweifel ich. Das bringt mich doch in keiner Weise weiter. Das wäre, entschuldige, wenn ich das so sage, verschwendete Zeit.« Außerdem hatte sie ganz andere Pläne. Auch wenn sie nicht wusste, ob das überhaupt klappte. Diesbezüglich hatte sie noch nichts gehört. Aber sie konnte noch ein bisschen warten, vielleicht hatte sie ja Glück ...

»Du kannst es dir ja noch einmal durch den Kopf gehen lassen. Es wären auch nur ein paar Patienten im Monat, die könnten wir nebenbei betreuen.« Volker fischte einen Packen Blätter aus einem Stapel hervor. »Falls es dich interessiert, kannst du es ja mal durchlesen.«

Es war natürlich klar, dass die Studie nebenbei laufen sollte, so war das hier ja immer. Als ob man sich so wirklich intensiv damit auseinandersetzen könnte! Aber was spielte das schon für eine Rolle?

Hannah seufzte. Wie gern würde sie sich voll und ganz der Forschung widmen, zumindest zeitweise. Ein wenig die Karriere vorantreiben. Aber so, wie Volker sich das vorstellte, würde das nichts werden.

Hannah nahm das Material von Volker entgegen. »Ich werde es mir ansehen. Versprochen. Jetzt muss ich aber wieder in die Notaufnahme. Meine Studentin unterstützen.« Hier würde Forschung wohl immer nur ein Traum bleiben. Zumindest so, wie Hannah sich das vorstellte. Wahrscheinlich gab es für sie wirklich nur diese eine Möglichkeit ...

Es war genau eine Woche her, dass Sophie den Beschluss gefasst hatte, Hannah doch noch einmal zu treffen.

Jetzt saß sie mit ihrem Fotografen Tobias im Auto und fuhr nach Bochum. Für ihren Artikel brauchte Sophie noch ein paar passende Fotos. Normalerweise hätte Tobias das auch allein erledigen können, aber Sophie wusste, dass es die beste Möglichkeit auf eine erneute Begegnung mit Hannah war. Diese Chance konnte sie sich nicht entgehen lassen.

Sie zupfte ihr rotes Shirt zurecht und ordnete im Spiegel über dem Beifahrersitz ihre Haare.

»Ich dachte, du willst nicht mit auf die Fotos«, bemerkte Tobias, während er Sophie aus den Augenwinkeln beobachtete.

Sophie nickte. »Will ich auch nicht.«

»Und warum machst du dich dann so schick?« Tobias hatte sich gewundert, dass Sophie unbedingt mitkommen wollte. Zwar begleitete sie ihn ab und an zu seinen Fototerminen, dann aber meistens, weil sie selbst noch etwas recherchieren musste. Der Artikel war jedoch fertig, das wusste er, denn Sophie hatte ihn Tobias zum Lesen gegeben, damit er sich Gedanken über geeignete Bilder machen konnte. »Irgendetwas hast du doch vor. Nicht, dass ich deine Gegenwart nicht schätzen würde, aber sonst muss ich doch auch allein fahren«, fuhr er mit einem spöttischen Grinsen fort.

Ein Lächeln huschte durch Sophies Gesicht. Sie hatte in der Tat etwas vor, aber das ging Tobias beim besten Willen nichts an. »Ich habe einfach so meine Vorstellungen, was die besten Fotos wären. Das würde ich gern mit dir zusammen umsetzen.«

»Ah ja«, erwiderte Tobias. Er glaubte ihr kein Wort.

Sie bogen in das Parkhaus ein.

Ein mulmiges Gefühl breitete sich in Sophies Magengegend aus. Langsam verließ sie der Mut. Was, wenn Hannah sie gar nicht sehen wollte? Wenn sie noch wütend über den plötzlichen Abgang war? Ihr Herz pochte laut in ihrer Brust.

Tobias stellte den Motor aus. »Wir sind da.«

Mit weichen Knien stieg Sophie aus. Schwüle Luft umfing sie.

»Kennst du den Weg?«, wollte Tobias wissen.

»Ja, klar.« Sophie lief voran. Ihre Schritte waren fest und schnell. Sie wollte endlich zu Hannah. Dann lag die Eingangstür zur Notaufnahme vor ihnen. »Hier ist es«, erklärte sie Tobias. In ihrer Stimme schwang ihre Anspannung mit. Sophie betätigte den Türöffner. Nur noch wenige Sekunden. Ihr Atem beschleunigte sich. Sie hatte das Gefühl, ihr würde schwindlig werden. Vielleicht sollte sie doch besser umdrehen und Tobias allein vorschicken. Es war eine verrückte Idee.

Aber sie wollte Hannah wiedersehen. Und ihr Wunsch wurde unerwartet schnell erfüllt.

Kaum war Sophie eingetreten, fiel ihr Blick auf Hannah. Sie war in ein Gespräch mit einem Notarzt vertieft. Neben ihnen lag eine alte Dame auf einer Trage.

Plötzlich drehte sich Hannah in ihre Richtung. Sofort entdeckte sie Sophie. Ihr Herzschlag setzte für einen Moment aus. Sie musste sich an der Trage abstützen. Das konnte nur ein Traum sein.

Die beiden Frauen sahen sich an, blickten einander tief in die Augen. Beide waren wie erstarrt, nicht in der Lage, sich zu rühren.

Sophie hatte keine Ahnung, wie sie auf Hannah zugehen sollte. Sie hatte sich diese Begegnung immer wieder in allen Einzelheiten ausgemalt, aber nun war alles vergessen.

Auch Hannah wusste nicht, was sie machen und wie sie reagieren sollte. Sie nahm die Stimme des Notarztes nur noch als Rauschen wahr. Sophies Blick hielt sie gefangen. Kopfschüttelnd versuchte Hannah, aus diesem grünen Augenmeer aufzutauchen, und wandte sich wieder dem Notarzt zu. Aber sie konnte seinen Worten immer noch nicht folgen. Was machte Sophie denn hier? Hannah hätte schwören können, dass sie nie wieder etwas von ihr hören würde. Sie hatte in den letzten Tagen öfter an sie gedacht, sich vielleicht sogar ein bisschen gewünscht, sie noch einmal zu treffen, auch wenn sie das nicht zugeben wollte.

»Ich schieb Frau Kirch schon mal in Kabine eins«, riss Laura Hannah aus ihren Gedanken.

»Ich helfe dir!« Die Rettungsassistentin, die den Notarzt begleitet hatte, lächelte Laura zu.

Erst in diesem Augenblick erkannte Hannah, dass die braunhaarige Frau diejenige war, die Laura seit einigen Tagen anhimmelte.

Hannah nickte in Lauras Richtung, während der Notarzt weiter auf sie einredete.

Sophie beobachtete alles aus der Ferne. In ihrem weißen Kittel sah Hannah umwerfend aus. Das war ihr in der letzten Woche selten so deutlich aufgefallen.

»Soll ich schon mal ein paar Fotos schießen?« Tobias hatte seinen Fotoapparat bereits betriebsbereit in der Hand.

»Warte, ich kläre das kurz.« Sophie presste einen Stoß Luft aus ihrer Lunge. Jetzt war es also so weit, sie musste auf Hannah zugehen und mit ihr reden. Auch wenn es das war, was sie sich gewünscht hatte, weswegen sie überhaupt mitgefahren war, in diesem Moment wollte sie der Mut verlassen. Sophie machte einen Schritt auf Hannah zu.

Im gleichen Moment verabschiedete sich der Notarzt. Hannah straffte ihre Schultern und bewegte sich ebenfalls in Sophies Richtung. »Hallo Sophie, was machst du denn hier?«, begrüßte sie Sophie. Sie bemühte sich um Souveränität, doch ein leichtes Zittern in ihrer Stimme verriet ihre Aufregung.

»Ich brauche noch ein paar Fotos für meinen Artikel.« Sophie zupfte an ihrem Ohrläppchen. »Das ist Tobias.« Sie deutete auf ihren Fotografen.

»Hallo. Ich bin Hannah«, stellte sich Hannah bei ihm vor. Sie reichte ihm ihre feuchte Hand. »Und was möchtet ihr fotografieren?«

Tobias erläuterte kurz seine Vorstellungen, und Hannah hörte ihm gespannt zu.

»Ich frage mal Frau Kirch, ob sie etwas dagegen hat, wenn ihr gleich bei ihr die Fotos macht«, schlug Hannah schließlich vor.

»Das ist eine gute Idee«, stimmte Tobias zu.

Hannah verschwand in Kabine eins.

Tobias beugte sich zu Sophie. »Ganz schön attraktiv, die Frau Doktor«, flüsterte er ihr ins Ohr.

Sophie errötete. »Hm«, murmelte sie verlegen. Tobias wusste, dass Sophie lesbisch war, umso unangenehmer war ihr seine

Bemerkung. Sie hatte das Gefühl, er hätte ihre Gedanken gelesen.

Dann kam Hannah wieder zu ihnen. »Ihr könnt mit rein.«

Die beiden folgten ihr. Tobias schoss gleich einige Fotos aus allen möglichen Perspektiven.

Hannah unterhielt sich mit der Patientin und führte die Sophie mittlerweile so vertrauten Arbeitsschritte aus.

Sophie konnte ihre Augen kaum von Hannah nehmen. Sie betrachtete Hannahs schlanke Finger, die geschickt die Nadel zum Blutabnehmen in einer Vene platzierten. Wie sich diese wunderschönen Finger auf ihrer Haut anfühlen würden ... Sophie schluckte hart. So etwas durfte sie gar nicht erst denken. Alina. Sie musste an Alina denken. Alinas Finger, die sie zärtlich streichelten. Aber wann hatten sie das zum letzten Mal getan?

»Ich glaube, Sie haben einfach etwas zu wenig getrunken in den letzten Tagen. Deswegen fühlen Sie sich so durcheinander«, erklärte Hannah der alten Dame. »Bei dieser Hitze ist es sehr wichtig, dass Sie ausreichend viel trinken. Ich gebe Ihnen jetzt Flüssigkeit über die Vene. Dann sollte es bald besser werden.«

»So, ich glaube, ich habe genug Fotos.« Tobias trat wieder in die Kabine. Sophie hatte gar nicht bemerkt, dass er zwischenzeitlich herausgegangen war. »Wir können los.«

Sophie nickte, auch wenn sie noch nicht gehen wollte. Sie musste noch einmal in Ruhe mit Hannah reden. Außerdem wollte sie Hannah noch etwas fragen. »Können wir uns gleich noch mal unterhalten?«, wandte sich Sophie an Hannah.

»Gern.« Auch Hannah wollte nicht, dass Sophie schon ging. Sie sollte nicht noch einmal so abrupt verschwinden. Allerdings musste sie sich zunächst um die Patientin kümmern, sie konnte hier im Augenblick nicht weg.

»Tobias, meinst du, wir können noch kurz warten, bis Hannah fertig ist?« Sophie sah ihren Fotografen so flehend an, dass er gar nicht anders konnte, als ja zu sagen.

»Natürlich.« Tobias schüttelte den Kopf. Sophie würde ihre Gründe für dieses sonderbare Benehmen haben.

»Wir sind im Wartezimmer.« Sophie streifte Hannahs Arm.

Diese unerwartete Berührung ließ Hannah für einen winzigen

Moment ihre Augen schließen. Ihre Nackenhärchen stellten sich auf. »In Ordnung. Ich beeile mich.« Was löste diese Frau nur in ihr aus?

Sophie und Tobias setzten sich in den Wartebereich. »Möchtest du auch einen Kaffee?«, fragte Sophie ihren Kollegen. Im Wartezimmer stand ein Kaffeeautomat, und irgendetwas musste Sophie machen, um sich abzulenken.

»Nein, danke.« Tobias schüttelte den Kopf.

In ihrem Portemonnaie kramte Sophie nach ein paar Münzen, die sie kurz darauf in den Automaten warf. Sie entschied sich für einen Cappuccino und drückte den entsprechenden Knopf. Ein heißer Strahl ergoss sich in einen braunen Plastikbecher. Es kam Sophie wie eine Ewigkeit vor, obwohl es in Wirklichkeit nur wenige Sekunden dauerte. Die Zeit zog sich unendlich in die Länge.

Mit dem dampfenden Getränk in der Hand nahm Sophie wieder neben Tobias Platz. Ihr Fuß wippte auf und ab.

»Warum bist du so nervös?« Langsam reichte Tobias das seltsame Verhalten von Sophie.

»Bin ich gar nicht«, erwiderte Sophie deutlich schärfer, als sie wollte.

»Nein, natürlich nicht.« Tobias verdrehte die Augen. »Du bist die Ruhe selbst.«

Sophie sprang auf und lief zur Tür. Sie schaute um die Ecke, aber Hannah war noch immer bei der Patientin. Was machte sie dort nur so lange?

»Du machst mich auch ganz nervös. Jetzt setz dich wieder hin, sonst fahre ich gleich!«, drohte Tobias. »Zur Not auch ohne dich.«

Glücklicherweise waren außer ihnen nur noch zwei weitere Leute im Wartezimmer, die so in Zeitschriften vertieft waren, dass sie Sophies Schauspiel nicht bemerkten.

Sophie lief auf und ab. Was sollte sie Hannah eigentlich sagen? Was wollte sie eigentlich von Hannah?

»So, ich bin endlich fertig. Schön, dass du gewartet hast«, unterbrach Hannah Sophies Gedanken. »Möchtet ihr mit rüberkommen? Da haben wir etwas mehr Ruhe.« Hannah ließ ihren Blick durch den Raum schweifen. Sie brauchte nicht unbedingt neugierige Patienten, die ihre Gespräche belauschten.

»Geht mal ohne mich«, meinte Tobias, der den intensiven Augenkontakt zwischen Sophie und Hannah bemerkte.

Sophie war ihrem Kollegen dankbar, dass er sie allein gehen ließ. Sie folgte Hannah in den Aufenthaltsraum, in dem sie in der vergangenen Woche so viele Momente mit Hannah verbracht hatte.

»Ich wollte dich was fragen.« Kaum hatte Sophie diese Worte ausgesprochen, begann ihr das Herz bis zum Hals zu schlagen. Jetzt oder nie! Sie nahm all ihren Mut zusammen und fuhr fort. »Der Artikel ist fertig, und ich ... » Sie stockte. »Ich wollte dich fragen, ob du ihn lesen möchtest.«

»Natürlich.« Hannah war schon ziemlich gespannt, was Sophie über den Alltag in der Notaufnahme geschrieben hatte, wie ihre Wahrnehmung gewesen war.

»Wie wäre es, wenn du heute Abend zu mir kommst?« Sophies Stimme klang seltsam kratzig. Sie hatte die ganze Zeit überlegt, ob sie Hannah einladen sollte, und in diesem Moment war ihr klar, dass sie Hannah einfach fragen musste.

»Von mir aus gern«, stimmte Hannah diesem Vorschlag ohne zu zögern zu. Zwar hatte sie am Abend eigentlich ihren Tanzkurs, aber sie hatte Jan ohnehin noch nicht fest zugesagt. Und die Aussicht, einen Abend mit Sophie verbringen zu können ...

Sophie erklärte Hannah, wo sie wohnte und wie sie am besten zu ihr fand. Dann verabschiedete sie sich. Sie freute sich wahnsinnig auf den Abend. Gutgelaunt lief sie zurück zu Tobias.

Hannah atmete tief durch. Bis vor wenigen Stunden hatte sie nicht einmal damit gerechnet, Sophie wiederzusehen, und nun waren sie für den Abend verabredet.

»Na, was gibt es Neues?« Lauras Frage ließ Hannah zusammenzucken. Sie hatte Laura nicht in den Aufenthaltsraum kommen hören.

Hannahs Mundwinkel verzogen sich zu einem Lächeln. »Wir treffen uns heute Abend.«

Laura klatschte begeistert in die Hände. »Ein Date. Wie schön!«

»Ja, das ist wirklich schön.« Hannah musste sich erst einmal setzen. Das war doch etwas plötzlich gekommen. So richtig glauben konnte sie es noch nicht.

»Ist sie extra deswegen gekommen?«

Hannah zuckte mit den Schultern. »Ich weiß nicht. Sie haben ja auch noch Fotos gemacht. Vielleicht wäre sie deswegen sowieso gekommen.«

Laura machte eine wegwerfende Handbewegung. »Ach, das hätte der Fotograf doch auch ohne sie hinbekommen.«

Konnte es sein, dass es Sophie so wichtig war, sie zu sehen, dass sie tatsächlich extra deswegen gekommen war?

Hannah goss sich ein Glas Wasser ein und nahm einen großen Schluck.

»Ich habe übrigens auch Neuigkeiten für dich.« Laura grinste Hannah breit an.

»Schieß los!«

Laura machte eine bedeutungsschwere Pause. »Ich weiß jetzt, wie sie heißt.«

Nun musste auch Hannah grinsen. »Sehr gut. Und wie?«

»Pauline.«

»Habt ihr miteinander geredet?«, wollte Hannah wissen.

»Na ja, nicht so wirklich. Sie trug ein Namensschild«, gestand Laura. Sie hatte sich einfach nicht getraut, Pauline in ein Gespräch zu verwickeln.

»Mensch, Laura, sei doch nicht so schüchtern. Du bist doch sonst auch nicht auf den Mund gefallen. Sie wird dir schon nichts tun.«

Laura seufzte. »Wahrscheinlich hast du recht.«

»Dann beim nächsten Mal. Versprich es!«, forderte Hannah ihre Freundin auf, während sie sie in die Seite knuffte.

Laura nickte. »Versprochen.«

»Ich bin gespannt. Und jetzt wieder an die Arbeit.« Ihre Armbanduhr zeigte Hannah, dass es nur noch zwei Stunden bis zum Feierabend und nur noch vier Stunden bis zum Wiedersehen mit Sophie waren. Dieser Gedanke ließ ihr Herz schneller schlagen.

Hannah löste ihren Pferdeschwanz und ließ ihre Haare locker auf die Schultern fallen. An ihrem Arm hing der schwere Motorradhelm. Hier musste es sein. Sie ging auf das große Mehrfamilienhaus zu.

Sie suchte Sophies Namen auf den Klingelschildern. Sie atmete einmal tief durch, ehe sie den Knopf drückte. Wann war sie das letzte Mal so aufgeregt gewesen, als sie eine Frau getroffen hatte? Hannah konnte sich nicht erinnern. Aber das letzte Mal, dass sie eine Frau getroffen hatte, war ohnehin schon zu lange her gewesen.

Die Tür öffnete sich und Hannah folgte den zahlreichen Treppenstufen in die oberste Etage. Sophie stand im Türrahmen und lächelte sie an.

»Komm herein. Ich hoffe, du hast es gut gefunden.«

Etwas außer Atmen nickte Hannah. Sie sollte dringend mehr Sport treiben. Das waren eindeutig zu viele Stufen. »Du hast es so gut beschrieben, da war es gar kein Problem.«

Hannah folgte Sophie ins Wohnzimmer.

»Setz dich, wohin du möchtest. Magst du ein Glas Wein?«, fragte Sophie.

»Ich fahre noch.« Hannah deutete auf ihren Motorradhelm, den Sophie erst jetzt bemerkte.

»Motorrad?« Sophie sah Hannah mit großen Augen an. »Das ist doch viel zu gefährlich.«

Hannah wischte ihre Hände an ihrer Jeans ab. »Na ja, aber es macht Spaß.«

Sophie konnte nicht verstehen, wie Motorradfahren Spaß machen konnte. So ungeschützt und schnell ... »Du müsstest das doch besser wissen.«

Hannah runzelte die Stirn. Sophie hatte nicht ganz unrecht. Als Ärztin hatte sie schon viele Unfallopfer gesehen. Dennoch liebte sie dieses Gefühl von Freiheit und Unangepasstheit. »Wenn man einmal gefahren ist, wird man süchtig. Glaub mir. Wenn du möchtest, nehme ich dich mal mit.«

»Nein, niemals«, protestierte Sophie. Auf so ein Zweirad bekamen sie keine zehn Pferde.

»Du siehst süß aus, wenn du so aufgebracht bist.« Hannah errötete umgehend. Hatte sie das eben wirklich gesagt?

Sophie strich sich eine Haarsträhne hinter ihr Ohr. »Ich weiß nicht …« Um ihre Verlegenheit zu überspielen, griff sie nach dem Laptop, der auf dem Wohnzimmertisch stand. Sie setzte sich neben Hannah auf die Couch und klappte den Computer auf.

Ihre Oberschenkel berührten sich. Trotz des Stoffs, der sie trennte, spürte Hannah ein sanftes Prickeln auf ihrer Haut. Ihr wurde ein wenig schwindelig.

»Die Fotos von Tobias habe ich auch schon bekommen. Vielleicht fangen wir damit an.« Sophie öffnete ein Bild nach dem anderen.

Immer wieder hatte Tobias auch Hannah abgelichtet. Doch Hannah konnte sich kaum darauf konzentrieren.

Es fühlte sich gut an, Sophie so dicht neben sich zu haben. Am liebsten hätte Hannah einfach ihre Hand ergriffen. So wie letzte Woche, als Sophie sie bei ihrem Nachtdienst begleitet hatte. Bei dieser Erinnerung krampfte sich Hannahs Magen zusammen.

»Und jetzt den Text«, erklärte Sophie, während sie die entsprechende Datei öffnete. »Darf ich dir eigentlich irgendetwas außer Wein anbieten? Ich bin eine schlechte Gastgeberin. Möchtest du etwas trinken? Etwas essen?«

»Hast du vielleicht ein Glas Wasser?«, fragte Hannah.

»Natürlich. Auf dem Tisch steht auch eine Schale mit Lakritz. Du darfst dich gern bedienen.« Sophie nahm ein kleines, schwarzes Lakritztierchen in den Mund. »Ich liebe Lakritz.« Dann stand sie auf und verschwand in der Küche. Kurz darauf kam sie mit zwei Wassergläsern zurück.

Enger als es notwendig gewesen wäre, setzte sich Sophie wieder neben Hannah.

Hannah war bereits dabei, den Text zu lesen. Aber die Buchstaben verschwammen vor ihren Augen. Mit jeder Sekunde, die verging, wurde Hannahs Bedürfnis stärker, Sophie zu berühren. Sie konnte nicht länger widerstehen. Mutig näherte sich ihre Hand millimeterweise Sophies Bein. Ihr Herzschlag beschleunigte sich. An Lesen war nicht mehr zu denken.

Ein heißer Schauer durchfuhr Sophie, als Hannah wie zufällig ihren Oberschenkel streifte. Sie schloss ihre Augen.

Hannah hatte keine Ahnung, was passieren würde.

Eine Ewigkeit verharrten sie in dieser Position und trauten sich kaum, sich zu bewegen, aus Angst diese Situation zu zerstören.

»Und, wie gefällt es dir?« Sophies Stimme durchbrach die Stille, als wäre nichts gewesen.

Hannah schluckte. Erst jetzt bemerkte sie, wie angespannt sie gewesen war. »Sehr gut. Das hast du wirklich toll geschrieben«, bemühte sich Hannah, etwas Sinnvolles zu sagen. Sie hatte höchstens die Hälfte von dem aufgenommen, was sie gelesen hatte. Doch das hatte ihr wirklich gefallen. Sophie hatte einen außergewöhnlichen Stil.

»Beim Schreiben musste ich ziemlich viel an dich denken.« *Und nicht nur beim Schreiben*, fügte Sophie in Gedanken hinzu. »Das waren wirklich drei tolle Tage mit dir.« Sophie legte ihre Hand auf Hannahs.

Hannah sog scharf die Luft ein. Sie genoss Sophies Wärme auf ihrer Haut. »Ich fand es auch schön mit dir«, flüsterte Hannah.

Das laute Knallen einer Tür ließ sie zusammenzucken. »Schatz, bist du zu Hause? Ich bin schon da!« Eine weibliche Stimme rief durch die Wohnung.

Wie vom Blitz getroffen fuhren Hannah und Sophie auseinander.

Sophie wurde ganz blass.

Plötzlich stand eine blonde Frau in der Wohnzimmertür.

Hannah hatte keine Ahnung, was hier vor sich ging. Wer war diese Fremde?

»Hallo Alina«, stotterte Sophie. »Was machst du denn schon hier?«

»Das ist aber keine sehr freudige Begrüßung.« Alinas Blick wechselte zwischen Hannah und Sophie hin und her. »Und wer sind Sie?« Alinas grüne Augen funkelten Hannah an.

»Darf ich dir vorstellen, das ist Hannah Rehfeld. Die Ärztin, bei der ich in der Notaufnahme gearbeitet habe.«

Hannah verstand noch immer nicht, was hier los war.

»Und was macht sie hier?« Alinas Augenbrauen zogen sich

bedrohlich zusammen.

»Ich habe sie gebeten, meinen Artikel schon mal zu lesen. Um mögliche inhaltliche Fehler zu korrigieren«, stammelte Sophie. Kleine Schweißtröpfchen bildeten sich auf ihrer Stirn. Sie kam sich vor wie eine Schwerverbrecherin, auch wenn genau genommen gar nichts passiert war. Wahrscheinlich wäre auch überhaupt nichts passiert.

Vielleicht ...

»Schatz«, zischte Alina, »ich würde jetzt gern ein wenig meine Ruhe haben.«

Sophie nickte und sah Hannah entschuldigend an. »Es tut mir leid«, murmelte sie so leise, dass nur Hannah sie hören konnte.

Schatz. Das ließ kaum Interpretationsspielraum zu. Sophie war in festen Händen. Und Hannah hatte sich Hoffnung gemacht. Wie naiv war sie eigentlich? Hannah ballte ihre Hände zu Fäusten, die sich fest in ihre Oberschenkel bohrten. »Dann sollte ich jetzt besser gehen.« Hannah stand auf und griff ihren Motorradhelm.

»Warte. Ich bringe dich zur Tür.« Kaum waren sie aus Alinas Hörweite, fügte Sophie hinzu: »Hannah, es tut mir wirklich leid. Ich hätte dir von Alina erzählen sollen.« Sophie biss auf ihre Unterlippe.

Hannahs Kehle war wie zugeschnürt. Sie konnte nichts erwidern.

»Soll ich dich anrufen, wenn ich weiß, wann der Artikel erscheint?« Sophie konnte es nicht ertragen, dass Hannah so offensichtlich wütend auf sie war, auch wenn sie jedes Recht dazu hatte.

»Okay.«

»Willst du mir deine Nummer geben?« Sophies Herz klopfte schneller. Was wollte sie eigentlich? Was machte Hannah nur mit ihr?

»Hast du was zu schreiben?« Hannahs Stimme klang hart und kühl, auch wenn sie das gar nicht wollte.

Sophie reichte Hannah einen Stift und einen Zettel.

Während Hannah ihre Nummer notierte, zitterten ihre Finger. Sie musste verrückt sein. Warum tat sie das?

Auf der Straße angekommen, atmete Hannah tief durch. Das konnte unmöglich wahr sein! Es war nicht das erste Mal, dass sie bei einer Frau abgeblitzt war, aber sie hatte sich dabei noch nie so vor den Kopf gestoßen gefühlt.

Trotz eines angenehm warmen Sommerwindes stellten sich die Härchen auf Hannahs Armen auf. Sie zog ihre Lederjacke über. Sie musste hier weg. Sie musste sich irgendwie ablenken.

Es war noch nicht ganz neun Uhr. Vielleicht sollte sie Jan anrufen und ihn fragen, ob er so spontan doch noch Zeit hatte, mit ihr zum Tanzen zu gehen. Tanzen war die beste Ablenkung für sie. Dabei hatte sie noch immer den Kopf freibekommen.

Hannah zückte ihr Handy und wählte Jans Nummer. Schon nach dem ersten Freizeichen nahm er ab.

»Hallo Jan. Hast du vielleicht doch Lust, zum Tanzen zu gehen?«, brach es sofort aus Hannah hervor.

»Nanni! Schön von dir zu hören.«

Ein kleines Lächeln huschte durch Hannahs Gesicht, wie jedes Mal, wenn Jan sie Nanni nannte. Jan und Hannah kannten sich seit der Schulzeit, und damals war Nanni ihr Spitzname gewesen. Niemand hatte sie mit Hannah angesprochen. Aber seit sie Abitur gemacht hatten, war es nur noch Jan, der sie so nennen durfte.

»Meinetwegen können wir noch gehen. Ich habe ohnehin nichts vor«, fuhr Jan fort.

»Sehr gut. Ich bin so gegen halb zehn dort.« Eigentlich begann der Kurs um Viertel nach, aber auch wenn sie etwas später kamen, blieb ihnen noch genügend Zeit.

»Alles klar. Bis gleich.«

Kaum hatte sich Hannah auf ihr Motorrad gesetzt, musste sie tief seufzen. Sie startete den Motor. Warum passierte so etwas immer ihr?

Alles hätte perfekt werden können. Sie biss die Zähne so fest aufeinander, dass sie ihre verkrampften Kiefermuskeln spürte. Warum hatte Sophie ihr nicht die Wahrheit gesagt? Warum hatte sie verschwiegen, dass sie in einer Beziehung lebte? Und warum hatte sie alle Annäherungsversuche zugelassen?

Hannah versuchte, sich auf die Straße zu konzentrieren und das Grummeln in ihrem Bauch zu unterdrücken. Sie hatte von

Anfang an gewusst, dass es eine Schnapsidee war, sich zu verlieben. Sie sollte ihre Energie der Arbeit und der Karriere widmen. Da war sie wenigstens vor solch unliebsamen Enttäuschungen gefeit. Das hatte sie im Griff. Da wusste sie, was sie erwarten würde.

Hannah musste scharf bremsen. Beinahe hätte sie die rote Ampel vor ihr übersehen.

Wenig später war sie an der Tanzschule angekommen. Jan wartete bereits auf sie.

»Hallo Süße.« Jan umarmte Hannah. »Dann lass uns mal reingehen.«

Gemeinsam betraten sie den Tanzsaal, in dem schon einige Paare über das Parkett wirbelten. Hannah hatte ihre Tanzschuhe nicht dabei, aber es würde auch einmal ohne gehen.

Jan wechselte seine Schuhe, während Hannah ihren Helm und die Motorradjacke auf einem Stuhl verstaute.

»Kommt auf die Tanzfläche, wir üben Walzer«, begrüßte Sascha, der Tanzlehrer, die beiden. Die Musik machte gerade Pause.

Hannah und Jan nahmen ihre Position ein. Die beiden tanzten schon so viele Jahre miteinander, dass alles fast wie von selbst funktionierte.

»Wie kam dieser plötzliche Sinneswandel?«, wollte Jan wissen.

Die ersten Töne von »I wonder why« erklangen, und Jan führte Hannah gekonnt über die Tanzfläche.

»Ach, das ist eine lange Geschichte.« Hannah verzog ihren Mund.

»Macht ja nichts.« Jan zwinkerte ihr zu.

Normalerweise behielt Hannah ihre Probleme lieber für sich, aber heute musste sie ihrer Wut Luft machen. Also erzählte sie Jan die ganze Geschichte.

Jan hörte gebannt zu und verpasste dabei manchmal seinen Einsatz.

Sascha ermahnte sie zwischendurch immer wieder. Auch Hannah war nicht richtig bei der Sache.

»Ich weiß einfach nicht, was ich davon halten soll«, schloss Hannah schließlich.

Jan runzelte die Stirn. »Tja, das weiß ich auch nicht so richtig. Irgendwie scheint diese Sophie ja Interesse an dir zu haben. Ich meine, ihr habt euch fast geküsst und seid euch ganz schön nahegekommen.«

Hannah nickte. Das dachte sie ja auch. »Aber warum hat sie mir nicht erzählt, dass sie in festen Händen ist?«

»Vielleicht hat sie es verdrängt, weil es ohnehin nicht läuft? Oder sie braucht etwas Abwechslung? Wer weiß das schon.«

Wie immer sah Jan das Positive. »Und wenn schon? Sie hat es trotzdem verschwiegen.« Hannah stampfte auf den Boden.

»Nicht so temperamentvoll, junge Dame«, ertönte Saschas mahnende Stimme.

Die Musik stoppte, und sie machten eine kurze Pause. Hannah und Jan setzten sich an einen Tisch. Jan reichte Hannah seine Wasserflasche.

»Vielleicht wäre es besser, du vergisst sie einfach.« Jan schraubte die Flasche zu.

Hannah verschränkte ihre Finger ineinander. »Das denke ich auch.« Aber das war leichter gesagt, als getan. Sie hatte ja bereits versucht, Sophie zu vergessen, bis sie plötzlich vor einigen Stunden in der Notaufnahme vor ihr gestanden hatte.

»Weiter geht es!« Sascha klatschte in die Hände und scheuchte seine Schüler aufs Parkett. »Und jetzt konzentriert euch besser«, ermahnte er Hannah und Jan.

ꕥ

Hannah nahm ihren Ordner vom Schreibtisch mit auf die Couch. Was gab es Schöneres, als Sonntagabend wissenschaftliche Papiere zu lesen? Sie seufzte. Aber irgendwann musste sie das durcharbeiten, und in der Woche kam sie erst recht nicht dazu.

Sie schüttete sich ein Glas Weißwein ein und schlug die erste Seite auf. Die englischen Wörter flimmerten vor ihren Augen. Wahrscheinlich war es sinnlos. Sie hatte das gesamte Wochenende nur an Sophie denken können und dabei unweigerlich auch an Alina denken müssen. Als ob sie sich mit Arbeit ablenken könnte!

Verdammte Gefühle!

Das Telefon klingelte und beendete für einen Moment ihr Selbstmitleid.

Kurz überlegte Hannah, ob sie abnehmen sollte. Aber schließlich griff sie nach dem Hörer. »Rehfeld«, meldete sie sich.

»Hallo.«

Hannahs Herz schlug augenblicklich schneller, als hätte es die letzten Tage nur auf diesen einen Moment gewartet. Sie schluckte. Ihre Kehle wurde trocken. Ein einziges Wort genügte, um alles zu zerstören, was sie in den letzten achtundvierzig Stunden versucht hatte, an Widerstand aufzubauen.

»Hallo«, erwiderte Hannah. Sie wusste nicht, ob sie sich freuen oder wütend sein sollte.

»Ich musste dich sprechen. Es tut mir alles so schrecklich leid.« Sophies Stimme klang nicht so selbstsicher wie sonst.

Hannah atmete tief durch. »Ist sie weg?«, wollte sie wissen. »Hast du jetzt wieder Zeit für mich?«, fügte sie schnippischer hinzu, als sie beabsichtigt hatte.

»Versteh das doch! Ich wollte es dir immer erzählen, aber ich konnte einfach nicht. Es tut mir wirklich leid.«

Hannah umklammerte den Hörer fester. Wie gern würde sie Sophie das glauben. Doch was spielte das überhaupt für eine Rolle? Sophie hatte eine Beziehung. Sie konnten gute Freundinnen werden. Mehr nicht. Warum sollte sie also wütend auf Sophie sein?

Als Hannah nichts sagte, fuhr Sophie fort: »Alina und ich sind seit fünf Jahren ein Paar. Wir führen eine Fernbeziehung. Sie lebt noch in Hamburg. Hätte ich gewusst, dass sie einen Tag früher kommt als geplant, hätte ich dich vorgewarnt.«

»Sophie«, Hannah wurde ernst, »was möchtest du eigentlich von mir?« Es war die Frage, die Hannah die ganze Zeit auf der Seele brannte.

Sophie stockte. Wenn sie das nur wüsste! In Hannahs Nähe fühlte sie sich wohl, sie spürte dieses Kribbeln, das sie bei Alina schon ewig nicht mehr wahrgenommen hatte. Sie fühlte sich leicht und unbeschwert wie schon lange nicht mehr. Aber sie liebte Alina. Sie war treu. Sie würde Alina nicht hintergehen. Zumindest redete sie sich das ein. Das hatte sie noch nie getan, auch wenn Alina ihr das immer wieder unterstellt hatte. Wenn Alina nur ein kleines bisschen mehr wie Hannah wäre.

»Weißt du, Sophie, ich mag dich. Und ich hatte das Gefühl, dass ich dir auch nicht egal bin. Und als dann plötzlich Alina in deiner Wohnung stand, wusste ich nicht, was ich davon halten sollte.«

Sophie nickte, auch wenn Hannah das nicht sehen konnte. »Das verstehe ich. Ich hätte dir von ihr erzählen sollen. Aber ...« Aber was eigentlich? Sie hatte sich zu Hannah hingezogen gefühlt, und wenn Alina nicht dazwischengekommen wäre, wer weiß, was passiert wäre. Bei diesem Gedanken röteten sich Sophies Wangen. Sie konnte doch nicht ernsthaft daran denken, Alina zu betrügen.

»Lass uns das einfach vergessen und noch einmal von vorn anfangen.« Hannah lächelte. Sie wollte Sophie wirklich besser kennenlernen. »Wie wäre es am Mittwoch? Da habe ich dienstfrei. So am Nachmittag.«

»Gern«, stimmte Sophie augenblicklich diesem Vorschlag zu.

»Magst du Kunst? Ich möchte mir eine Ausstellung ansehen. Vielleicht hast du Lust, mich zu begleiten.«

Sophies Herz machte kleine Freudensprünge. »Auf jeden Fall.« Sie mochte zwar Fotografien lieber als Gemälde, aber mit der richtigen Begleitung spielte das keine Rolle.

»Ich hole dich ab.« Auch Hannahs Herz überschlug sich in ihrer Brust. *So wird das nichts mit dem Vergessen*, meldete sich die kleine vernünftige Stimme in ihrem Kopf. Aber Hannah ignorierte sie.

Als sie aufgelegt hatten, kippte Hannah den restlichen Wein in einem Zug hinunter. Ihr Leben verlief derzeit deutlich weniger in den geordneten Bahnen, die sie gewohnt war. Dieses kurvige Hin und Her brachte sie ganz aus dem Konzept.

Bereits zehn Minuten wartete Hannah in ihrem Auto. Es war trotzdem erst Viertel vor zwei. Um zwei wollte sie Sophie abholen. Immer wieder sah sie auf die Uhr, die stillzustehen schien.

Hannah überlegte, ob sie schon aussteigen und bei Sophie klingeln konnte. Sie entschied sich dagegen. Stattdessen öffnete sie das Fenster, in der Hoffnung, dass ein kühler Wind die stikkige Luft aus dem Auto vertreiben würde. Aber draußen war es mindestens genauso heiß. Es wehte kein Lüftchen.

Ein Klopfen gegen die Beifahrertür ließ sie zusammenzucken. Die Tür öffnete sich und Sophie stieg ein.

»Ich habe dich von oben warten gesehen«, begrüßte sie Hannah mit einem Lächeln. Sophie hatte ihre Augen hinter einer Sonnenbrille versteckt.

»Schön, dich zu sehen.« Hannah wischte ihre feuchten Finger an ihren Shorts ab.

»Wohin fahren wir eigentlich?«, fragte Sophie, als Hannah den Motor startete.

»Ins Kunstmuseum in der Alten Post. In Mühlheim«, erwiderte Hannah. Die Sonne blendete sie und zwang sie dazu, ihre Augen zusammenzukneifen.

»Das kenn ich gar nicht.« Sophie zupfte an ihrem Rock, um ihre Knie zu verdecken. Vielleicht hätte sie doch besser eine Hose anziehen sollen.

»Ich war auch noch nie da. Aber eine Freundin hat mir den Tipp gegeben. Im Augenblick gibt es dort eine Fotosammlung mit Fotografien aus dem Ruhrgebiet. Und ansonsten findet sich dort eine wohl recht interessante Gemäldesammlung.«

»Die Fotosammlung klingt spannend. Ich mag Fotografien, auch wenn ich selbst als Fotografin kein allzu großes Talent bin.« Sophie wickelte eine blonde Haarsträhne um ihren Finger.

»Ich finde Fotoarbeiten auch toll. Das liegt aber vielleicht auch daran, dass ich damit aufgewachsen bin. Mein Vater ist nämlich Fotograf.« Auf Hannahs Stirn bildeten sich tiefe Falten, als sie versuchte, ihre Augen vor den Sonnenstrahlen zu schützen.

»Möchtest du vielleicht meine Sonnenbrille haben?«, bot Sophie ihr an und nahm dabei die Brille von ihrer Nase, um sie Hannah hinzuhalten.

»Sehr gern. Ich habe meine zu Hause vergessen.« Dankend nahm Hannah die Sonnenbrille an. Ein Hauch von Sophies Parfüm wehte zu ihr herüber und machte es ihr nicht leichter, sich auf den Verkehr zu konzentrieren.

»Also, ich würde sagen, wir haben eine Entscheidung getroffen und sehen uns die Fotosammlung an.« Sophie zwinkerte Hannah zu.

Hannah nickte. »Das ist eine gute Idee. Und vielleicht lernst du dann sogar noch ein bisschen was über das Ruhrgebiet.« Sie grinste Sophie an.

Wenig später lösten sie an der Kasse ihre Eintrittkarten. Bei dieser Sommerhitze hatte es nur wenige Menschen ins Museum verschlagen. Die meisten genossen die Sonne am Ufer der Ruhr, im Schrebergarten oder Eiscafé.

»Die Fotosammlung befindet sich im Erdgeschoss. Wir schließen um siebzehn Uhr«, erklärte ihnen eine freundliche Dame.

Es blieben ihnen noch über zwei Stunden. Das sollte ausreichen.

Hannah und Sophie folgten den Anweisungen der Museumsangestellten und landeten in einem wohltemperierten Raum. An den weißen Wänden hingen zunächst einige Schwarzweißfotografien, die das Ruhrgebiet zu Beginn des vorherigen Jahrhunderts zeigten.

Sie durchquerten die Gänge und vollzogen den Wandel der Region von einer Zeit »unter Tage«, bestimmt durch Bergbau und Schwerindustrie, hin zu einer neuartigen Metropole.

»Kannst du dich noch an Zechen und rauchende Schornsteine erinnern?«, wollte Sophie wissen, während sie eine große Rauchwolke auf einem der Fotos betrachtete.

»Um ehrlich zu sein, nicht wirklich. Aber mein Großvater hat im Bergbau gearbeitet. Er hat mir als Kind viel darüber erzählt.« Hannah deutete auf eines der Fotos. »Und solche Zechensiedlungen, die gab es schon noch oft. Wenn man weiß, wo man suchen muss, findet man die ja auch heute noch.«

Sophie nickte. »Ja, das habe ich schon mal gesehen. Wo habt

ihr denn gewohnt?«

»Wir haben eher ruhig gewohnt, in einer typischen Familienwohngegend. Einfamilienhaus mit Vorgarten und Gemüsebeet hinterm Haus. Ganz bestimmt nicht in so einer Siedlung.« Hannah musste grinsen. »Wenn du meine Mutter kennen würdest, wüsstest du, aus welchem Grund. Ich glaube, sie war sich dafür irgendwie zu ... Na ja, wie soll ich sagen? Zu gut trifft es vielleicht.«

»Was macht denn deine Mutter?«, fragte Sophie weiter nach.

»Meine Mutter ist Psychologin.« Hannah verdrehte die Augen. »Diese Berufswahl habe ich nie nachvollziehen können. Und für mich war das im Alltag manchmal ganz schön anstrengend.«

Währenddessen liefen sie weiter und stellten dabei immer wieder fest, dass sie doch einen recht ähnlichen Geschmack hatten und häufig bei den gleichen Fotos länger verweilen wollten, um sie genauer zu studieren.

»Hast du noch Geschwister?«, wollte Sophie wissen.

»Jetzt wirst du aber ganz schön neugierig.« Hannah zwinkerte Sophie zu. »Ich habe einen Bruder. Er heißt Fabian und ist drei Jahre älter als ich. Und du?«

»Ich bin Einzelkind. Aber ich glaube, mein Vater hätte lieber noch ein Kind gehabt. Oder ein anderes. Eines, das eher seinen moralischen Vorstellungen entsprochen und das etwas Anständigeres gelernt hätte.« Sophie machte eine Pause. »Keine lesbische Journalistin.« Für einen Moment spürte sie ein unangenehmes Ziehen in ihrem Magen. Meistens vermied sie es, über ihre Eltern zu reden. Sie wollte jetzt nicht weiter darüber nachdenken und sich die schöne Zeit mit Hannah nicht verderben. Stattdessen lief sie weiter.

Um kurz vor fünf waren sie am Ende angekommen.

»Hat ja doch länger gedauert, als ich das erwartet hätte«, stellte Hannah fest, als sie einen Blick auf die große Uhr warf, die im Foyer hing.

Mit Sophie an ihrer Seite war die Zeit verflogen. Sie hatte jede Minute genossen. Immer wieder hatten sich ihre Finger ganz vorsichtig und wie zufällig berührt. Und jedes Mal hatte Hannah ein Blitz durchzuckt. Gern hätte sie die Hand einfach ergriffen und gehalten. Aber dann war ihr Alina eingefallen.

»Hast du Lust, noch eine Kleinigkeit essen zu gehen?«, durchbrach Sophie Hannahs Gedanken. »Ich habe nämlich ziemlich großen Hunger.«

Erst jetzt bemerkte Hannah, dass sie selbst auch hungrig war. Als sie am Morgen von ihrem Dienst aus der Klinik nach Hause gekommen war, hatte sie sich direkt schlafen gelegt, und als der Wecker geklingelt hatte, hatte sie sich fertiggemacht, ohne an Mittagessen zu denken. »Das ist eine sehr gute Idee«, stimmte sie zu. »Kennst du hier ein Bistro oder so in der Nähe?«

»Nö.« Sophie schüttelte den Kopf. »Ich bin vorher noch nie hier gewesen. Ich kenne mich kein bisschen aus. Aber wir können ja einfach ein wenig durch die Gegend bummeln, bis wir was Schönes finden.«

Gemeinsam traten sie vor die Tür. Augenblicklich wurden sie von der schwülen Hitze empfangen.

»Etwas Regen wäre eine willkommene Abwechslung«, stöhnte Hannah. »Langsam reicht es mit der Hitze.« Sie wischte sich über die Stirn.

»Zumindest ein kleines Gewitter könnten wir gut gebrauchen.« Die Sonne ließ das Grün in Sophies Augen strahlen.

Die beiden schlenderten los. Nach einer Weile waren sie an einer kleinen Tapas-Bar angekommen. Unter den großen, roten Sonnenschirmen fanden sie noch einen freien Tisch.

»Tapas finde ich super!«, erklärte Hannah, während sie ihren Blick über die Karte schweifen ließ. »Vor allen Dingen gibt es da auch genug ohne Fleisch.«

Sophie sah Hannah fragend an. »Isst du kein Fleisch?«

»Ist dir das bisher gar nicht aufgefallen?« Hannah musste schmunzeln. »Nein, ich bin Vegetarierin.«

Wenn Sophie darüber nachdachte, hatte Hannah in ihrer Gegenwart tatsächlich niemals Fleisch gegessen, aber so richtig bewusst war ihr das nicht geworden. Sie selbst konnte sich kaum vorstellen, auf Fleisch zu verzichten. Sie musste nicht unbedingt jeden Tag etwas mit Fleisch essen, aber so ab und zu ein leckeres Steak oder eine Currywurst …

»Viele können das nicht verstehen. Ich weiß. Aber für mich ist es kein Problem. Ich esse schon kein Fleisch mehr, seit ich fünfzehn bin«, fuhr Hannah fort, als hätte sie Sophies Gedanken gelesen.

»Darf ich Ihnen schon etwas zu trinken bringen?«, unterbrach ein sonnengebräunter Kellner ihre Unterhaltung.

Beide entschieden sich für eine erfrischende Apfelschorle.

Als der Kellner die Getränke brachte, bestellten sie eine Auswahl an Tapas.

Während sie auf das Essen warteten, erzählte Sophie von ihrer Studienzeit in Hamburg, Hannah von ihrem Auslandsaufenthalt in Südafrika, wo sie vier Monate ihres praktischen Jahres verbracht hatte.

»Hattest du da keine Angst?«, wollte Sophie wissen.

Hannahs Mundwinkel verzogen sich zu einem Lächeln. Diese Frage hatte sie schon sehr oft gehört. »Vielleicht ein kleines bisschen. Aber an dem Krankenhaus, an dem ich war, musste man eigentlich keine Angst haben. Und auch in dem Studentenwohnheim, wo ich gewohnt habe, gab es hohe Sicherheitsstandards. Aber nachts wäre ich trotzdem nirgendwo allein hingegangen, und wenn man längere Touren mit dem Auto unternommen hat, musste man auch aufpassen, wo man lang fuhr. Und mir ist ja nichts passiert.«

Sophie musste schlucken. So richtig ungefährlich hörte sich das nicht an. »Und wie war das an dem Krankenhaus? Was hast du da gemacht?«

»Ich war für mein Chirurgie-Tertial dort. Wir müssen ja in unserem praktischen Jahr jeweils vier Monate Chirurgie, vier Monate innere und vier Monate ein Wahlfach machen. Jedenfalls war ich in Südafrika in der Chirurgie, und um ehrlich zu sein, durfte ich dort nahezu alles machen.« Hannah nahm einen Schluck aus ihrem Glas. »Ich habe dort jede Menge praktische Erfahrungen gesammelt. Allerdings sind die Standards dort schon ziemlich anders als hier in Deutschland. Vor allem hat es sehr viel Spaß gemacht.«

Sophie hörte gespannt zu. Das klang alles sehr abenteuerlich. Für sie war bereits der Umzug von Hamburg nach Essen ziemlich aufregend gewesen. »Vier Monate in einem fremden Land, das kann ich mir kaum vorstellen.«

Hannah verwischte die Kondenstropfen, die sich auf dem

Glas gebildet hatten. »Ach doch. So ein Auslandsaufenthalt ist toll. Und für die Karriere ist das zudem auch sehr förderlich.«

Der Kellner trat erneut an ihren Tisch und servierte die Tapas in vielen kleinen Schälchen. Es duftete herrlich.

Während sie aßen, schwiegen sie.

Sophie musterte Hannah etwas genauer. Heute trug sie ihre fast schwarzen Haare offen. Ein hellblaues Stirnband, das perfekt zu ihrer Augenfarbe passte, bändigte die Mähne ein wenig. Trotz der vielen Sonne in den letzten Wochen wirkte Hannahs Haut hell, beinahe blass. Nur ein paar zarte Sommersprossen verliehen ihrem Gesicht einen Hauch von Bräune.

Sophie tunkte eines der gebratenen Kartoffelstückchen in die Tomatensoße. Wenn sie Hannah so betrachtete, wirkte sie fast ein wenig zerbrechlich. Ganz anders als Alina, die zwar auch sehr hübsch und attraktiv war, dabei jedoch manchmal mit ihrer Art rau wirkte. Sie schüttelte den Kopf, um das Bild von Alina zu vertreiben.

»Alles in Ordnung bei dir? Schmeckt es nicht?«, fragte Hannah.

»Doch, alles bestens. Es schmeckt ausgezeichnet.«

»Finde ich auch.« Hannah biss in eine mit Frischkäse gefüllte Paprika. »Was machst du denn am Wochenende?« Hannah spürte, wie ihr Puls sich beschleunigte. Die Frage sollte ganz unverfänglich klingen.

Sophie schluckte. Sie hatte es gerade geschafft, die Erinnerung an Alina zu verdrängen. »Am Freitag kommt Alina«, murmelte sie. Sie senkte ihren Blick Richtung Teller. Sie wusste selbst nicht genau, warum. Es war doch alles geklärt zwischen ihnen. Hannah wusste, dass es Alina gab und dass sie in festen Händen war.

Hannah spürte einen Stich in ihrer Brust. Natürlich. Natürlich würde Alina am Wochenende kommen, um die Zeit mit ihrer Freundin zu verbringen. Das war schließlich selbstverständlich. »Das hätte ich mir auch denken können.« Hannah biss auf ihre Unterlippe. Warum war sie über diese Antwort so enttäuscht? Was hatte sie denn erwartet?

Sophie verschränkte ihre Finger ineinander. »Eigentlich habe ich keine große Lust, Alina schon wieder zu sehen«, gestand sie und war augenblicklich über ihre Ehrlichkeit erschüttert. Das ging niemanden etwas an. Höchstens Alina und sie. Aber nicht Hannah.

Ihre Blicke trafen sich. »Lass uns bitte einfach über etwas anderes sprechen und uns diesen schönen Nachmittag nicht kaputtmachen«, meinte Sophie. Mit ihrem Fuß suchte sie unter dem Tisch Hannahs Bein.

Als Sophie Hannah berührte, spürte Hannah ein Kribbeln in ihrer Magengegend. »Du hast recht.«

Sie sahen sich noch immer tief in die Augen.

»Ich habe die Zeit mit dir wirklich genossen.« Hannah schenkte Sophie ein umwerfendes Lächeln.

»Ich auch. Aber ich glaube, wir sollten uns langsam auf den Rückweg machen.«

Hannah hatte vollkommen die Zeit vergessen. Es war bereits acht. »Wie du möchtest.«

Sie bezahlten und liefen zurück zum Auto.

Galant hielt Hannah Sophie die Tür auf. Kichernd stieg Sophie ein. »Das hat aber schon lange keiner mehr für mich gemacht.«

Auch Hannah nahm Platz und drehte den Schlüssel im Zündschloss. Der Motor sprang mit einem lauten Brummen an.

Sophie lehnte sich zurück und schloss die Augen. Was für ein herrlicher Tag! Sie durfte gar nicht daran denken, dass sie morgen wieder arbeiten musste. Wie viel schöner es doch wäre, auch den morgigen Nachmittag mit Hannah zu verbringen.

Hannah drehte die Klimaanlage ein wenig herunter. Gleich hatten sie die Autobahnabfahrt erreicht, die zu Sophies Wohnung führte. Die ganze Fahrt über hatte sie überlegt, ob sie Sophie fragen sollte, ob sie auch den restlichen Abend noch gemeinsam verbringen möchten. Hannahs Herz schlug schneller. Jetzt oder nie. Sie atmete einmal tief durch. »Hast du Lust, noch mit zu mir kommen?« Ihre Stimme zitterte, als sie Sophie diese Frage stellte.

Sophie zögerte. Wäre das wirklich eine gute Idee? Sie sollte besser allein nach Hause fahren. »Ich denke, es ist besser, wenn du mich zu mir bringst.«

Hannah nickte. »Natürlich.« Sie nahm die Abfahrt und bog ab.

»Aber …« Sophie zupfte an ihrem Ohrläppchen. »Vielleicht hast du Sonntag Zeit? Ich würde dich gern wiedersehen.«

Ein Lächeln huschte durch Hannahs Gesicht. »Das passt mir sehr gut.«

Nachdem Hannah Sophie abgesetzt hatte, hatte sie Laura angerufen, um sie zu fragen, ob sie einen Moment Zeit für sie hätte. Laura war sofort begeistert gewesen. In letzter Zeit hatte sie viel zu wenig Zeit mit ihrer besten Freundin verbracht.

Nun stand Hannah vor Lauras Haustür.

»Hey Süße, komm doch rein«, begrüßte Laura Hannah freudig. »Hast du Hunger? Ich wollte mir gerade ein Brötchen machen.«

»Nein, danke.« Hannah streifte ihre Sandalen ab und folgte Laura in der Küche.

»Deiner Knoblauchfahne nach hast du bereits gegessen.« Laura grinste Hannah an.

»Dir bleibt aber auch nichts verborgen.« Hannah knuffte Laura in die Seite. »Also, Frau Kommissarin, ich habe bereits gegessen und, bevor du fragst, nicht allein.«

Laura legte ihren Zeigefinger an ihre Lippen. »Ah ja. Und deinem Gesichtsausdruck nach war es nicht mit deiner Mutter.« Sie lehnte sich gegen den Kühlschrank. »Deinem Strahlen entnehme ich, dass es mit einer schönen Frau war.« Sie trommelte gegen die Schranktür. »Ich tippe auf …« Nachdenklich betrachtete sie Hannah. »… auf eine blonde Journalistin.« Laura konnte ein breites Grinsen nicht länger unterdrücken.

Hannah rückte sich einen Küchenstuhl zurecht und nahm darauf Platz. »Dein Spürsinn ist beindruckend.«

Laura zuckte mit den Schultern. »Ich weiß. Und jetzt spann mich nicht länger auf die Folter.« Sie setzte sich Hannah gegenüber und biss genüsslich in ihr Brötchen.

»Also, am Sonntag hat mich Sophie angerufen«, begann Hannah und erzählte Laura die gesamte Geschichte in allen Einzelheiten. »Und heute waren wir zusammen im Museum. Es war ein unglaublich schöner Nachmittag. Wir waren dann noch etwas essen. Tja, und jetzt ...«, beendete sie ihre Ausführungen.

»Und jetzt seid ihr einfach gute Freundinnen?«, hakte Laura nach.

Hannah seufzte. »Wenn ich das nur wüsste! Die ganze Zeit über war da so eine Spannung zwischen uns. Ich glaube nicht, dass ich mir das nur eingebildet habe. Aber irgendwie ...« Sie atmete schwerfällig aus. »Ich habe keine Ahnung.«

Laura ergriff Hannahs Hand. »Und wie geht es weiter?«

Hannahs Gesichtsausdruck erhellte sich. »Am Sonntag sehen wir uns wieder.«

Lauras Daumen strich sanft über Hannahs Haut. »Das ist doch super.« Sie blickte ihre beste Freundin aufmunternd an. »Ich würde sagen, dass sich das sehr vielversprechend anhört.« Laura erhob sich und schenkte ihnen ein Glas Wasser ein.

»Ich hoffe, du hast recht.« Hannah trank einen Schluck.

»Ich habe immer recht.« Laura lächelte.

»Aber genug von mir und meinen Problemen. Was gibt es bei dir Neues?«

»Och ...« Laura fuhr sich durch die langen braunen Haare, die sie ausnahmsweise offen trug. »Ich habe auch Pläne fürs Wochenende.« Sie fegte die Krümel, die sie auf der Tischdecke hinterlassen hatte, zusammen.

»Und?«, bohrte Hannah nach, als Laura keine Anstalten machte, mehr zu erzählen.

»Ich treffe mich mit Pauline, und wir gehen ins Kino«, platzte sie mit der guten Nachricht schließlich heraus.

»Das wird aber auch Zeit. Ich freue mich für dich.« Hannah lächelte ihre Freundin an. »Aber wie ist es denn so weit gekommen? Bis vor Kurzem wusstest du gerade mal ihren Namen.«

Lauras Mundwinkel zuckten. »Tja, manchmal muss man einfach direkt mit der Tür ins Haus fallen.«

Hannah stand auf und betätigte die Kaffeemaschine. »Das klingt nach einer etwas längeren Geschichte. Dafür brauchen wir Kaffee.«

Laura nickte. »Das ist eine gute Idee.«

»Ich bin ganz Ohr. Erzähl.« Hannah lehnte an ihrem Küchenschrank, während der Kaffee durchlief.

»Vor drei Tagen war Pauline wieder bei uns in der Notaufnahme.« Lauras Finger trommelten auf die Tischplatte.

»Das ist an sich ja noch nichts Außergewöhnliches.«

»Sie haben einen Patienten mit hypertensiver Entgleisung gebracht, der noch recht fit war.«

Mittlerweile war der Kaffee durchgelaufen und Hannah füllte zwei Tassen, um sich anschließend wieder an den Tisch zu setzen. »Was hat das jetzt damit zu tun?« Hannah verstand nicht ganz, was Laura ihr sagen wollte.

»Pauline und ich, wir haben ihn allein umgelagert, im Prinzip brauchte der Patient gar keine große Hilfe. Außerdem war gerade überhaupt nicht viel los. Also waren wir allein«, spannte Laura Hannah weiter auf die Folter.

»Abgesehen von dem Patienten.«

»Aber der war ziemlich schwerhörig.« Laura grinste. »Jedenfalls habe ich all meinen Mut zusammengenommen und Pauline gesagt, dass sie mir schon ein paarmal aufgefallen sei.« Auch jetzt noch zitterte Lauras Stimme. »Und dann habe ich sie gefragt, ob sie nicht mal mit mir ausgehen möchte.« Laura holte tief Luft. »Du kannst dir gar nicht vorstellen, was für Herzklopfen ich hatte.«

Hannah zwinkerte Laura zu. »Doch, das kann ich. Glaub mir.«

»Jedenfalls hat Pauline sofort begeistert zugestimmt und meinte, dass sie mich auch schon die ganze Zeit fragen wollte, sich aber nie getraut hat. Verrückt, oder?«

Hannah umklammerte ihre Tasse. »Ja, so ist das manchmal. Weißt du noch, damals bei Miriam und mir?«

»Natürlich weiß ich das noch. Das war auch ein ewiges Hin und Her, bis ihr euch endlich mal getraut habt.« Laura musste lachen. »Jeden Tag hast du mir mit ihr in den Ohren gelegen und von ihr geschwärmt wie ein verliebter Teenager. Hätte das auch nur noch einen Tag länger gedauert, wäre ich selbst zu ihr gegangen und hätte sie für dich gefragt. So hätte das nicht mehr weitergehen können.«

Schon lange hatte Hannah nicht mehr an ihre Ex denken müssen. Fast drei Jahre waren sie ein Paar gewesen. Es hatte viele schöne Monate gegeben, aber letztlich waren sie doch zu unterschiedlich gewesen. »Aber dann hat Miriam mich ja doch noch angesprochen und eingeladen. Vielleicht wären wir sonst nie ausgegangen.« Damals hatte Miriams Schwester bei Hannah auf der Station als Patientin gelegen. Miriam hatte sie jeden Tag besucht. Sie war Hannah sofort aufgefallen. Immer wieder hatten sie verstohlene Blicke ausgetauscht. Irgendwann hatten sie auch über den Gesundheitszustand von Miriams Schwester gesprochen. Hannah hatte sich zu Miriam hingezogen gefühlt, doch sie hatte sich nicht getraut, den ersten Schritt zu machen.

»Vielleicht wäre das besser gewesen.« Laura runzelte die Stirn.

»So schlimm war es auch nicht mit Miriam.«

Laura zuckte die Schultern. »Na ja.«

»Ich drück dir jedenfalls die Daumen, dass es bei dir und Pauline ein schöner Abend wird.« Hannah konnte ein Gähnen nicht länger unterdrücken. Der Nachtdienst und der fehlende Schlaf machten sich langsam bemerkbar. »Ich glaube, ich muss ins Bett.«

Hannah war gerade dabei, das Bügelbrett aufzubauen, als es an der Tür klingelte. Ein wenig froh, der lästigen Pflicht zu entkommen, öffnete sie. Sie lauschte den Schritten im Hausflur. Sie hatte keine Ahnung, wer sie so überraschend besuchen könnte. Wenn das einer dieser schrecklichen Vertreter war, würde sie ihm die Tür vor der Nase zuschlagen. Darauf hatte sie noch weniger Lust als aufs Bügeln.

Doch die Sorge war vollkommen unbegründet.

»Entschuldige diesen Überfall.«

Hannah sah direkt in Sophies strahlende Augen. Sie musste schlucken. »Kein Problem«, brachte sie schließlich hervor. Sie betrachtete Sophie, die etwas unschlüssig im Türrahmen stand.

»Äh …«, stotterte Hannah. »Komm doch erst einmal

rein …« Sie hätte mit vielem gerechnet, aber nicht mit Sophie, die bezaubernd schön vor ihrer Tür stand. Gestern Abend hatte Sophie noch nicht mitkommen wollen, und sie hatten sich für den Sonntag verabredet. Und nun stand sie plötzlich vor ihr.

»Ich hätte dir vorher Bescheid gesagt, aber …« Sophie strich eine Haarsträhne hinter ihr Ohr, während sie sich nicht vom Fleck rührte. »Aber …« Sie räusperte sich. »Ich habe das ganz spontan entschieden. Irgendwie stand ich plötzlich vor deiner Tür.«

»Das macht nichts.« Hannah lächelte. »Ganz im Gegenteil. Ich freue mich.« Zur Bestätigung ihrer eigenen Worte pochte ihr Herz wild in ihrer Brust, so dass ihr beinahe schwindelig wurde.

»Ich hoffe, ich störe dich nicht.« Sophie hielt einen Moment die Luft an. Vielleicht hätte sie anrufen sollen. Was, wenn Hannah gar keine Zeit hatte oder wenn sie schon Besuch hatte oder jemand anders erwartete?

»Du rettest mich.« Hannahs Gesicht verzog sich zu einer Grimasse. »Vor dem Bügeln.« Sie zwinkerte Sophie zu. »Ich bin dir dafür äußerst dankbar.«

Sophies angespannte Schultern lösten sich ein wenig. »Da bin ich aber froh.«

»Und jetzt komm endlich rein.« Hannah hielt Sophie noch immer die Tür auf.

Sophie betrat den kleinen Flur. »Das sieht aber hübsch aus«, kommentierte sie die zahlreichen Fotos, die an den weißen Wänden hingen.

»Die sind alle von meinem Vater«, erklärte Hannah, die beobachtete, wie Sophie die Bilder studierte. Die meisten zeigten Szenen des Alltags. Kinder beim Spielen. Familien beim Essen. Pärchen beim Spazierengehen. Aber durch seinen Blickwinkel hatte ihr Vater diesen Szenen das Alltägliche genommen. Sie wirkten ganz besonders.

Schließlich folgte Sophie Hannah ins Wohnzimmer. Auch hier ließ sie ihren Blick schweifen. Neben der gemütlichen Sitzecke mit dem Sofa gab es auch noch eine große Essecke. Alle Möbel passten farblich perfekt zueinander und waren alle aus dem gleichen dunklen Holz.

»Nimm Platz. Darf ich dir etwas zu trinken anbieten? Kaffee? Tee? Wasser?« Hannah zuckte mit den Schultern. »Mehr habe ich nicht. Ich bin nicht auf so einen spontanen Besuch vorbereitet.«

Sophie ließ sich auf das große, gemütliche Sofa nieder. »Kein Problem. Eine Tasse Kaffee wäre wundervoll.«

Wenig später stellte Hannah zwei Tassen auf den Tisch und setzte sich in einen Sessel. Eigentlich hätte sie sich lieber direkt neben Sophie gesetzt, aber sie wollte sie nicht bedrängen. Etwas Abstand wäre sicherlich besser.

»Was verschafft mir denn die Ehre deines Besuchs?« Hannahs Füße wippten unruhig auf und ab. Wollte Sophie ihr am Ende mitteilen, dass das alles keinen Sinn machte?

Sophie griff in ihre Handtasche und zog eine Zeitschrift heraus. »Es ist so weit.« Sie legte das bunt glänzende Magazin auf den Tisch.

Sofort erkannte Hannah sich auf dem Cover. Sie schluckte. »Ist das …?«

»Ganz genau. Morgen erscheint der Blickpunkt mit unserer Geschichte als Titelthema. Ist das nicht großartig?« Sophies Augen ruhten erwartungsvoll auf Hannah.

Hannah nahm die Zeitung in die Hand, um das Cover genauer anzusehen. Auch wenn sie die Fotos bereits kannte, jetzt wirkte es ganz anders. Aber sie musste zugeben, der Fotograf hatte richtig gute Arbeit geleistet.

»Komm zu mir, dann können wir gemeinsam gucken. Ich habe es auch noch nicht richtig gesehen.« Sophie legte den Kopf ein wenig schief.

Hannah zögerte einen Moment. In Sophies Nähe konnte sie für nichts garantieren. Doch sie konnte Sophies Anblick nicht lange widerstehen und wechselte den Platz. Sie war einfach umwerfend. Dieses süße Lächeln ließ Hannah dahinschmelzen. Das waren keine guten Voraussetzungen.

Sophie schlug den Artikel auf. Eingeleitet wurde die Geschichte durch zwei weitere Doppelseiten mit Fotos, auf denen in weißer Schrift Sätze wie »Sie retten täglich Leben« oder »Alltag in einer deutschen Notfallaufnahme« standen.

Hannah konnte ein Schmunzeln nicht unterdrücken. »Das ist

aber sehr plakativ«, murmelte sie.

»So ist das mit unserer Arbeit eben.« Sophie machte einen unschuldigen Augenaufschlag. »Wir schreiben einfach nur die Wahrheit. So formuliert, dass es die Leute interessiert.«

»Ist klar.« Hannah blätterte weiter.

Gemeinsam überflogen sie den Text. Es hatte sich kaum etwas geändert. Nur einzelne Formulierungen waren anders.

»Und, wie gefällt es dir?«, wollte Sophie schließlich wissen.

»Es ist wirklich toll geworden. Und auch, wenn ich den Text und die Fotos schon kannte, gedruckt ist es noch viel besser.« Hannah sah zu Sophie. Ihr Puls beschleunigte sich. Warum brachte diese Frau sie nur so durcheinander? »Danke, dass du es mir gezeigt hast.« Sie ergriff Sophies Hand. Sofort spürte sie die angenehme Wärme, die von ihr ausging.

»Das habe ich dir doch versprochen.« Sophies Stimme war nur noch ein Flüstern.

»Nach gestern ...« Hannah stockte.

Sophie strich zärtlich über Hannahs Wange. »Ich weiß.« Sie seufzte. »Es ist alles nicht so einfach.«

Hannahs Haut kribbelte, brannte beinahe. Sie sehnte sich so sehr nach Sophies Berührungen. Es war genau wie damals im Nachtdienst. Oder wie bei Sophie auf der Couch. Doch dieses Mal wollte Hannah sich die Gelegenheit nicht entgehen lassen. Sie musste Sophie endlich küssen, ihre Lippen spüren.

Sie beugte sich zu Sophie. Sophies Atem kitzelte ihre Haut. Hannah schloss die Augen.

Ihre Lippen trafen aufeinander, als hätten sie nie etwas anderes gewollt.

Sophies Mund fühlte sich so warm und weich an.

Hannahs Finger zitterten.

Sophie legte ihre Hände in Hannahs Nacken und zog sie näher zu sich. Ihr Herz klopfte bis zum Hals.

Vorsichtig tippe Hannahs Zunge gegen Sophies Lippen, strich sanft darüber, kostete die Süße.

Dann öffnete Sophie ihren Mund einen kleinen Spalt. Ihre Zungenspitzen trafen aufeinander.

Ihr Kuss wurde immer leidenschaftlicher, fordernder.

Plötzlich wich Hannah zurück. Was war nur in sie gefahren?

Sophie war vergeben. Sie hatte eine Partnerin. Sie durfte sich da nicht einmischen. Hannah rang nach Luft. Das hätte nicht passieren dürfen! Sie hatte es geahnt, dass es keine gute Idee war, sich neben Sophie zu setzen. Dieser Duft, der Sophie umhüllte, dieses Leuchten ihrer Augen, dieses Lächeln. Das ließ sie die Kontrolle verlieren.

»Was ist los?«, presste Sophie hervor, während sie versuchte, ihren Atem wieder unter Kontrolle zu bekommen.

Hannah rückte ein Stückchen zur Seite. »Du hast eine Freundin. Ich kann das nicht. Ich möchte mich da nicht einmischen«, versuchte sie ihre Probleme in Worte zu fassen. Auch wenn ihr Herz eine ganz andere Sprache sprach. In Wirklichkeit wollte sie nichts lieber, als Sophie erneut zu küssen, sie wollte mit Sophie verschmelzen, ihre Hände diesen umwerfenden Körper entlanggleiten lassen. Sie wollte für immer bei Sophie bleiben, mit ihr zusammen sein. Aber unter diesen Umständen …

Sophies Kehle war wie zugeschnürt. »Aber …« Sie legte ihre Hände vor ihr Gesicht. »Ich …«, stammelte sie. Sie wusste einfach nicht, was sie sagen sollte. Natürlich gab es Alina. Aber in diesem Augenblick hatte sie es vollkommen vergessen. Es gab nur Hannah und sie. Aber Hannah hatte recht. Es durfte nicht sein. Sophie stand auf und griff nach ihrer Tasche. »Vielleicht sollten wir uns nicht mehr wiedersehen. Es ist besser so.« Kurz darauf fiel die Tür ins Schloss.

Hannah saß benommen auf ihrem Sofa. Was sollte sie jetzt tun? War es das, was sie wollte? Sophie niemals wiedersehen?

Sie konnte doch nicht einfach für immer gehen!

»**D**a kommt ja unser Covergirl«, wurde Hannah am nächsten Morgen überschwänglich begrüßt, als sie den Frühbesprechungsraum betrat. Der neue Blickpunkt hatte offensichtlich schnell die Runde gemacht.

»Der Artikel ist wirklich gut geworden«, bemerkte Isabel, eine Kollegin.

Auch der Chef ließ den Artikel wenig später nach seiner morgendlichen Ansprache nicht unerwähnt. »Liebe Frau Rehfeld, ich möchte mich ganz herzlich bei Ihnen für Ihre Arbeit bedanken. Sie haben unsere Notaufnahme ausgezeichnet vertreten und sie in einem richtig guten Licht dastehen lassen«, lobte Prof. Eckhardt Hannah vor seinen Mitarbeitern. »Mal abgesehen davon, dass Sie auf den Fotos wirklich toll aussehen.«

Hannahs Wangen röteten sich. »Danke.« So viel Aufmerksamkeit war Hannah nicht gewohnt. Aber an diesem Tag musste sie sich daran gewöhnen, ob sie wollte oder nicht. Denn kaum war sie in der Notaufnahme angekommen, ging es weiter.

»Unser neuer Star«, bemerkte Laura mit einem breiten Grinsen. Sie wedelte mit dem Blickpunkt vor Hannahs Augen. »Deine kleine Journalistin ist echt talentiert. Alle Achtung. Du kommst gut weg. Und außerdem siehst du noch dazu umwerfend aus.«

»Sie ist nicht *meine* Journalistin«, grummelte Hannah. Sie spürten einen Stich tief in ihrer Brust. Wahrscheinlich würde sie Sophie niemals wiedersehen. Sie hatte es vermasselt. Komplett. Auf Hannahs Stirn bildete sich eine tiefe Falte. Sie war eine verdammte Idiotin.

»Was ist denn los mit dir? Warum machst du so ein Gesicht? Das ist doch ein Grund zum Feiern. Hoffentlich laufen uns die Patienten heute nicht die Notaufnahme ein, bei so viel positiver Werbung.«

»Ach Laura ...« Hannah schüttelte den Kopf. »Darum geht es nicht.«

»Mittwoch hast du dich aber noch ganz anders angehört. Was ist denn seitdem passiert?« Laura legte einen Arm um Hannahs Schulter und schob sie langsam, aber bestimmt in Richtung Aufenthaltsraum – wie immer, wenn es etwas Wichtiges zu besprechen gab.

*Viel zu viel ist passiert*, fluchte Hannah in Gedanken. Dieser Kuss war so unbeschreiblich schön gewesen, noch viel intensiver, als sie sich das je ausgemalt hatte. Er hatte jede Zelle ihres Körpers in Aufruhr versetzt. Wäre nur dieser Abgang nicht gewesen!

»Hannah, der Artikel ist toll geworden. Glückwunsch!«, rief

ihnen unterwegs Heiko, einer der Pfleger, zu.

»Danke«, erwiderte Hannah. Ein bisschen stolz war sie schon auf das viele positive Feedback, doch im Moment konnte sie sich nicht richtig darüber freuen. Sie hatte ganz andere Sorgen.

»Setz dich«, befahl Laura, nachdem sie den Aufenthaltsraum betreten hatten.

»Gibt es denn keine Patienten?«

»Im Augenblick nicht. Und wenn, du bist auch ein Notfall. Also, solange es nicht um Leben und Tod geht, kann das jetzt auch mal warten.«

Hannahs Mundwinkel verzogen sich zu einem Lächeln. Laura schaffte es immer irgendwie, sie aufzuheitern.

»Dann schieß mal los.« Laura goss ihnen Kaffee ein und drückte Hannah ungefragt eine Tasse in die Hand.

Hannah starrte in die schwarze Flüssigkeit. Das war alles kompliziert. Sie konnte Sophies Lippen auf ihren spüren, ihren süßen Duft einatmen. Hannah seufzte schwer.

»Hannah!« Lauras Finger trommelten auf die Stuhllehne. »Schieß los. Ich warte«, forderte sie.

Hannah beobachtete, wie der Dampf aus der Tasse aufstieg. Heißer Kaffee war im Krankenhaus eine Seltenheit. Als sie während der drei Tage hier mit Sophie gesessen hatte ... Ihr Gesicht verfinsterte sich.

Das war aus und vorbei, es hätte niemals so weit kommen dürfen. Kaffeetrinken war das eine, sich küssen etwas ganz anderes.

»Du bist pleite«, riet Laura, als von Hannah kein Ton kam. Ihre Mundwinkel zuckten verdächtig.

Jetzt musste Hannah doch lachen. »Nein, wirklich nicht.«

»Komisch. Was ist es denn dann?« Laura legte den Zeigefinger ans Kinn. »Es muss um Frauen gehen. Um eine bestimmte, würde ich tippen.«

Hannah nickte.

»Wahrscheinlich ist sie von Beruf Journalistin. Richtig?«

»Ganz genau«, sagte Hannah in jammerndem Tonfall. Sie stellte die Tasse auf den Tisch.

»Jetzt lass dir nicht jedes Wort einzeln aus der Nase ziehen. Ich bin deine beste Freundin. Du musst mir das erzählen.« Lauras Augen verengten sich zu einem Spalt.

Hannah gab ihren Widerstand auf. »Also«, begann sie. »Sophie war gestern Abend bei mir, um mir den Blickpunkt zu zeigen. Und irgendwie ...« Sie stockte. Allein die Erinnerung daran führte zu einem schmerzhaften Ziehen in ihrer Magengegend.

»Und irgendwie was?«

»Irgendwie haben wir uns geküsst.« Es war raus. Hannah atmete tief durch.

»Das ist doch toll!«, jubelte Laura. Doch als von Hannah nur ein gequälter Blick kam, fügte sie hinzu: »Oder etwa nicht?«

»Na ja, es wäre schön gewesen, wenn sie nicht mittendrin gegangen wäre.«

»Oh«, war alles, was Laura entgegnete.

Hannahs Finger verschränkten sich ineinander. »Ich konnte das einfach nicht. Sie hat doch eine Freundin.«

»Du hast sie weggeschickt?« Ungläubig starrte Laura ihre Freundin an.

»So kann man das sagen.« Hannah stieß hörbar laut die Luft aus. »Und als sie gegangen ist, hat sie gesagt, dass es wohl besser wäre, wenn wir uns nie mehr wiedersehen.«

Laura legte die Hand auf Hannahs Arm. »Was hätte sie denn sonst sagen sollen?«

»Ich weiß es nicht.« Hannah biss auf ihre Unterlippen.

»Ich meine, du hast ihr doch diese Worte quasi in den Mund gelegt.«

Laura hatte recht. Sie war es gewesen, die Sophie fortgestoßen hatte. Was hätte Sophie da anderes machen sollen? An ihrer Stelle hätte Hannah genauso reagiert. Im Endeffekt war es genau das, was Hannah gewollt hatte.

»Vielleicht möchte Sophie dich genauso gern wieder treffen, aber hat genauso Angst, das zuzugeben, wie du«, sprach Laura weiter.

Hannah legte den Kopf ein wenig schief. »Das könnte sein.« Zum ersten Mal am heutigen Tag fühlte sie sich etwas erleichtert. Es gab doch noch etwas Hoffnung. Vielleicht war das alles nur ein großes Missverständnis.

»Was würde ich nur ohne dich machen, Laura?«

Laura zuckte mit den Schultern. »Tja ... Ich würde sagen, zum Dank lädst du mich mal wieder ins Kino ein.« Sie zwinkerte Hannah zu.

»Das tue ich gern.« Hannah erhob sich von ihrem Stuhl. »Aber jetzt können wir die Patienten nicht mehr länger warten lassen. Komm.« Sie umarmte Laura. »Danke. Du bist die Beste.«

*Es ist nur ein Kuss gewesen.* Diesen Satz hatte sich Sophie den ganzen Tag über gesagt. Immer und immer wieder. Aber egal, wie oft sie ihn in Gedanken wiederholt hatte, sie war nicht davon überzeugt. Hannah ging ihr nicht aus dem Kopf. Jede Sekunde dachte sie an Hannah, an die Gefühle, die sie in ihr hervorgerufen hatte. So etwas hatte Sophie schon eine Ewigkeit nicht mehr gespürt. Aber das konnte nicht sein ...

Sophie lief durch ihre Wohnung und versuchte, etwas Ordnung zu schaffen. In spätestens einer halben Stunde würde Alina kommen, um das Wochenende wie immer gemeinsam mit ihr zu verbringen, und Alina hasste es, wenn es zu chaotisch aussah und nicht alles an seinem Platz lag.

Wenn Alina erst einmal da war, dann könnte Sophie diese Szene von gestern einfach vergessen. Ganz bestimmt. Da war sie sich sicher.

Sophie hatte gerade das letzte Geschirr in den Schrank geräumt, als sie den Schlüssel im Schloss hörte. Sie atmete einmal tief durch und versuchte zu lächeln. Dann schloss sie die Schranktür, um Alina zu begrüßen.

Es war nichts passiert. Alles war in Ordnung. Alina brauchte von nichts zu wissen, schließlich gab es gar nichts von Belang zu erzählen.

Wäre da nur nicht das Kribbeln gewesen, das sie gespürt hatte, diese Sehnsucht, die in ihr aufgekommen war, das Verlangen, Hannah zu berühren ...

Sophie schüttelte den Kopf, um die Gedanken zu vertreiben.

Es war nichts passiert.

»Hallo mein Schatz.« Alina schmiss ihre Tasche achtlos in den Flur und kam auf Sophie zu. Sie drückte Sophie flüchtig einen Kuss auf den Mund, ehe sie in der Küche verschwand. »Was hast du denn gekocht? Ich verhungere gleich.« Als sie in der Küche keine Kochtöpfe entdecken konnte, sagte sie: »Oder hast du noch gar nicht angefangen?«

Das war so typisch Alina. Statt sich zu freuen, sie zu sehen, sie einfach mal in den Arm zu nehmen, meckerte sie gleich rum. Für sie war es selbstverständlich, dass Sophie sich ums Essen kümmerte. Ob sie Zeit oder Lust dazu hatte, war Alina ganz egal.

»Ich dachte, wir könnten heute mal zusammen kochen«, wagte Sophie einen Vorstoß. Sie war den ganzen Tag mit etwas anderem beschäftigt gewesen. Sie hatte es nicht einmal geschafft, einkaufen zu gehen. Zu sehr hatte sie versucht, Hannah zu vergessen.

»Lass mal lieber.« Alina machte eine wegwerfende Handbewegung. Dann ließ sie sich auf die Couch fallen. »Hast du mal 'ne Cola für mich?«

Ohne weiter darüber nachzudenken, schenkte Sophie ihnen ein Glas Cola ein und setzte sich damit neben ihre Freundin. »Wie war denn deine Woche?«, begann Sophie ein Gespräch.

»Anstrengend. Ich bin etwas unter Zeitdruck geraten wegen meines neuen Projekts.« In wenigen Worten fasste Alina ihre Woche zusammen. »Deswegen brauche ich am Wochenende etwas Entspannung«, schloss sie ihre Ausführungen ab. Dabei grinste sie Sophie anzüglich an.

Sophie verdrehte die Augen. Es war immer das Gleiche.

»Und was hast du so gemacht?«, wollte Alina schließlich wissen. Mit ihren Fingern strich sie eine Haarsträhne aus Sophies Gesicht.

*Eine fremde Frau geküsst*, dachte Sophie. »Nichts Besonderes«, erzählte sie. »Die Arbeit war gut, langsam gewöhne ich mich sogar an das Gesundheitsressort.« Sie hatte keine Lust, mehr zu berichten. Alina fragte ohnehin selten aus Interesse, sondern meist aus reiner Höflichkeit.

»Ah ja«, kommentierte Alina Sophies Worte. »Was gibt es

denn jetzt eigentlich zu essen?«, kam Alina schnell wieder zu dem für sie Wesentlichen zurück.

»Das kannst du dir aussuchen. Wir müssen ohnehin noch einkaufen.«

Alina seufzte theatralisch. »Wir? Muss das sein?«

Sophie raufte sich die Haare. »Ja, das muss sein.«

»Na gut«, stimmte Alina widerwillig zu.

Nachdem sie eine halbe Stunde später aus dem Supermarkt zurück waren, verschwand Sophie direkt in der Küche, um ein paar Nudeln mit Tomatensoße zuzubereiten. Sie hatte keine Lust, größeren Aufwand zu betreiben. Alina wusste das ohnehin nicht zu schätzen.

»Kannst du schon mal den Tisch decken?«, rief Sophie Alina zu, während sie die Spaghetti in das kochende Wasser gab.

Mit einem Gesichtsausdruck, der jede Milch hätte sauer werden lassen, betrat Alina kurz darauf die Küche. Sie holte zwei Teller und Besteck aus dem Schrank und begann es ohne große Sorgfalt auf dem Tisch zu verteilen. Dabei entdeckte sie den aktuellen Blickpunkt, den Sophie versehentlich auf dem Küchenstuhl hatte liegenlassen.

Alina nahm die Zeitschrift in die Hand. »Ist das nicht diese Ärztin?« Ihre Stirn legte sich kritisch in Falten.

Sophies Herz begann schneller zu schlagen, als sie Hannahs Foto sah. »Ja.«

»Mehr hast du dazu nicht zu sagen?« Alinas Stimme wurde lauter.

»Was soll ich denn dazu sagen? Gestern ist der Artikel erschienen, und weil es die Titelstory diese Woche ist, gibt es ein Foto von Hannah auf dem Cover.«

»Hannah«, äffte Alina Sophie nach.

»Ja, Hannah. Ganz genau.« Sophie rührte schwungvoll in der Soße. Was hatte Alina für ein Problem?

»Was hat sie denn dafür gemacht, dass du sie aufs Cover gebracht hast?«, fragte Alina mit vorwurfsvollem Unterton.

Sophie knallte den Löffel auf die Spüle. »Nichts, natürlich. Was soll sie denn deiner Meinung nach bitte gemacht haben?«, schrie sie ihre Freundin an. Es reichte. Alinas ständige Eifersucht war kaum zum Aushalten.

»Beruhige dich.« Alina kam einen Schritt auf Sophie zu und strich über ihren Arm. »So war das nicht gemeint.«

»Ach, wie denn dann?« Sophie war noch immer geladen.

»Ich meinte ja nur, weil sie so überstürzt geflohen ist, als ich euch hier *erwischt* habe.« Alina zog die Worte betont in die Länge.

Sophie ballte ihre Hände zu Fäusten, so dass sich ihre Fingernägel schmerzhaft in ihre Handflächen bohrten. »Erwischt? Wobei? Beim Reden?«

Alina ließ ihre Hand über Sophies Rücken gleiten. »Süße, jetzt komm mal wieder runter.«

Alina hatte nichts, aber auch gar nichts verstanden.

»Entschuldige, ich wollte dir keine Vorwürfe machen.« Alina streichelte Sophies Nacken. So konnte sie ihre Freundin immer besänftigen.

Sophie legte ihren Kopf auf Alinas Schulter. »Warum sagst du ständig so etwas? Das verletzt mich.«

»Tut mir leid. Manchmal geht mein Temperament mit mir durch«, flüsterte Alina. »Ich liebe dich doch.«

»Ich weiß«, erwiderte Sophie ebenso leise. Sie spürte, wir ihre Augen feucht wurden. Manchmal war es wirklich kompliziert mit Alina. Aber ihre Gefühle für sie konnte sie nicht leugnen. Immerhin waren sie schon seit Jahren ein Paar. Wenn da nur nicht ... Sophie schüttelte den Kopf. Jetzt bloß nicht an Hannah denken. »Lass uns essen, bevor die Nudeln noch zu weich werden.« Sophie löste sich von Alina, um die Nudeln abzugießen.

Wenig später saßen sie am Tisch und aßen. Viel hatten sie sich nicht zu erzählen. Beide berichteten kurz, was in der vergangenen Woche neben der Arbeit noch passiert war. Wieder einmal merkte Sophie, dass sie beide ein vollkommen unterschiedliches Leben führten, und auch, wenn sie fast täglich telefonierten, so richtig nahmen sie am Leben der anderen nicht teil.

»Und jetzt?«, fragte Alina, nachdem sie die letzte Nudel aufgegessen hatte. Sie schenkte Sophie einen verführerischen Augenaufschlag.

»Aufräumen und abwaschen«, erklärte Sophie.

»Sei keine Spielverderberin.« Alina kam zu Sophie herüber und setzte sich auf ihren Schoß. Ihre Hände umfassten ihren Nacken und zogen Sophies Gesicht näher zu sich heran.

»Alina! Bitte lass das! Mir steht der Sinn gerade nicht danach.« Sophie löste sich aus Alinas Griff.

»Aber ich hatte die ganze Woche solche Sehnsucht nach dir.« Alina machte einen Schmollmund. Ihre Lippen näherten sich Sophies Mund.

»Bist du taub?«, giftete Sophie ihre Freundin an und warf ihr einen bösen Blick zu.

»Zier dich doch nicht immer so!«

Abrupt stand Sophie auf. »Vergiss es!« Sie räumte die Teller ab und stellte sie laut polternd in die Spüle. Dann nahm sie den Spüllappen und wischte über den Tisch.

Alina saß währenddessen regungslos auf ihrem Stuhl und beobachtete Sophie. »Komm zu mir. Du brauchst ein bisschen Entspannung.«

»Woher willst du plötzlich wissen, was ich brauche?« Sophies Augen funkelten zornig.

Ohne ein weiteres Wort stand Alina auf und verschwand im Schlafzimmer. Wie immer, wenn es ernst wurde, floh sie.

Sophie drehte den Wasserhahn auf und wusch das Geschirr ab. Warum ließ sie sich dieses Verhalten von Alina bieten? War das wirklich noch Liebe zwischen ihnen? Oder war es eher Gewohnheit? Wenn Alina sie berührte, warum spürte sie dann nicht dieses Kribbeln, diese Wärme, dieses Verlangen, welches sie bei Hannah gespürt hatte? Aber war das nicht einfach nur, weil es neu und aufregend war? Alina und sie gehörten doch zusammen. Die vielen gemeinsamen Jahre konnte sie doch nicht einfach wegwerfen.

Sophie kämpfte mit den Tränen. Mit ihrem Handrücken wischte sie über ihre Augen.

Vielleicht sollte sie Hannah doch wiedersehen …

Wie von selbst griff Sophie nach ihrem Handy und tippte eine Nachricht an Hannah: »Hallo Hannah, hast du Sonntag noch Zeit? Ich würde dich gern wiedersehen, wenn du auch noch möchtest. Sophie.« Wieder und wieder las sie die Zeilen.

Konnte sie das wirklich abschicken? Wie würde Hannah reagieren?

Sie schluckte. Dann drückte sie auf *Senden*.

Es dauerte keine zwei Minuten, als ihr Handy piepste. Mit zitternden Fingern drückte Sophie auf die Tasten, um die Nachricht zu lesen. Ihr Herz klopfte schneller, als sie den Absender sah. Sie war von Hannah. »Ich freue mich, wenn du kommst. Deine Hannah.«

Das Pochen in Sophies Brust nahm zu. Ein Lächeln umspielte ihre Lippen.

Alle fünf Minuten sah Hannah auf die große Wanduhr. Es wurde einfach nicht später. Sophie hatte nicht genau gesagt, wann sie vorbeikommen würde. Irgendwann am Abend. Mittlerweile war es fast acht, und von Sophie gab es keine Spur.

Hannah rückte die Couchkissen zurecht, schob die Schüssel mit dem Lakritz, das sie extra für Sophie gekauft hatte, von einem Tischende zum anderen. Sie strich die Decke glatt, positionierte die Gläser in der Mitte und stellte eine eisgekühlte Flasche Sekt daneben.

Endlich wurde sie vom Klingeln erlöst. Wie von einer Wespe gestochen, sprang sie vom Sofa auf und eilte zur Wohnungstür, um Sophie zu öffnen.

»Entschuldige, dass ich so spät komme, aber …« Mitten im Satz brach Sophie ab. Sie konnte Hannah doch nicht sagen, dass Alina einfach nicht gehen wollte, obwohl sie ihre Freundin weggewünscht hatte, weil sie endlich zu Hannah wollte.

»Komm erst einmal richtig rein.« Hannah umarmte Sophie. Kaum spürte sie den warmen, weichen Körper ihrer Besucherin an ihrem eigenen, begann ihr Herz schneller zu klopfen.

Sophie hauchte Hannah einen flüchtigen Kuss auf die Wange.

Allein diese Berührung reichte aus, um Hannah einen angenehmen Schauer den Rücken hinunterjagen zu lassen.

»Schön, dich wiederzusehen.« Sophie strich Hannah zärtlich

eine Haarsträhne aus dem Gesicht. Sie hatte sich das gesamte Wochenende nicht einen Augenblick so wohl gefühlt wie in den letzten Sekunden, seit sie bei Hannah war.

Hannah führte Sophie in ihr Wohnzimmer. »Möchtest du ein Gläschen Sekt?«

Sophie zögerte einen Moment. Alkohol in Verbindung mit diesem Ziehen im Bauch. Ob das eine gute Kombination war? Dann nahm sie das Angebot an.

Mit einem lauten Plopp öffnete Hannah die Flasche und goss ihnen ein.

»Du hast ja sogar Lakritz.« Sophie schenkte Hannah ein bezauberndes Lächeln.

»Für dich«, murmelte Hannah. Sie merkte, wie sie leicht errötete.

Sophie nahm auf der Couch Platz und hielt ihr Sektglas in der Hand. Vorsichtig nippte sie daran. »Wie war dein Wochenende?«, begann sie eine Unterhaltung.

»Ich habe einiges geschafft. Ich muss im Moment Literatur für eine neue Studie lesen, aber ich glaube, ich bin ziemlich gut vorangekommen. Und wie war dein Wochenende?«

Sophie schluckte. Betreten sah sie zu Boden.

Hannah wischte ihre feuchten Finger an ihrer Hose ab. Eigentlich war es eine ganz belanglose Frage gewesen. Doch in dem Moment, in dem die Worte ihren Mund verlassen hatten, wusste sie, dass sie besser nicht hätte fragen sollen. Sie wollte gar nicht wissen, wie die Zeit mit Alina gewesen war.

Sophie fuhr über ihre Nasenspitze. »Es hätte deutlich besser sein können.« Sie kaute auf ihrer Unterlippe. »Genau genommen war es eine Katastrophe.« Auf dem dunkelblauen Teppich entdeckte Sophie einen kleinen weißen Fussel.

»Wieso?«, fragte Hannah ganz zaghaft nach. Sie war sich nicht sicher, ob sie die Antwort hören wollte. War es nicht besser, Alina einfach zu verschweigen?

»Ach ...« Sophie fixierte den Fussel. »Alina und ich, wir hatten uns einfach nichts zu sagen. Und wenn wir doch geredet haben, haben wir uns nur gestritten.« Ihr Daumennagel bohrte sich in ihre Handfläche. Warum erzählte sie einer beinahe Fremden von ihren Beziehungsproblemen? »Sie möchte nicht hier in die Nähe ziehen, und ich möchte nicht zurück nach Hamburg. Manchmal glaube ich, wir haben keine gemeinsame Zukunft mehr.« Mit aller Kraft versuchte Sophie, die aufsteigenden Tränen zu unterdrücken. Jetzt, wo sie die Wahrheit zum ersten Mal ausgesprochen hatte, wurde ihr bewusst, wie schmerzlich das war. Diesen Gedanken hatte sie in den letzten Wochen schon öfter gehabt, sich aber niemals getraut, es jemandem zu erzählen, es laut zu sagen. Ein kleiner Stich bohrte sich tief in ihre Brust. Alina und sie waren so viele Jahre ein Paar gewesen, sie hatten immer irgendwie zusammengehört. Konnte das alles vorbei sein? War das Gefühl, das sie für Alina verspürte, noch Liebe? Oder war es nur noch Freundschaft? Oder vielleicht nicht einmal mehr das?

Hannah setzte sich nun doch neben Sophie und legte ihren Arm um ihre Schulter. Sie wusste nicht, ob sie sich freuen sollte, dass es bei Sophie und Alina scheinbar nicht mehr funktionierte und Sophie und sie nun vielleicht eine Chance hatten, oder ob sie Mitleid mit Sophie haben sollte, die so offensichtlich litt.

Sophie lehnte sich bei Hannah an. Es tat gut zu wissen, dass es jemanden gab, der sie hielt, ihr Geborgenheit schenkte. Sophie kämpfte noch immer mit den Tränen. »Es tut mir leid. Ich möchte dich nicht mit meinen Problemen belasten. Dabei habe ich mich die ganze Zeit so wahnsinnig auf heute Abend gefreut.« Sie zögerte. »Auf dich.« Sophies Herz klopfte so laut, dass sie dachte, Hannah müsste es hören können. Es war nicht gelogen. Auf Alina hatte sie sich schon sehr lange nicht mehr so gefreut wie auf diesen Abend mit Hannah. Immer, wenn sie an Hannah gedacht hatte, hatte sie lächeln müssen. Manchmal hatte sie das Grinsen gar nicht mehr aus ihrem Gesicht bekommen. In ihrem Magen hatten die Schmetterlinge wild geflattert.

Hannah ließ ihre Finger behutsam über Sophies Rücken streichen.

Sophie schloss die Augen und genoss die Berührungen. »Das ist schön«, flüsterte sie.

Viele Minuten saßen sie einfach nur so da, bis das Knurren in Hannahs Bauch sie daran erinnerte, dass sie etwas zu essen vorbereitet hatte. »Hast du Hunger?«, fragte sie Sophie. »Ich habe für uns gekocht. Genau genommen habe ich bis jetzt nur etwas vorbereitet. Einen Auflauf, der muss noch in den Ofen.«

Erst jetzt bemerkte Sophie, dass Hannah den Esstisch liebevoll gedeckt und dekoriert hatte. Wirklich Appetit hatte sie nicht, doch sie wollte Hannah nicht vor den Kopf stoßen. »Sehr gern«, erklärte sie deswegen.

Hannah verschwand in der Küche und stellte den Backofen an. Als sie wieder zurück ins Wohnzimmer kam, wirkte Sophie deutlich entspannter. Verträumt beobachtete sie die aufsteigenden Kohlesäurenbläschen in ihrem Sektglas, während sie den Stiel zwischen ihren Fingern drehte. Sophie sah hoch, und ihre Blicke trafen sich, hielten sich fest.

Sofort spürte Hannah ein starkes Kribbeln, das sich in jede Zelle ihres Körpers ausbreitete. Sie konnte es nicht leugnen, sie hatte sich in Sophie verliebt, sie fühlte sich zu ihr hingezogen wie schon lange zu keiner Frau mehr.

Auch Sophie bemerkte, wie das Ziehen in ihrer Magengegend stärker wurde. Hannahs Blick beschleunigte ihren Puls.

Hannah setzte sich wieder neben Sophie. »In ungefähr zehn Minuten ist das Essen fertig.«

»Ich bin schon gespannt.« Sophie nahm einen großen Schluck Sekt. Es prickelte angenehm in ihrem Mund.

»Ich hoffe, du magst Auberginen. Wie du dir sicher denken kannst, gibt es bei mir kein Fleisch.«

Sophie rümpfte die Nase. »Nur Gemüse?«

Hannah lachte. »Natürlich auch Beilage.«

»Gut, ich werde deinen Kochkünsten eine Chance geben. Ich denke, einen Abend werde ich auch auf Fleisch verzichten können.« Nun stimmte auch Sophie in das Lachen mit ein.

Ein herrlicher Duft zog aus der Küche herüber. Langsam bekam Sophie doch Hunger.

»Setz dich schon mal an den Tisch. Ich bin sofort wieder da.«

Wenig später stellte Hannah einen dampfenden Gemüseauflauf auf den Tisch. Bevor sie die Portionen auf die Teller verteilte, zündete sie eine Kerze an und dimmte das Licht. Sie schüttete etwas Sekt nach. Dann nahm Hannah gegenüber von Sophie Platz.

Sophie spießte ein Stückchen Aubergine auf ihre Gabel, das

kurz darauf in ihrem Mund verschwand. »Mmmh, das schmeckt wirklich gut«, musste sie zugeben.

»Danke.«

Während sie aßen, sahen sie sich immer wieder tief in die Augen. Sie sprachen nur wenige Worte. Die Spannung zwischen ihnen wurde spürbarer, fast greifbar.

Plötzlich nahm Hannah Sophies Hand.

Im ersten Moment wollte Sophie sie zurückziehen, ließ es aber dann doch geschehen.

»Sophie«, begann Hannah. Es pochte wild in ihrer Brust. »Ich würde dir gern etwas sagen.« Sie stockte. Was, wenn sie sich doch getäuscht hatte? Zärtlich kreiste Hannahs Daumen über Sophies Haut.

»Ach Hannah ...« Sophie seufzte. »Sag besser einfach nichts.« Der Kerzenschein flackerte in ihren Augen. »Glaub mir, es ist besser so.« Sie konnte sich zu gut vorstellen, was Hannah sagen wollte. Das würde alles nur noch komplizierter machen.

Hannah suchte den Augenkontakt zu Sophie. Sie versank in dem funkelnden Grün wie in einem unendlich tiefen Ozean, den sie nicht ergründen konnte.

»Lass es einfach auf uns zukommen«, fuhr Sophie fort. Ihr Mund wurde trocken.

Hannah löste ihre Hand von Sophies. »Vielleicht hast du recht.« Sie ordnete das Besteck auf ihrem Teller neu an. »Hast du noch Lust auf Nachtisch?«

»Was gibt es denn?« Sophie zwinkerte ihr zu und versuchte, dieser Situation ein wenig die Anspannung zu nehmen.

»Joghurtcreme mit Beeren. Ein Geheimrezept, und ich verspreche nicht zu viel, wenn ich sage, dass es ausgezeichnet schmeckt.«

»Das klingt verlockend. Dann nehme ich etwas davon. Süßem kann ich ohnehin nicht widerstehen.«

Nun musste auch Hannah lächeln. »Gut zu wissen.« Sie holte das Dessert aus dem Kühlschrank und servierte es hübsch angerichtet.

Genüsslich leckte Sophie nach dem letzten Bissen den Löffel ab. »Das war wirklich großartig. Köstlich.«

»Freut mich.« Verlegen strich Hannah eine Haarsträhne hinter ihr Ohr. »Wollen wir wieder auf die Couch gehen?«

Sophie nickte. Jedes Mal, wenn sie Hannah ansah, wurde ihr ganz heiß. Das war doch nicht normal. Sie kam sich vor wie ein verliebter Teenager.

»Hast du Lust, einen Film zu gucken? Ich habe ein paar DVDs da.«

Sophie kam zu Hannah herüber, die noch auf ihrem Stuhl saß. Direkt vor ihr blieb sie stehen. Sie konnte dieses gewaltige Gefühl in ihr nicht länger unterdrücken. »Weißt du«, murmelte sie, »eigentlich ist mir nicht so sehr nach Fernsehschauen.«

Hannah stellte sich zu Sophie. Nur wenige Zentimeter trennten sie noch. »Mir auch nicht«, hauchte Hannah, während sie sich zu Sophie beugte. Mit ihren Lippen berührte sie ganz sachte Sophies Wange.

Ein kleiner Stromschlag elektrisierte Sophies Körper. Unwillkürlich schloss sie die Augen. Es fühlte sich so gut an. Sie legte ihre Hände in Hannahs Nacken und zog Hannah näher zu sich.

Ihre Lippen trafen zu einem zärtlichen Kuss aufeinander.

Hannah hatte das Gefühl, sich nicht mehr lange auf den Beinen halten zu können. Wie sehr hatte sie sich gewünscht, Sophie zu küssen! In ihren Träumen hatte sie es sich in den vergangenen Tagen immer wieder ausgemalt.

Mit ihrer Zunge strich sie vorsichtig über Sophies Mund. Sophie schmeckte so süß. Ihre Lippen fühlten sich warm und weich an.

Ihr Kuss wurde stürmischer.

Sophies Hände suchten den Weg unter Hannahs Shirt und fanden ihn. Sie streichelte über den nackten Rücken. Ihre Finger stiegen die Treppe aus Wirbeln hinauf, vom Steiß bis zum Nacken. Mit einem kräftigen Schlucken unterdrückte sie die letzten Zweifel, die versuchten, sich ihren Weg an die Oberfläche zu bahnen.

Auch Hannahs Hände schoben sich unter Sophies Shirt. Sie spürte die leichte Gänsehaut, die sich über Sophies Oberkörper ausgebreitet hatte. Ihre Finger wanderten über den Bauch entlang nach oben, bis sie die schönen Rundungen erreicht hatten. Sie strich die Spitze von Sophies BH entlang und entlockte ihr ein heiseres Stöhnen. Alles um Hannah herum drehte sich. »Vielleicht sollten wir ins Schlafzimmer gehen«, flüsterte sie.

Sophie nickte nur.

Wenig später fanden sie sich auf Hannahs Bett wieder. Unterwegs hatten sie eine Spur aus Kleidung gelegt, bis sie schließlich beide nackt waren.

Hannah lag auf dem Rücken, Sophie kniete über ihr.

Sophies Finger streichelten Hannahs Bauch. »Du fühlst dich gut an.« Sie umkreiste ihren Bauchnabel, bevor ihre Fingerspitzen sachte über Hannahs Brüste fuhren. Mit den Handflächen glitt sie über die Knospen, die längst verrieten, wie erregt Hannah war.

Augenblicklich stellten sich die feinen Härchen in Hannahs Nacken auf.

Sophie senkte ihren Mund, bis ihre Lippen Hannahs Brustwarzen fest umschlossen.

»Oh ... ja«, stöhnte Hannah und begann sich unter ihr zu winden.

Sophies Zunge reizte Hannahs Knospen weiter. Sie spürte, wie sie unter ihren Liebkosungen immer weiter anschwollen. Dann ließ Sophie ihren Schenkel zwischen Hannahs Beine gleiten.

Hannah schob ihr Becken Sophie entgegen, presste ihre Mitte gegen den Oberschenkel und begann sich rhythmisch zu bewegen.

»Das scheint dir zu gefallen«, raunte Sophie ihr ins Ohr, die den feuchten Fleck auf ihrem Bein bemerkt hatte.

Ihre nackten Körper drängten sich aneinander. Sophie umfasste Hannahs Po. Erst lagen ihre Hände nur leicht auf ihm, doch dann verstärkte sie den Druck.

»Willst du mehr?« Sophies Finger streichelten in kleinen Kreisen die Innenseite ihrer Schenkel hinauf.

Was für eine Frage! Hannahs Erregung steigerte sich unablässig. Sie hielt es kaum mehr aus. »Ja«, hauchte sie kaum hörbar.

Sophies Finger näherten sich unaufhaltsam ihrer Mitte. Dann fuhren sie endlich durch die Feuchtigkeit. Es dauerte nur einen Augenblick, bis sich Hannahs Erregung in ihrem Höhepunkt entlud. Aber Sophie hörte nicht auf, sie zu reizen.

»Ich brauche eine Pause«, presste Hannah zwischen zwei Atemzügen hervor.

»Das glaube ich kaum.« Sophie glitt an Hannah hinab, bis sie das feuchte Paradies direkt vor sich sah. Ihre Zungenspitze fand den Weg zwischen die Schamlippen und tauchte darin ein.

Hannahs Finger krallten sich in Sophies Haaren fest.

Sophies Zunge spielte zunächst sanft, dann immer fester mit Hannahs Perle. Sophies Lippen legten sich um Hannahs Lustzentrum. Sie sog daran.

Hannahs Atem beschleunigte sich. »Das ist perfekt«, keuchte sie, während Sophie zwei Finger in sie gleiten ließ und genau in dem richtigen Tempo zustieß.

Kurz darauf gab es für Hannah kein Halten mehr. Sie ließ sich von dem gewaltigen Strudel fortspülen, versank in ihm.

Sophie legte sich neben sie. Sie küsste Hannah zärtlich auf die Nasenspitze.

Minuten vergingen, ohne dass sie ein Wort wechselten. Dann durchbrach Hannah die Stille: »Ich glaube, ich muss mich mal um dich kümmern.« Sie grinste Sophie verschwörerisch an.

Zärtlich küsste Hannah Sophies Fingerkuppen, verweilte kurz in der Handfläche, ehe sie ganz langsam den Unterarm hinaufküsste.

Sophie schloss die Augen und gab sich ganz Hannahs Berührungen hin. Sie spürte, wie Hannahs Finger ihre Halsbeuge entlangstrichen und hinunter zu ihrem Brustansatz wanderten. Als Hannahs Zunge ihren Körper hinunter wanderte, rang Sophie nach Luft. Sie genoss die kühle feuchte Spur, die Hannah auf ihrer erhitzen Haut hinterließ.

Auch Hannahs Hände waren nicht untätig und massierten sanft Sophies Brüste. Ihre Daumen rieben über die erregten Brustwarzen, entlockten Sophie ein lautes Stöhnen. Hannahs Hände und ihre Lippen erkundeten jeden Millimeter von Sophies Körper, während sie unbeirrt ihrem Ziel zustrebten und es endlich erreichten. Geschickt setzte Hannahs Zunge ihre Erkundungstour fort.

Sophies Atem ging kurz und heftig. Das Blut rauschte in ihren Adern. In diesem Augenblick gab es nur sie beide. Nur Hannah und Sophie. Alles andere war vergessen.

Es brauchte nur wenige der kundigen Berührungen, bis Sophie laut seufzend kam. Ihr Körper zuckte und zitterte.

Schließlich lagen sie erschöpft beieinander. Irgendwann waren sie eingeschlafen.

Als Sophie mitten in der Nacht aufwachte, hatte sich Hannah eng an sie geschmiegt. Ihr Kopf ruhte an Sophies Schulter. Sophie löste sich von Hannah und sah sie an. Ihre Gesichtszüge wirkten entspannt, ein Lächeln umspielte ihre Lippen. Sie lauschte Hannahs regelmäßigem Atem, beobachtete, wie sich der Brustkorb gleichmäßig hob und senkte.

Ein gewaltiger Kloß bildete sich in Sophies Hals. Ihre Kehle fühlte sich an wie zugeschnürt. Was hatte sie nur getan?

Sie schlug die Bettdecke zur Seite und rutschte an die Bettkante. Treue war ihr immer das Allerwichtigste gewesen. Und jetzt so etwas ... Sie spürte einen heftigen Stich in ihrer Brust, wie ein Messer, das sich tief in das Fleisch bohrte, mitten in ihr Herz, und sich langsam quälend drehte.

Sophie biss auf ihre Unterlippe, um den Schmerz zu unterdrücken. Das hätte ihr nicht passieren dürfen. Nicht ihr.

Durch den Vorhang suchte sich der Mondschein seinen Weg und erhellte das Zimmer. Sophie blinzelte. Es dauerte eine Weile, bis sie sich an das Licht gewöhnt hatte.

Sie stand auf, ging zum Fenster und schob den Vorhang ein wenig zu Seite. Sie starrte nach draußen. Was war nur los mit ihr? Wieso hatte sie sich nicht mehr unter Kontrolle?

Die Straße war menschenleer.

Die Bilder der letzten Nacht drängten sich in Sophies Gedanken. Wie Hannah sich unter ihren Berührungen wand. Wie Hannah sie berührte, sie küsste. Hannah hatte sich gut angefühlt, als hätte es genauso sein müssen, als wäre es das Richtige gewesen.

Sophie spürte Tränen aufsteigen. Sie unterdrückte ein Schluchzen und wischte die Feuchtigkeit weg. Wie sehr hatte sie die Frauen verteufelt, die ihre Freundin betrogen hatten! Sie hatte sich geschworen, dass ihr so etwas niemals passieren würde. Aber irgendwie war es passiert ... Eine Träne rann ihre Wange hinunter.

Sie musste hier weg. Ganz egal wohin, einfach nur weg. Sie

konnte nicht länger hier bleiben. Bei Hannah.

»Alles okay bei dir?«, murmelte Hannah mit verschlafener Stimme.

Sophie zuckte zusammen. Überhaupt nichts war okay. Sie schüttelte den Kopf, auch wenn Hannah das in der Dunkelheit nicht sehen konnte.

Mittlerweile war Hannah richtig wach geworden und setzte sich auf. »Was ist los?«

Sophie konnte ein lautes Schluchzen nicht länger zurückhalten. »Wie konnte mir das nur passieren?« Ihre Stimme zitterte. Hinter ihrer Stirn begann es schmerzhaft zu pochen.

Hannah stand auf und stellte sich hinter Sophie. Behutsam legte sie ihre Arme um sie. »Alles wird gut«, flüsterte sie in Sophies Ohr. Zärtlich küsste sie Sophie auf die Wange.

Ein wohliger Schauer lief Sophies Rücken hinunter. Sie konnte sich nicht dagegen wehren. »Wenn das nur so einfach wäre!« Sie lehnte sich gegen Hannah. In ihren Armen fühlte sie sich sicher und geborgen. Aber das war falsch. Genau das wollte sie nicht. Sie musste schluckte. »Ach Hannah ...«, seufzte sie schwer.

Hannah strich Sophie eine Haarsträhne aus dem Gesicht. »Lass dir alle Zeit, die du brauchst.« Ihr Herz klopfte laut. Am liebsten hätte sie Sophie nie mehr losgelassen, und am liebsten wäre es ihr gewesen, wenn sich Sophie ohne Wenn und Aber auf der Stelle für sie entschieden hätte. Aber sie wusste, dass das nicht so einfach war. Und sie wusste auch, dass es sehr gut möglich war, dass Sophie sie als Ausrutscher sah und sie dann keine gemeinsame Perspektive hatten.

»Bitte sei mir nicht böse, aber ich glaube, ich gehe jetzt besser.« Sophie atmete hörbar laut aus. Sie rieb über ihre Schläfen, um das Hämmern dahinter zu vertreiben, aber es wollte ihr nicht gelingen.

»Soll ich dich nach Hause fahren? Du kannst dein Fahrrad hier stehenlassen und morgen abholen.«

»Ein bisschen frische Luft wird mir guttun. Aber danke.« Sophie war bereits dabei, ihre Sachen zusammenzusuchen. Bei jedem Kleidungsstück, das sie aufhob, musste sie an ihre gemeinsame Nacht denken. Die Erinnerung ließ sie nicht los. Ihr T-

Shirt roch nach Hannah.

»Wie du möchtest.« Hannah griff nach ihrem Bademantel und zog ihn über. Ihr war kühl geworden, auch wenn es eigentlich eine laue Sommernacht war.

»Ich kann nicht anders.« Mittlerweile war Sophie komplett angezogen. Ohne ein weiteres Wort verschwand sie in die Dunkelheit.

Die Stunden auf der Arbeit hatten sich unendlich gezogen. Hannah fühlte sich müde. Nachdem Sophie gegangen war, hatte sie nicht mehr richtig schlafen können. Die gesamte restliche Nacht hatte sie sich unruhig in ihrem Bett hin und her gewälzt. Es hätte alles so schön sein können.

Hannah schloss die Haustür auf. Wie gut, dass nun endlich Feierabend war. Kaum war sie im Hausflur angekommen, sah sie den großen weißen Umschlag, der aus ihrem Briefkasten lugte. Eigentlich erwartete Hannah keine Post.

Sie ging auf ihren Briefkasten zu und öffnete ihn. Gespannt nahm sie den Umschlag in die Hand. Sie drehte ihn in ihren Händen, um ihn genauer zu begutachten. Von außen konnte sie keinen Absender erkennen, aber er schien der Briefmarke nach aus dem Ausland zu kommen.

Ihr Herz begann schneller zu schlagen. Konnte das etwa … Mit zittrigen Fingern riss sie den Umschlag auf und fischte den Brief heraus. Ihre Augen rasten über das Papier, und sie versuchte, die englischen Worte zu verstehen.

Das konnte doch nicht wahr sein! Wie lange hatte sie auf diese Antwort gewartet. Sie hatte schon längst nicht mehr damit gerechnet.

Noch einmal überflog sie die Zeilen. Es war eine Zusage für die Stelle für den Forschungsaufenthalt an der Universität in Bristol, auf die sie sich schon vor einer Ewigkeit beworben hatte. Und nun hatte sie tatsächlich eine Antwort bekommen. In fünf Monaten sollte es losgehen. Am ersten Januar. Hannah konnte ihr Glück kaum fassen.

Sie rannte die Treppe hoch. Dabei übersprang sie jede zweite Stufe. Wochenlang hatte sie nicht mehr an diese Bewerbung gedacht. Umso mehr freute es sie, nun eine positive Rückmeldung bekommen zu haben.

Hannah öffnete die Wohnungstür und ließ sich auf das Sofa fallen. Sie atmete einmal tief durch. Dann las sie den Brief ein drittes Mal.

Nun hatte sie endlich die Möglichkeit, wissenschaftlich zu arbeiten und dabei voranzukommen. Diese Chance hatte sie an ihrem Krankenhaus nicht. Zwar wurde auch dort geforscht, aber eher nebenbei. Das genügte ihren Ansprüchen nicht. Hannah wollte endlich etwas erreichen. Und das war in Deutschland schwer. Da hatte sie in England bessere Möglichkeiten.

Ihr Blick fiel auf die beiden leeren Sektgläser auf dem Wohnzimmertisch. Es zog in ihrer Brust.

Sophie.

Sofort waren die Bilder der vergangenen Nacht wieder da und mit ihnen das Kribbeln in ihrer Magengegend.

Sie ließ den Brief sinken.

Wenn sie für ein Jahr ins Ausland ginge, dann hätte das mit Sophie garantiert keine Zukunft. Da war sich Hannah sicher. Aber hätte es denn überhaupt eine Zukunft? Wahrscheinlich nicht. Sophie war mit Alina zusammen. Die letzte Nacht war bloß ein Ausrutscher gewesen. Einer, der nicht hätte passieren dürfen.

Davon durfte sie ihre Zukunft nicht anhängig machen. Von einer vagen Hoffnung, dass es doch etwas werden könnte mit ihnen.

Ihr Herzklopfen erinnerte sie daran, was sie für Sophie fühlte. Sie war nicht nur ein One-Night-Stand.

Hannah lehnte sich zurück und schloss die Augen. Sie hatte so lange davon geträumt, die Chance zu bekommen, zu forschen, ein eigenes Projekt zu haben. Ein Projekt, mit dem sie etwas erreichen konnte, mit dem sie etwas bewegen konnte.

Aber genauso hatte sie schon lange gehofft, endlich wieder eine Frau zu treffen, die ihr Herz zum Klopfen brachte, die ihre Welt zum Strahlen brachte. Eine Frau wie Sophie.

Hannah seufzte schwer. Was sollte sie nur machen? Sollte sie das Stipendium annehmen und gehen? Oder sollte sie bleiben und um Sophie kämpfen?

In jedem Fall, beschloss sie, musste sie diese Neuigkeiten erst einmal für sich behalten, bis sie sich entschieden hatte.

Sophie setzte ihren Fahrradhelm auf und stieg auf ihr Rennrad.

Was war letzte Nacht nur mit ihr losgewesen? Wie hatte ihr das passieren können?

Sie trat in die Pedale. Schon bald raste sie die Straße hinunter.

Nachdem sie überstürzt aus Hannahs Wohnung geflohen war, hatte sie kein Auge mehr zugetan. Sie war umhergeirrt, hatte versucht, ihre Gedanken zu ordnen, doch es war vollkommen aussichtslos gewesen.

Bei der Arbeit hatte sie nur auf den Bildschirm gestarrt. Sie hatte kein einziges Wort zustande gebracht. Irgendwann hatte Tobias sie zu einem Fototermin geschleppt, um sie ein wenig abzulenken. Doch auch das war erfolglos geblieben. Immer wieder hatte er Sophie gefragt, was denn mit ihr los sei, aber Sophie wollte nicht darüber sprechen. Damit musste sie allein fertig werden. Es war ganz allein ihr Problem. Es war ganz allein ihre Schuld.

Die Sonne brannte auf ihren Armen. Aber die Hitze machte Sophie nichts aus. Sie bemerkte sie nicht einmal.

Wie sollte es denn jetzt mit Alina weitergehen?

Alina und sie hatten bisher eine wirklich schöne Zeit gehabt. Auch wenn die letzten Monate mit der Anfangszeit nicht mehr hatten mithalten können. Manchmal war sich Sophie nicht sicher, ob sie überhaupt eine gemeinsame Perspektive hatten. Schon lange war Alina nicht mehr so aufmerksam wie zu Beginn. Sie überhäufte sie nicht mehr mit Komplimenten. Ganz im Gegenteil. Meist bemerkte sie nicht einmal, wenn Sophie sich extra für sie schöngemacht hatte. Sie nahm es nicht einmal wahr, wenn Sophie für sie kochte, stundenlang in der Küche zubrachte, nur um ihr Lieblingsessen zu zaubern.

Aber das waren alles nur Kleinigkeiten. Deswegen konnte man eine Beziehung doch nicht hinwerfen!

Der Fahrtwind ließ Sophies Augen tränen. Sie hätte ihre Sonnenbrille aufsetzen sollen.

Wann hatte Alina eigentlich das letzte Mal etwas für Sophie gemacht? War es nicht so, dass Alina immer Sophies volle Aufmerksamkeit erwartete, und wenn die ihr einmal nicht in vollem Umfang zuteil wurde, raste sie vor Eifersucht? Das ein oder andere Glas war dabei schon zu Bruch gegangen. Selbst wenn sie bei Alina in Hamburg war, war Sophie es, die alles für Alina tat. Nicht selten verbrachte Alina trotzdem die Abende mit ihren Freundinnen, während Sophie allein in Alinas Wohnung saß. Und wagte Sophie es, sich darüber zu beschweren, drohte Alina ihr mit Trennung.

Ein dicker Kloß machte sich in Sophies Hals breit. Niemals zuvor hatte sie so intensiv darüber nachgedacht. Sie hatte all diese Unannehmlichkeiten stets verdrängt. Schließlich gab es auch schöne Tage.

Sophie legte sich in die Kurve. Der Schweiß lief an ihr herunter. Ihr Atem ging schnell, aber regelmäßig. Sie war eine ausgezeichnete und sehr trainierte Radfahrerin.

Plötzlich musste sie an ihre Eltern denken. Auch in ihrer Beziehung war nicht immer alles perfekt gewesen. *Man muss füreinander kämpfen,* hatte ihre Mutter ihr mit auf dem Weg gegeben.

Sie sah ihren Vater vor sich, wie er sie warnte. »Mit einer Frau wirst du niemals glücklich werden. So eine Beziehung kann nur scheitern. Das kann nicht gutgehen«, hörte sie seine Stimme noch ganz genau.

Sophie beschleunigte.

Ihr Vater hatte unrecht. Sie konnte mit einer Frau glücklich werden. Sie war mit einer Frau glücklich.

In diesem Moment sah sie einen Stock. Er lag direkt vor ihr. Sophie versuchte auszuweichen. Aber es war zu spät. Ihr Rad geriet ins Wanken. Sophie drückte die Bremse, suchte das Gleichgewicht. Es war vergebens.

Der Boden kam immer näher. Ein harter Schlag.

Dumpf knallte Sophie auf die Straße.

»Verdammt«, fluchte sie lautstark. An ihrem Ellenbogen lief Blut herunter.

»Ist Ihnen etwas passiert?« Ein Mann kam auf sie zugerannt.

»Nein, schon in Ordnung.« Sophie versuchte aufzustehen. Ein ziehender Schmerz in ihrem Arm ließ sie zusammenzucken.

»Bleiben Sie liegen. Ich hole einen Krankenwagen.« Der Mann zückte sein Handy.

»Bitte nicht! Das ist wirklich nicht nötig.« Sophie biss die Zähne aufeinander.

»Dann bringe ich Sie ins Krankenhaus.« Der Fremde sah sie besorgt an.

»Kommt nicht in Frage. So schlimm ist es nicht.« Sophie streckte ihren Arm durch. Es tat verdammt weh, aber immerhin konnte sie ihn bewegen. Es schien nichts gebrochen zu sein.

»Wie Sie meinen. Aber nach Hause bringe ich Sie auf jeden Fall. Da können Sie sich meinetwegen auf den Kopf stellen. Ich lasse Sie nicht wieder aufs Rad steigen.« Mit einem Lächeln reichte der Mann Sophie ein Taschentuch, damit sie die Wunde ein wenig abtupfen konnte.

Sophie seufzte. »In Ordnung.«

Zwanzig Minuten später war Sophie wieder in ihrer Wohnung angekommen. Auch das Fahrrad hatte Thorsten, so hieß der Fremde, in seinem Auto mitgenommen. Einen Kaffee, den Sophie ihm angeboten hatte, hatte er aber abgelehnt.

Sophie betrachtete sich ihm Spiegel. Im Gesicht hatte sie eine kleine Schürfwunde. Mit einem feuchten Lappen wischte sie über die rechte Augenbraue, bis sie das getrocknete Blut abgewaschen hatte. Dann kümmerte sie sich um ihren Arm. Er schmerzte immer noch höllisch. So richtig kam sie nicht an die Wunde heran, um sie zu verarzten.

Vielleicht sollte sich das doch ein Fachmann ansehen.

Oder eine Fachfrau ...

Augenblicklich begann Sophies Herz schneller zu schlagen.

Sollte sie Hannah bitten?

Ein angenehmes Kribbeln machte sich in ihrem Körper breit und vertrieb ihre Schmerzen.

Sophie ging ins Wohnzimmer und griff nach ihrem Handy, das auf dem Tisch lag. Sie suchte Hannahs Nummer und drückte auf den Hörer. Wenige Sekunden später hörte sie das Freizeichen in der Leitung. Ihre Finger wurden feucht. Was, wenn Hannah nach diesem Abgang in der vergangenen Nacht nicht mehr mit ihr reden wollte.

»Hallo?«, meldete sich die vertraute Stimme.

»Hallo Hannah.« Sophie umklammerte ihr Handy fester. »Ich ...« zögerte sie. Sie räusperte sich. »Ich brauchte deine Hilfe.«

»Ist etwas passiert?« Hannah hatte nicht damit gerechnet, so schnell wieder etwas von Sophie zu hören. Sie saß noch immer auf ihrer Couch und starrte abwechselnd auf den Brief und die beiden Sektgläser, die ihr jedes Mal aufs Neue einen Stich versetzten.

»Ich bin mit meinem Rad gestürzt.«

»O Gott. Geht es dir gut?« Hannahs Stimme klang schrill.

»Keine Sorge. Ich glaube, das ist alles halb so schlimm«, versuchte Sophie Hannah zu beruhigen.

»Wo bist du?« Hannah sprang von der Couch auf und rannte ins Bad, um ein paar Verbandsmaterialien und Medikamente in eine Tasche zu schmeißen. »Ich komme.«

»Keine Panik. Ich bin schon wieder zu Hause.« Sophie musste schmunzeln. Hannah schien sich ernsthaft Sorgen zu machen.

»Dann bin ich gleich bei dir.« Hannah griff ihre Handtasche und stürmte aus der Wohnung.

Sophie legte auf. Sie musste grinsen. Hannahs Besorgnis war süß. Dabei war wirklich alles nur halb so schlimm. Sie schenkte sich ein Glas Wasser ein und versuchte, auf ihrem Sofa eine halbwegs schmerzfreie Position zu finden, bis Hannah kam.

Es dauerte nicht lange, bis es an der Tür klingelte.

Sophie humpelte zur Tür. Auch ihr Knöchel hatte offenbar etwas abbekommen.

»Was machst du nur für Sachen?« Hannah stand vor Sophie. Sie traute sich nicht, Sophie zu berühren. Dabei hätte sie ihre Finger so gern über Sophies Wange streichen lassen.

»Komm doch erst einmal rein.« Sophie bemerkte Hannahs Zögern.

»Gern.« Trotz der Wunde im Gesicht war Sophie einfach wunderschön. Auf ihrer sonnengebräunten Nase machten sich kleine Sommersprossen breit. Ihre grünen Augen glitzerten im Sonnenschein, der durch das große Küchenfenster fiel.

Sophie ging vor und setzte sich auf einen Stuhl.

Hannah folgte ihr. Sie stellte ihre Tasche neben Sophie auf den Küchentisch. »Wie ist das passiert?«, wollte sie wissen.

»Ich war wohl etwas zu schnell unterwegs und habe nicht richtig aufgepasst. Plötzlich war ein Stock im Weg«, fasste Sophie den Unfall zusammen. Dass Hannah der Grund für ihre Unachtsamkeit gewesen war, verschwieg sie.

»Gut, dann will ich mir das mal ansehen.« Hannah zog sich ein Paar Gummihandschuhe an und nahm eine Kompresse in die Hand, die sie vorher mit Desinfektionsmittel tränkte. Ganz vorsichtig tupfte sie über Sophies Augenbraue. »Das hier sieht zumindest schlimmer aus, als es ist.«

Sophie nickte mit schmerzverzerrtem Gesicht. »Habe ich dir doch gesagt.«

»Wo hast du dich noch verletzt?«

Sophie deutete auf ihren Arm und streckte ihn Hannah entgegen. Zunächst sah sich Hannah die Schürfwunde an. Dann bewegte sie den Arm in alle Richtungen. »Kannst du auch die Finger bewegen?«

Sophie beugte und streckte die Finger.

»Gut.« Hannah tastete die Pulse am Arm. »Die Durchblutung ist auch in Ordnung. Jetzt müssen wir nur noch die Sensibilität prüfen.« Zärtlich strich Hannah den Arm entlang bis zu den Fingerspitzen. »Spürst du das überall?«

Die kleinen Härchen auf Sophies Arm stellten sich auf. Und ob sie das spürte! Ein angenehmer Schauer lief ihren Rücken hinunter. Sie nickte. »Alles bestens.«

»Ich glaube, außer einer Schramme ist deinem Arm nichts passiert.« Ohne es zu merken, zeichneten Hannahs Finger noch immer kleine Linien auf Sophies Arm.

Sophie schluckte. »Dann tut mir noch mein Knöchel weh.«

Hannah zog sich einen Stuhl zurecht und nahm direkt gegenüber von Sophie Platz, so dass sie Sophies Fuß auf ihren Schoß legen konnte. Sie wiederholte die ganze Prozedur. Auch hier konnte sie glücklicherweise nichts Schlimmes feststellen. »Du hast ziemlich viel Glück und einen guten Schutzengel gehabt.«

Sophies fuhr sich verlegen durch ihre blonden Haare. »Ja, ich glaube, du hast recht. Das hätte schlimmer enden können.« Sophie stand auf und holte ein Glas aus dem Schrank. »Darf ich dir etwas zu trinken anbieten?«

Hannah entschied sich für eine Apfelschorle. Sie setzten sich ins Wohnzimmer, immer darauf bedacht, genügend Abstand zu halten.

»Wie war dein Tag?«, fragte Sophie nach einer verschwiegenen Weile, um eine Unterhaltung in Gang zu bringen.

»Anstrengend«, war alles, was Hannah erwiderte. Sie wollte weder über die vergangene Nacht noch über den Brief reden. »Vielleicht sollte ich deswegen auch besser nach Hause fahren. Etwas Schlaf wird mir guttun.«

»Den kann ich auch gebrauchen.« Sophie vermied es ebenfalls, die gemeinsame Nacht zu erwähnen. Aber sie steckte ihr ebenso in den Knochen wie Hannah.

»Ich komme morgen Abend noch einmal vorbei, um mir deine Verletzungen anzusehen«, erklärte Hannah.

Sophie machte eine wegwerfende Handbewegung. »Das ist nicht nötig.« Doch insgeheim wünschte sie sich, dass Hannah trotzdem kam.

Dass es nicht nötig wäre, wusste Hannah ebenso. Aber sie wollte Sophie wiedersehen. »Keine Widerrede. Ich komme morgen.«

»Okay.« Sophie lächelte Hannah zu und bekam ein ebenso bezauberndes Lächeln zurück.

Mit ihrem Monopoly-Spiel unter dem Arm stand Hannah vor Sophies Haus. Es war vollkommen unvernünftig, sich schon wieder mit Sophie zu treffen. Das wusste Hannah. Aber schließlich brauchte Sophie ihre fachmännische Hilfe. Jedenfalls redete Hannah sich das ein.

Sie betätigte die Klingel und stand kurz darauf in Sophies Wohnung.

»Ah, meine persönliche Leibärztin!«, begrüßte Sophie sie mit einem freudigen Lachen. Sie umarmte Hannah und drückte sie für einen Moment fest an sich, als wäre es das Selbstverständlichste auf der Welt.

Sofort nahm Hannah Sophies einzigartigen Duft wahr. Sie musste schlucken, um die aufkommenden Bilder ihrer gemeinsamen Nacht zu verdrängen. Warme, weiche Haut, leidenschaftliche Küsse, zärtliche Berührungen. Hannah presste ihre Zähne fest aufeinander.

»Was hast du denn da mitgebracht?« Sophie klopfte gegen den Karton, den Hannah bei sich trug.

»Ich dachte, falls uns langweilig wird, könnten wir eine Runde spielen.« Sie zuckte mit den Schultern. »Natürlich nur, wenn du magst.«

»Das hört sich vielversprechend an. Aber zuerst musst du mich untersuchen.« Sophie zwinkerte Hannah verschwörerisch zu. Doch so tough, wie sie tat, war sie nicht. Sophies Herz klopfte ihr bis zum Hals. Seit diesem Vorfall hatte sie nur einmal kurz mit Alina telefoniert. Sie hatte die Arbeit als Vorwand vorgeschoben, um nicht lange mit ihrer Freundin sprechen zu müssen. Dabei sollte sie sich doch auf die gemeinsamen Gespräche freuen. Stattdessen hatte sie sich heute den ganzen Tag auf Hannahs Besuch am Abend gefreut und Alina aus ihren Gedanken verdrängt.

»Gut, dann setz dich hin, damit ich mir deine Wunden ansehen kann«, forderte Hannah Sophie auf. Wie am Tag zuvor begutachtete Hannah sorgfältig Sophies Verletzungen. Die Wunde war trocken, hatte sich nicht entzündet. Hannah war zufrieden. In ein paar Tagen würde man nichts mehr von dem Unfall sehen.

Hannahs Fingerspitzen fuhren über Sophies Arm. Ihre Blicke trafen sich. Hannah hielt die Luft an. Für einen winzigen Moment stockte ihre Bewegung. Sofort war da wieder diese Spannung zwischen ihnen.

»Und? Werde ich es überleben?« Sophie legte ihre Hand auf Hannahs.

Hannah zuckte zusammen. »Ich denke schon.« Sie räusperte sich. »Du musst dir keine Sorgen machen«, stotterte sie.

Ihre Finger verharrten in dieser Position. Sie sahen sich tief in die Augen. Sophies Daumen kreiste über Hannahs Haut. »Hannah …«, begann Sophie. »Das, was da passiert ist …«

Das Klingeln des Telefons ließ sie auseinanderschrecken. Aber Sophie machte keine Anstalten, das Gespräch anzunehmen.

»Willst du nicht rangehen?«, fragte Hannah.

»Ach, wird schon nichts Wichtiges sein.«

In diesem Moment sprang der Anrufbeantworter an. Eine weibliche Stimme begann nach dem Piepton zu sprechen. »Hallo, mein Schatz. Bist du schon wieder nicht zu Hause? Du bist aber ziemlich viel unterwegs in letzter Zeit. Melde dich mal.« Es schwang ein kaum zu überhörender Vorwurf in der Stimme mit.

Sophie fuhr sich verlegen durch die Haare. »Entschuldige«, murmelte sie, auch wenn sie überhaupt nicht genau wusste, wofür sie sich eigentlich entschuldigte. Hannah wusste schließlich, dass es Alina gab. Sie war ohnehin schon wieder viel zu weit gegangen. Warum hatte sie Hannahs Hand ergriffen? Und warum fühlte es sich so gut an, wenn sie Hannah in die Augen sah? Sie wusste, dass sie mit dem Feuer spielte. Aber sie wusste nicht, ob sie Angst hatte, sich zu verbrennen, oder ob sie dieses Risiko eingehen wollte.

»Schon gut«, erwiderte Hannah. Ihr Magen brannte. Aber was hatte sie denn erwartet? Dass Sophie Alina den Laufpass gegeben und ihr alles gebeichtet hatte? So naiv konnte nicht einmal sie sein.

»Wollen wir eine Runde spielen? Ich habe schon ewig kein Monopoly mehr gespielt.« Sophies Mundwinkel verzogen sich zu einem Lächeln. Sie erhob sich von ihrem Stuhl. Aus dem Küchenschrank nahm sie zwei Gläser.

»Dann wird es definitiv mal wieder Zeit. Aber ich warne dich: Ich bin keine gute Verliererin.« Hannah nahm Sophie die Gläser ab und ging damit ins Wohnzimmer.

Wenig später hatten sie den Tisch leergeräumt und das Spielbrett aufgebaut.

Sophie füllte eine Schale mit Lakritz und stellte sie dazu. Schnell begannen sie das Spiel. Runde um Runde kauften sie Straßen, bauten Häuser und kassierten Miete.

»Das habe ich wirklich schon viel zu lange nicht mehr gemacht. Ich glaube, das letzte Mal war im Urlaub mit ein paar Freundinnen vor einigen Jahren.« Sophie würfelte und zog ihre Spielfigur zwölf Felder vorwärts.

»Urlaub! Das wäre mal wieder schön.« Hannah seufzte.

»Da hast du recht. Ich würde gern mal wieder ans Meer. Den Wellen lauschen, den Sand zwischen meinen Zehen spüren.« Sophie schloss für einen kurzen Moment die Augen und atmete einmal tief durch. »Manchmal fehlt mir das Wasser hier richtig. Die Ruhr ist mit der Elbe leider nicht zu vergleichen.«

Hannah landete auf der Hafenstraße, auf der Sophie mittlerweile ein Hotel errichtet hatte. »Wenn das kein Omen ist.« Sie grinste Sophie an, bevor sie ihr das Geld reichte. »Ich bin auch gern am Meer. Diese unendliche Weite, das hat etwas Beruhigendes.«

Sophie nickte. »Du hast recht.« Sie stand auf. »Warte einen Moment.« Sophie öffnete die Tür ihres großen Wohnzimmerschranks und kniete sich davor. Kurz danach holte sie eine Kiste hervor und kam damit zurück. Sie setzte sich neben Hannah auf die Couch. Sophie hob den Deckel. In der Kiste waren haufenweise Fotos. Zielsicher griff Sophie hinein und zog ein Bild hervor. »Das war der Ausblick aus meinem Elternhaus.«

Hannah nahm das Foto in die Hand und betrachtete es. Sie sah direkt auf das Wasser, das kleine Wellen schlug. »Das ist wirklich schön. Ich kann verstehen, dass du das vermisst.«

Ihre Arme berührten sich. Ein heißer Blitz durchzuckte Hannah. Wie gern hätte sie ihren Arm um Sophie gelegt und sie einfach gehalten.

Aber das war sinnlos. Hannah rückte ein Stück zur Seite. Warum quälte sie sich selbst nur so? »Ich glaube, ich muss langsam nach Hause. Ich muss morgen wieder früh raus.«

Sophie begann das Spiel zusammenzupacken. »Ja, das ist wohl das Beste.«

Hannah wusste nicht, ob Sophie es nur auf das morgige Aufstehen bezog, oder ob sie, genau wie sie selbst, ansonsten für nichts hätte garantieren können.

»Es war ein schöner Abend.« Sophie reichte Hannah das Spiel. »Vielleicht sollten wir das wiederholen.«

»Ja, vielleicht.«

Es war nun schon das fünfte Paar Turnschuhe, das Hannah anprobierte. Aber genau wie die vorherigen Modelle wollte es nicht richtig passen. Und wenn sie den schwarzen Turnschuh etwas genauer betrachtete, so musste sie zudem zugeben, dass er ihr eigentlich auch nicht wirklich gefiel.

Seufzend stellte Hannah den Schuh zurück ins Regal und verließ das Geschäft.

An diesem Mittwochnachmittag war es ziemlich voll in der Bochumer Innenstadt. Hannah schlenderte weiter die Einkaufsstraße entlang. Langsam gingen ihr die Alternativen aus. Viele Läden gab es nicht mehr. Dabei konnte es doch nicht so schwer sein, ein paar vernünftige, gut sitzende und gutaussehende Schuhe zu finden.

Vor einem Schaufenster blieb sie stehen. Ihr Blick fiel auf ein großes Plakat, das Werbung für Starlight Express und ein preiswertes Sommerangebot machte.

Eigentlich hätte Hannah schon Lust, mal wieder ein Musical zu besuchen. Starlight Express hatte sie zwar bereits einmal gesehen, aber das war mittlerweile eine halbe Ewigkeit her.

Hannah betrat den Ticket-Shop. Zielstrebig ging sie an den Schalter.

»Guten Tag, wie kann ich Ihnen helfen?«, begrüßte eine freundlich lächelnde Verkäuferin sie.

»Ich interessiere mich für dieses Angebot, das da draußen in Ihrem Schaufenster hängt.«

»Sehr gern.« Die Frau begann auf der Tastatur ihres PCs etwas einzutippen. Ihre Stirn legte sich in kleine Fältchen. »Also«, sie drehte den Bildschirm in Hannahs Richtung, »die nächste Vorstellung, für die es noch Karten gibt, ist am Montag.«

»Das passt perfekt.« Hannah war bereits dabei, ihre Handtasche zu öffnen, um ihr Portemonnaie herauszuholen.

»Aber es gibt nur noch Karten in der besten Preiskategorie. Sonst haben wir erst in zwei Wochen wieder einen Termin. Die Aktion wurde sehr gut angenommen«, erklärte die Verkäuferin.

»Ach, das macht nichts.« Hannah machte eine wegwerfende Handbewegung. Wenn sie sich erst einmal etwas vorgenommen hatte, war sie nur schwer wieder davon abzubringen. »Ich nehme zwei Karten für Montag.« Sie öffnete ihre Geldbörse. Hatte sie gerade zwei Karten gesagt?

Offensichtlich hatte sie das, denn kurz darauf reichte ihr die Verkäuferin zwei Papiertickets.

Hannah bezahlte und wünschte der Frau noch einen schönen Tag. Lächelnd trat sie hinaus in die Sonne.

Jetzt hatte sie also zwei Karten. Sofort war ihr klar, wen sie fragen würde. Auch wenn sie es eigentlich besser wusste. Aber auf der anderen Seite. Sophie war einfach eine Freundin. Eine Freundin, die im Ruhrgebiet noch nicht viel gesehen hatte. Das musste man ändern. Hannah nickte entschlossen. Sie würde das ändern. Einfach nur aus Freundschaft.

Und wenn Sophie nicht wollte oder konnte, konnte sie immer noch Laura fragen. Und zur Not ihre Mutter. Sie würde schon eine Begleitung finden.

Beschwingt von dem Gedanken, vielleicht mit Sophie einen Abend zu verbringen, lief sie zurück zum Bahnhof. Dass sie gerade den Bus verpasst hatte und nun eine Viertelstunde warten musste, störte sie ausnahmsweise nicht im Geringsten, und dass sie eigentlich hatte Schuhe kaufen wollen und nun ohne nach Hause fuhr, ignorierte sie. Es gab so viel Wichtigeres. Sie blätterte in dem Prospekt, den die Verkäuferin ihr mitgegeben hatte. Zusammen mit Sophie den Sternenhimmel genießen! Was könnte es Schöneres geben? Ganz harmlos und unverbindlich natürlich. Das hatten sie die letzten beiden Abende schließlich auch geschafft. Ihr pochendes Herz beachtete Hannah nicht. Pfeifend stieg Hannah in den Bus.

Kaum war sie wieder zu Hause angekommen, stürzte sie zum Telefon und wollte Sophies Nummer wählen. Doch dann hielt sie inne und legte den Hörer beiseite.

Sie atmete tief durch. War das wirklich eine vernünftige Idee? Vielleicht sollte sie lieber direkt Laura fragen.

Was, wenn Sophie sie nicht begleiten wollte? Aber warum sollte sie das nicht wollen? Sie waren immerhin Freundinnen. Zumindest redete sich Hannah das ein. Auch wenn das Ziehen in ihrer Brust, das sie überdeutlich spürte, ihr in diesem Augenblick etwas ganz anderes sagte.

Mit feuchten Fingern griff Hannah erneut nach dem Telefon.

»Hallo?«, meldete sich Sophie bereits nach dem zweiten Freizeichen.

Hannahs Zunge fühlte sich schwer wie Blei an. »Hallo«, bekam sie mühsam über die Lippen.

»Hannah! Schön, von dir zu hören.« Sophies Freude klang aufrichtig. »Mir geht es schon deutlich besser. Deine Pflege war großartig. Mein Knöchel tut zwar noch etwas weh, aber das ist bestimmt morgen auch wieder weg.«

Durch den Telefonhörer konnte Hannah Sophies ansteckendes Lachen hören, das ihr ein wenig die Anspannung nahm.

»Aber was verschafft mir die Ehre deines Anrufs?«, wollte Sophie schließlich wissen.

Hannah räusperte sich. »Hast du Montagabend schon etwas vor?« Ihre Stimme zitterte.

»Bis jetzt noch nicht«, sagte Sophie.

»Hättest du dann vielleicht Lust, mit mir zu Starlight Express zu gehen? Ich habe eine Karte übrig.« Hannah rieb über ihr Schlüsselbein, bis die Haut rot wurde. »Ich würde dich gern einladen.«

Sophie zögerte. »Das kann ich nicht annehmen.«

»Selbstverständlich kannst du das.«

In Sophies Kopf kreisten die Gedanken. Sie wollte Hannah sehen, daran bestand keinerlei Zweifel. Aber so ein teures Geschenk? Das konnte sie doch nicht einfach annehmen. Außerdem … Nach der Spannung zwischen ihnen gestern. Konnte das gutgehen? Sophie schüttelte den Kopf. Warum sollte es nicht gutgehen? Sie waren Freundinnen. Punkt. »Okay. Ich komme gern mit. Das wollte ich schon lange mal sehen«, stimmte sie zu. Sophie überlegte einen kleinen Moment. »Unter einer Bedingung.«

Hannahs Herz machte einen kleinen Freudensprung. Sie würde alles machen, was Sophie wollte.

»Ich habe auch noch eine Karte übrig, weil Tobias mir kurzfristig abgesagt hat. Allerdings nicht für ein Musical.«

Tausend Gedanken schossen durch Hannahs Kopf. Worum konnte es sich handeln?

Sophie spannte sie aber weiter auf die Folter. »Es geht um nächsten Mittwoch. Hättest du da Zeit.«

»Ich denke schon«, murmelte Hannah.

»Sehr schön. Dann begleitest du mich?« Sophies Grinsen war sogar durch das Telefon zu hören.

Hannah runzelte die Stirn. »Jetzt sag mir endlich, wohin ich dich begleiten soll.«

»Ins Stadion. Hamburg ist zu Gast beim VfL-Pokalspiel.«

»Fußball?«, schrie Hannah entsetzt. »Ich soll mir ein Fußballspiel ansehen?«

»Ganz richtig. Ich würde mich wirklich freuen, wenn du mit mir kommst.«

Hannah wollte gerade Luft holen, um lautstark zu protestieren, als Sophie fortfuhr. »Weißt du, ich bin seit meiner Kindheit Fan vom HSV, und wenn die Hamburger jetzt nach Bochum kommen, kann ich mir das nicht entgehen lassen. Allerdings hat Tobi die Karten gekauft, das heißt, wir haben Stehplatzkarten in der Ostkurve, das ist die Bochum-Kurve.«

Hannah verstand ohnehin nichts davon. Aber ein Fußballspiel anschauen, und das auch noch im Stehen ... Sie seufzte.

»Also, was meinst du? Ich komme Montag mit zu Starlight und du dafür am Mittwoch mit ins Stadion.« Sophies Ton ließ keine Widerrede zu.

»In Ordnung.« Wenn Hannah ehrlich war, hätte sie Sophie überallhin begleitet. Hauptsache, sie war in ihrer Nähe. Sie genoss Sophies Gesellschaft.

»Ich freue mich«, verabschiedete sich Sophie.«

»Ich mich auch.«

Nachdem sie aufgelegt hatten, kochte sich Hannah einen extra starken Kaffee. So gern sie es auch glauben würde, sie konnte sich nicht vormachen, dass es bei ihrer Beziehung zueinander nur um Freundschaft ging. Mit Laura wäre sie niemals ins Stadion gegangen. Da hätte ihre beste Freundin noch so quengeln und betteln können.

Sophie erwachte wie immer vor Alina. Es war gerade sieben Uhr. Eigentlich viel zu früh für einen Sonntagmorgen. Aber Sophie war nicht mehr müde. Sie war hellwach.

Sophie richtete sich auf und betrachtete Alina, die nackt neben ihr lag. Ihr Körper war notdürftig von der Bettdecke verhüllt. Ihre blonden Haare lagen wirr um ihren Kopf herum auf dem Kissen. Ihre Wangen waren gerötet. Sie war schön, keine Frage.

Erinnerungen an die vergangene Nacht blitzten in Sophie auf. Alinas leidenschaftliche Küsse. Alinas sanfte Berührungen. Sophies Blick fiel auf ihre Kleidungsstücke, die zerstreut im ganzen Schlafzimmer verteilt lagen. Es war schön gewesen. So vertraut. Sie wussten genau, was die andere mochte, wie sie einander erregen konnten. Irgendwie war es wie immer gewesen. Aber gut.

Sophie schluckte. Schon lange hatte sie diese Gefühle bei Alina nicht mehr gehabt. Aber gestern Abend hatte Alina sie zu neuem Leben erweckt. Ganz plötzlich. Unerwartet. Zumindest ein kleines bisschen. Sophie hatte nicht damit gerechnet. Es war einfach passiert. Alina hatte sich um Sophie bemüht wie schon lange nicht mehr. Sie hatte ihr Komplimente gemacht, sogar extra für Sophie gekocht. Und das von ganz allein.

Sophie konnte sich nicht daran erinnern, wann es das letzte Mal vorgekommen war. Vielleicht hatte sie Alina Unrecht getan. Zärtlich strich sie über Alinas Wange. Sie mussten um ihre Liebe füreinander kämpfen, Sophie musste ihren Ausrutscher mit Hannah ein für alle Mal vergessen. Das hätte niemals passieren dürfen. Sie gehörte zu Alina.

Sophie schluckte. Ihre Zunge klebte schwer an ihrem Gaumen. Oder nicht?

Warum konnte Alina nicht immer so aufmerksam sein? Warum machte sie es ihr manchmal so schwer? Warum behandelte sie Sophie zeitweise so, als wäre sie einfach ein Gebrauchsgegenstand, der ihr immer zur Verfügung stand, wenn sie das wollte, und den sie, wenn sie keine Lust hatte, einfach in eine Ecke stellen konnte? So wie es ihr gerade passte.

Sophie schlug ihre Bettdecke zur Seite und stand auf. Hannah hatte sich in der vergangenen Nacht immer wieder in Sophies Gedanken geschlichen, während sie mit Alina geschlafen hatte. Ohne es zu wollen, hatte Sophie die beiden Frauen miteinander verglichen.

Bei dieser Erinnerung zog sich Sophies Magen schmerzhaft krampfend zusammen. Das durfte nicht sein! Das mit Hannah war nur passiert, weil sie so unzufrieden mit Alina gewesen war. Mehr war da nicht zwischen ihnen. Keine Gefühle. Das war ein Fehler gewesen. Aber jetzt war das alles vorbei.

Hannah. Sophies Herz begann schneller zu schlagen. Was war denn nur los mit ihr?

Alina seufzte leise, als Sophie die Schlafzimmertür öffnete. Nur noch wenige Stunden, dann musste Alina wieder zurück nach Hamburg. Wie jedes Wochenende. Sophie wünschte sich, dass es anders wäre, dass sie jeden Tag gemeinsam verbringen könnten. Vielleicht sollte sie doch zurück nach Hamburg gehen, um bei Alina sein zu können. Alina würde ihren Job in Hamburg niemals aufgeben. Das hatte sie mehr als einmal unmissverständlich klargemacht. Sie würde in Hamburg bleiben. Für sie gab es keine andere Option. Aber Sophie könnte Essen den Rücken kehren. Für eine Zukunft mit Alina.

Aber war es wirklich das, was sie wollte? Würde sie in Hamburg mit Alina auf Dauer glücklich werden? Sie mochte ihre Arbeit hier. Eigentlich wollte sie das nicht aufgeben. Erst recht nicht für eine ungewisse Zukunft. Sie musste noch einmal mit Alina darüber sprechen. Am besten gleich heute beim Frühstück.

Sophie atmete schwer. Es konnte so schön, so leicht, so unbeschwert sein mit Alina. So wie gestern. Doch meist war das die Ausnahme. Zu oft sah ihr Alltag anders aus.

Sophie schüttelte den Kopf. Daran wollte sie nicht denken.

Sie wollte den gemeinsamen Morgen nach dieser Nacht mit Alina genießen. Sie zog sich schnell etwas über, um Brötchen zu holen. Sie wollte Alina mit einem Frühstück überraschen. Sie mussten sich wieder näherkommen. Dann könnten sie es schaffen. Dafür musste Sophie sorgen. Und sie wollte nicht daran denken, dass Alina gleich wieder fahren musste. Diese Fernbeziehung war ein Fluch.

Nachdem Sophie liebevoll den Frühstückstisch gedeckt hatte, weckte sie Alina.

»Guten Morgen.« Sophie setzte sich zu Alina an die Bettkante.

»Morgen«, grummelte Alina. »Wie spät ist es denn?«

»Gleich zehn.« Behutsam strich Sophie durch Alinas Haare.

»Dann lass mich noch ein bisschen schlafen.« Alina zog die Bettdecke höher.

»Ich habe Frühstück gemacht. Ich war extra beim Bäcker. Kaffee ist auch fertig. Eier gibt es auch. Und frischgepressten Orangensaft.« Sophie küsste Alina auf die Nasenspitzen.

»Es ist viel zu früh«, stöhnte Alina.

Sophie seufzte. »Unsinn. Außerdem musst du bald wieder fahren. Ich dachte, wir könnten die gemeinsame Zeit noch ein wenig genießen.«

Wieder grummelte Alina. »Na gut.« Sie reckte sie. »Gib mir noch fünf Minuten.«

»In Ordnung.« Sophie ging in die Küche und setzte sich an den gedeckten Tisch. Alinas fünf Minuten kannte sie. Das konnte morgens eine Ewigkeit dauern. Sie nahm einen Schluck Kaffee.

Ob Hannah eine Frühaufsteherin war so wie sie?

Sophie biss auf ihre Unterlippe, bis ihre Zähne einen Abdruck hinterließen. Verdammt! Sie durfte diese Gedanken nicht haben. Nicht schon wieder. Nicht immer wieder.

Hannah war egal.

Alina war keine Frühaufsteherin. Aber das war auch nicht schlimm. Bisher hatten sie sich gut damit arrangieren können.

Nach einer Weile hörte Sophie Alina im Badezimmer die vertrauten morgendlichen Tätigkeiten verrichten.

Wenig später kam sie in die Küche. »Hey.« Verschlafen rieb sich Alina die Augen. »Tut mir leid. Ich war gerade wirklich noch ziemlich müde. War ganz schön …«, sie sah Sophie herausfordernd an, »… anstrengend letzte Nacht.« Sie zwinkerte Sophie zu. Dann ließ sich Alina auf den Stuhl fallen und griff nach einem Brötchen.

»Kaffee?«, fragte Sophie.

Alina nickte, während sie ihr Brötchen aufschnitt und mit Käse belegte.

Sophie goss ihr eine Tasse ein. »Es wäre doch schön, wenn wir jeden Morgen zusammen frühstücken könnten, oder?«, begann sie ein Gespräch.

»Ja«, antwortete Alina einsilbig. Sie biss in ihr Brötchen. »Kannst du mir mal die Tomaten geben?«

»Ist das alles, was du dazu zu sagen hast?«

»Wozu?« Auf Alinas Stirn bildete sich eine Falte.

»Nur: Ja?« Sophies Hände verkrampften sich.

»Wovon redest du?« Alina wurde lauter.

»Ich möchte nicht die ganze Woche immer allein sein. Ich habe unsere Fernbeziehung satt.« In Sophies Hals bildete sich ein Kloß. Jetzt hatte sie es ausgesprochen. Wieder einmal.

»Ach Schatz, diese Diskussion hatten wir doch schon tausendmal. Das führt doch zu nichts.« Alina verschränkte ihre Finger ineinander.

»Stört dich die Entfernung denn nicht?« Sophie schluckte, um gegen die aufsteigenden Tränen anzukämpfen.

»Manchmal.« Alina biss in ihr Brötchen.

»Ich habe das Gefühl, wir entfernen uns immer weiter voneinander. Wir …« Sophie stockte. Ihre Stimme war nur noch ein Flüstern. »Wir haben fast gar nichts mehr gemeinsam.«

»Blödsinn.« Alina stand auf und holte Milch aus dem Kühlschrank.

»Möchtest du nicht nach Essen kommen? Zu mir? Damit wir endlich zusammen sein können?«

Mit einem lauten Knall stellte Alina den Milchkarton auf den Tisch. »Das weißt du ganz genau. Ich gehe nicht weg aus Hamburg. Auf gar keinen Fall. Das kommt nicht in Frage. Vergiss es. Wenn du etwas an der Situation ändern willst, musst du wieder zurückkommen. Du wolltest doch unbedingt wegziehen.« Vorwurfsvoll sah Alina Sophie an.

Sophie starrte auf die Tischplatte. Es zog schmerzhaft in ihrer Brust. Es war immer das Gleiche. Alina war kein bisschen kompromissbereit, und sie gab ihr die Schuld an allem. Außerdem gab es für Alina offensichtlich gar keinen Grund, irgendetwas zu ändern. »Ich mag meinen Job hier. Aber ...«

»Dann ist ja wohl alles geklärt«, fuhr Alina dazwischen.

»Aber ich will dich nicht verlieren.« Sophie atmete tief aus. War das die Wahrheit?

»Du kannst jederzeit wieder nach Hamburg kommen. Meine Wohnung steht dir immer offen. Das weißt du.«

Sophie nickte. »Ich weiß.«

»Lass uns weiter frühstücken.« Alina setzte sich wieder an den Tisch. Mit einem Löffel schlug sie ihr Ei auf.

»Ist das Thema damit für dich beendet?« Sophie war der Appetit vergangen. Es war sinnlos, mit Alina darüber zu diskutieren. Es endete immer nur in Streit.

»Ich denke, es ist alles gesagt.« Alinas Blick hatte jeglichen liebevollen Ausdruck verloren.

»**D**as sieht von außen aber ziemlich unscheinbar aus«, bemerkte Sophie, nachdem sie aus dem Parkhaus gekommen waren und vor dem Starlight-Express-Theater standen.

Hannah musste zustimmen. »Von innen ist es allerdings beeindruckend.« Gemeinsam gingen sie in das große Gebäude. Es dauerte noch etwa eine halbe Stunde, bis die Vorstellung begann. »Möchtest du etwas trinken?«, fragte Hannah.

»Gern. Möchtest du uns vielleicht etwas holen? Ich gehe kurz zur Toilette«, erklärte Sophie und verschwand in der Menschenmenge.

Hannah schaute ihr hinterher. Sophie trug ein atemberaubendes dunkelrotes Sommerkleid, das ihre schönen Beine und ihr makelloses Dekolletee hervorragend zur Geltung brachte.

Hannah hatte sich die gesamte Zeit über zusammenreißen müssen, Sophie nicht allzu sehr anzustarren. Ihre Phantasie war mehrfach beinahe mit ihr durchgegangen. Sie konnte sich noch viel zu gut daran erinnern, wie weich sich Sophies Brüste angefühlt hatten, wie zart die Haut ihrer Beine gewesen war.

Hannah reihte sich an der Bar in die Schlange ein und gesellte sich dann mit zwei Gläsern Sekt wieder zu Sophie, die längst zurückgekehrt war.

»Auf einen schönen Abend«, prostete Sophie ihr zu. »Und danke für diese Einladung.« Sophie schenkte Hannah ein umwerfendes Lächeln und ließ so Hannahs Herz schneller schlagen. Das Kribbeln in ihrer Magengegend, das Hannah bis dahin zu unterdrücken versucht hatte, gewann die Oberhand. Ihre Knie wurden weich.

»Auf uns.« Hannah blickte geradewegs in Sophies Augen. Für einen Moment sahen sie sich schweigend an. Hannah hatte das Gefühl, in diesem Grün zu ertrinken. Aber sie wollte nicht gerettet werden.

Der Gong, der bekanntgab, dass sie nun den Vorführungsraum betreten durften, ertönte.

Hannah löste sich von Sophies Augen. »Wollen wir?« Verlegen strich sie eine Haarsträhne aus dem Gesicht.

Sophie nickte stumm. Dieser Blick ... Sie schluckte. Sie durfte das nicht zulassen, sie sollte an Alina denken. Doch das konnte sie nicht.

Wenig später hatten sie ihre Plätze eingenommen. Sie saßen direkt an einer der Rollschuhbahnen, die durch die gesamte Halle zogen. In der Mitte war eine etwas größere Bühne. Das gesamte Theater war dunkel, an der Decke funkelten kleine Lämpchen, wie Sterne, die den Himmel erhellten. Langsam füllten sich die Plätze.

Das Licht erlosch. Eine tiefe Stimme erklang. Dann ertönten die ersten Klänge der Musik. Die Darsteller rollten in ihren aufwendigen Kostümen auf die Bühne und rasten durch die Halle, direkt an Hannah und Sophie vorbei. Sie konnten den Fahrtwind kühl auf ihrer Haut spüren.

Beide verfolgten gebannt die Vorführung, lauschten den Liedern.

Sophie beugte sich zu Hannah. Zärtlich strich sie die Haare hinter ihr Ohr. »Das ist wirklich toll. Danke, dass du mich mitgenommen hast«, flüsterte sie. Ihr Atem kitzelte Hannahs Wange. Mit ihren Lippen berührte Sophie ganz sanft Hannahs Ohrmuschel.

Eine Gänsehaut jagte Hannahs Rücken hinunter. Sophies Nähe machte sie schwindelig.

Dann ergriff Sophie Hannahs Hand und drückte sie behutsam. Ihre Finger verschränkten sich ineinander. Es geschah wie von selbst. Sophie rückte ein Stückchen näher zu Hannah. Ihre Arme berührten sich.

Ein warmer Strom durchfloss Hannah. Sie schloss die Augen und hielt die Luft an. Eine Ewigkeit verharrten sie in dieser Position. Hannah traute sich nicht, sich zu bewegen, aus Angst, die Nähe zu zerstören.

Irgendwann brandete Applaus auf. Hannah hatte sich die letzten Minuten nicht mehr auf die Vorführung konzentrieren können. Ihre Gedanken waren nur bei Sophies Haut, die ihren Arm berührte, gewesen, ihren Fingern, die über ihre Hand streichelten, ihrem betörenden Duft, den sie mit jedem Atemzug einatmete.

Sie lösten ihre Finger voneinander, um ebenfalls zu klatschen.

Anschließend verließen sie den Saal. »Das war ein wundervoller Abend.« Sophie lächelte. »Hätte ich gewusst, was für ein großartiges Musical das ist, wäre ich schon viel eher hier gewesen.« Ihre Augen strahlten.

Am liebsten hätte Hannah sie in ihre Arme geschlossen, aber sie beherrschte sich. Eine kleine Stimme hämmerte in ihrem Kopf. Sie waren nur Freundinnen. Mehr nicht. Außerdem war sie sowieso bald weg. Vielleicht ... Wenn sie wirklich ging ... Und Sophie hatte Alina. Doch egal, wie oft sich Hannah das einredete, es half nicht, die Spannung, die sich zwischen ihnen aufbaute, zu schmälern. Ihre Gefühle, die mit jeder Begegnung wuchsen, zu unterdrücken.

»Möchtest du noch ein Glas Sekt?«, fragte Hannah, als sie im Foyer angekommen waren.

»Mir wäre es lieber, wenn wir nach Hause fahren.« Sophie hatte sich trotz aller guten Vorsätze nicht unter Kontrolle. Was machte Hannah nur mit ihr? Warum brachte ihre Gegenwart sie so durcheinander? Sophie strich ihr Kleid glatt.

Unweigerlich musste Hannah daran denken, wie ihre Hände über Sophies Körper geglitten waren, jeden Zentimeter erkundet hatten.

»Kein Problem. Dann lass uns fahren.« Vielleicht war das auch wirklich besser. Hannah hatte Sophie angeboten, sie abzuholen und auch wieder nach Hause zu bringen. Sophie hatte das Angebot dankend angenommen.

Gemeinsam gingen sie nun ins Parkhaus und stiegen in Hannahs Wagen. Die ganze Fahrt über schwiegen sie. Beide hingen ihren Gedanken nach. Was taten sie nur? Wie sollte es mit ihnen weitergehen? Was wollten sie überhaupt? Egal, wie angestrengt sie nachdachten, sie kamen zu keinem Ergebnis.

Hannah parkte das Auto vor Sophies Haus und stellte den Motor ab. Die beiden sahen sich an. Ihre Blicke hielten sich fest.

Hannahs Herzschlag rauschte in ihren Ohren. Wie gern hätte sie Sophie zu sich gezogen und sie geküsst. Nur einmal noch ihre Lippen spüren. Diese süßen Lippen, die ihr den Verstand raubten. Sich von ihren Gefühlen treiben lassen.

»Danke noch mal für alles«, unterbrach Sophie Hannahs Gedanken. Zum Abschied hauchte sie Hannah einen Kuss auf die Wange. Dann öffnete sie die Tür und stieg aus. »Bis Mittwoch. Ich freue mich.« Kurz darauf war sie in der Dunkelheit verschwunden.

Hannahs Wange brannte. Ihre Beine zitterten. Sie drehte den Zündschlüssel im Schloss. Wie sollte sie die Zeit bis Mittwoch überstehen?

»Und bereit für den großen Tag?«, begrüßte Sophie Hannah, während sie noch die letzten Treppenstufen zu Hannahs Wohnung hinaufstieg. »Ich habe dir auch etwas mitgebracht.« Sie wedelte mit einem blauweißen Schal vor Hannahs Gesicht.

»Du glaubst doch nicht im Ernst, dass ich so etwas trage!«

Empört stemmte Hannah ihre Hände in die Hüften. »Nur über meine Leiche.«

»Na gut«, gab Sophie schneller auf, als Hannah das erwartet hatte. Sie wickelte sich selbst den Schal um den Hals. »Meinetwegen können wir los.«

Hannah verdrehte die Augen. »Worauf habe ich mich da nur eingelassen? Ich hoffe, du weißt das zu schätzen.« Sie zog die Tür hinter sich ins Schloss.

Langsam gingen sie in Richtung Bahn. Als Hannah Sophie gefragt hatte, ob sie nicht mit dem Auto fahren sollten, war Sophie in großes Gelächter ausgebrochen. »Du warst wohl wirklich noch nie im Stadion. Du hast keine Ahnung, wie voll das werden wird.«

Schulterzuckend hatte Hannah zugegeben, tatsächlich ahnungslos zu sein. Schließlich hatten sie sich auf die Bahn geeinigt.

Bereits unterwegs begegneten ihnen zahlreichen Fans, die ihrer Bekleidung nach auch alle ins Stadion wollten. Es herrschte schon jetzt eine ausgelassene Stimmung, und die Menschenmenge heizte sich gegenseitig mit irgendwelchen Fangesängen ein, von denen Hannah nicht ein einziges Lied kannte. Zwar kamen ihr einige Melodien bekannt vor, aber die Texte waren ihr gänzlich unbekannt. Nicht, dass sie mitgegrölt hätte, wäre das anders gewesen!

Bald waren sie am Stadion angekommen. Zielstrebig steuerte Sophie auf den richtigen Eingang zu. Ihre Wangen glühten, während sie im dichten Gedränge vor dem Stadion versuchte, sich irgendwie hineinzuquetschen. Hannah hatte Mühe, ihr zu folgen und sie nicht aus den Augen zu verlieren. Worauf hatte sie sich nur eingelassen?

»Ich hatte keine Ahnung, dass es so voll werden würde«, schrie Hannah in Sophies Richtung, damit sie sie überhaupt verstehen konnte.

»Dabei ist das Stadion hier doch total klein. Dreißigtausend Zuschauer sind doch nichts.«

Das sah Hannah ganz anders. Es musste sie der Teufel geritten haben, als sie zugesagt hatte. Oder aber ... Hannah bis auf ihre Unterlippe.

Sophie zeigte ihre Karten am Eingang vor und ließ sich dann von einer Ordnerin kontrollieren. Hannah folgte ihr unsicher. Etwas unheimlich war ihr das alles schon.

»Wir müssen hier hoch«, erklärte Sophie, während sie die Treppen ins Stadion hinaufstieg.

Als Hannah dann endlich freien Blick auf das Spielfeld hatte und überall die begeisterten Fans stehen sah, die lauthals sangen und für die es nichts Schöneres zu geben schien, überkam sie eine Gänsehaut. Sie musste zugeben, dass es ein einzigartiges Gefühl war. Das hätte sie sich nicht vorstellen können.

Sophie führte Hannah zu einem guten Platz, der relativ mittig lag und von dem aus sie eine gute Sicht auf das Tor hatten.

»Und? Was sagst du?« Sophies Augen leuchteten.

»Das ist schon irgendwie etwas Besonderes«, gestand Hannah.

Auf der Videoleinwand wurde die Aufstellung bekanntgegeben, und dank der kleinen bunten Bilder, die dazu eingeblendet wurden, konnte sich Hannah wenigstens annähernd vorstellen, wessen Namen das gesamte Stadion gerade rief.

Dann sprach der Stadionsprecher ein paar Worte, bevor Herbert Grönemeyers »Bochum« gespielt wurde. Alle um Hannah herum, mit Ausnahme von Sophie, sangen mit, so gut sie nur konnten, und auch der Letzte kannte den Text.

»Machst mit dem Doppelpass jeden Gegner nass – du und dein VfL!«

Sophie widmete ihre ganze Aufmerksamkeit den Spielern, die gerade unter tosendem Beifall den Rasen betraten. Sie schwenkte ihren Schal durch die Luft. Dass es der falsche blau-weiße Schal war, schien niemand zu bemerken.

Dann endlich wurde das Spiel angepfiffen, die Stimmung wurde immer angespannter, und alle Augen waren gebannt auf das Spielfeld gerichtet. Hannah ließ sich von dem Fieber um sie herum anstecken.

Der erste Ballkontakt. Der VfL hatte Anstoß. Hannah bemühte sich, die beiden Mannschaften auseinanderzuhalten.

»Ja los jetzt, lauf doch. Mann, was machst du denn da? O nein, das gibt's doch nicht, zu blind, um das Tor zu treffen! So wird das aber nichts. Anstrengen, Jungs, auf geht's!« Sophie schrie unentwegt und entlockte Hannah ein Schmunzeln. Dass aus einer so zarten Person so laute Töne kommen können, damit hätte sie nicht gerechnet.

»Achtung, aufpassen! Der kann doch nicht so frei da durchlaufen.« Sophie schlug mit ihrer Hand vor ihre Stirn. »Mensch, das war ein Foul, das muss mindestens die gelbe Karte geben! Hat der Schiri denn Tomaten auf den Augen?«

Nun schien einigen umstehenden Fans doch aufzufallen, dass Sophie die falsche Mannschaft anfeuerte, und sie warfen ihr kritische Blicke zu. Aber Sophie bekam nichts mit, während Hannah das Blut ins Gesicht schoss.

Dass Sophie leidenschaftlich sein konnte, hatte Hannah bereits mitbekommen, aber dass so ein Fußballspiel ebenfalls so eine Leidenschaft bei ihr entfachen konnte, dass hätte sie nicht erwartet.

»Ja, ja, jetzt aber, komm schon, jaaaa! TOOOOORRR!!!! Endlich!« Voller Freude riss Sophie begeistert die Arme in die Höhe und schrie ihren Jubel durch das Stadion. Sie hüpfte auf und ab, es gab für sie kein Halten mehr. Dass sie damit im Bochum-Fanblock die Einzige war, schien sie überhaupt nicht zu stören. »Hast du das gesehen, Hannah?«

Schließlich war erst einmal Halbzeit und sie konnten sich ein wenig stärken und beruhigen, was auch dringend nötig war, wenn Sophie nicht an einem Herzinfarkt sterben wollte. Sophie kämpfte sich nach unten und kam wenig später mit zwei großen Bechern Bier wieder. »Ich hoffe, du magst Bier. Aber das gehört für mich irgendwie zum Stadionbesuch dazu.«

Hannah nahm den Becher entgegen, auch wenn Bier nicht zu ihren Lieblingsgetränken gehörte.

Viel zu schnell kamen die Spieler zurück aus der Kabine, und der Ball rollte wieder. Es war kaum mehr zum Aushalten, eine richtige Zitterpartie, und dann fiel auch noch das Gegentor.

Aus den Lautsprechern drang Tormusik.

Sophie ließ die Schultern sinken und stieß einige Flüche aus, die Hannah die Röte ins Gesicht trieben.

Es blieb ein wirklich spannendes und knappes Spiel, von Überlegenheit konnte bei keiner Mannschaft die Rede sein. Es war noch alles offen.

Nach neunzig Minuten pfiff der Schiedsrichter ab. Aber niemand machte Anstalten, das Stadion zu verlassen.

»Was passiert denn jetzt?«, wollte Hannah wissen.

»Verlängerung. Das ist ja ein Pokalspiel. Es muss also einen Sieger geben. Zur Not gibt's Elfmeterschießen.« Sophie wippte nervös auf und ab. »Das kann sich also noch eine Weile hinziehen. Ich hoffe, das stört dich nicht.«

Vom langen Stehen taten Hannah die Beine weh, und sie wäre froh gewesen, sich bald auf den Heimweg machen zu können. Doch das sagte sie Sophie natürlich nicht. Stattdessen erwiderte sie: »Nein, kein Problem.« Sie wollte Sophie nicht den Abend mit Jammern verderben.

Nach einer kurzen Pause ging es weiter. In der Verlängerung fand sich allerdings auch kein Sieger.

Sophie wischte ihre feuchten Finger an ihrer Jeans ab. »Jetzt müssen wir ganz fest die Daumen drücken.«

Hannah nickte. »Aber klar.«

Der erste Hamburger Spieler legte sich den Ball zurecht. Bochums Torwart stand ihm gegenüber. Wenig später wackelte das Netz, der HSV war in Führung gegangen. Aber Bochum legte nach. So ging es vier Mal.

Langsam war auch Hannah ganz angespannt.

Sophie faltete ihre Hände.

Auch der fünfte Hamburger versenkte den Ball im Tor.

Dann kam der letzte Bochumer an die Reihe.

Sophie hielt den Atem an, und mit ihr auch Hannah.

Der Spieler holte aus – und verschoss.

Überschwänglich umarmte Sophie Hannah. »Wir haben es geschafft!!!« Sie drückte Hannah fest an sich. Es fühlte sich gut an. Selbstverständlich.

Plötzlich schreckten beide zurück und sahen sich verlegen an. Sophie räusperte sich. »Das war wirklich aufregend.«

Hannah atmete tief durch. Das war es wirklich, jedoch nicht aufgrund der Aufregung durch das Spiel ... »Ja«, stimmte sie zu. Dass ein Fußballspiel so faszinierend sein könnte, hätte sie sich nie ausgemalt. Doch Sophies Umarmung hatte sie zusätzlich aus der Fassung gebracht. Augenblicklich waren da wieder dieses Herzklopfen und dieses Kribbeln in ihrem Bauch gewesen. Irgendwann musste das doch einmal ein Ende haben!

Nachdem sich die Spieler verabschiedet hatten und in der Kabine verschwunden waren, machten sich auch die beiden Frauen auf den Heimweg.

Auch wenn es schon fast mitten in der Nacht war, musste Sophie mit irgendjemandem reden.

Ihr fiel niemand anderes ein als Emilia.

Also wählte sie die Nummer ihrer besten Freundin, in der Hoffnung, dass sie noch nicht geschlafen hatte.

Es dauerte eine ganze Weile, bis Emilia abhob.

»Hey Süße, entschuldige, wenn ich dich wecke«, begrüßte Sophie ihre Freundin.

»Schon okay«, murmelte Emilia. Ihr war deutlich anzuhören, dass sie bereits im Bett gewesen war. »Ist was passiert?«

»Na ja, nicht so richtig«, druckste Sophie herum.

»Bist du sicher? Für nichts rufst du mich doch nicht um ein Uhr nachts an.«

Natürlich hätte Sophie klar sein müssen, dass Emilia sie sofort durchschaute. Dafür kannten sie sich viel zu lange und viel zu gut. Sophie seufzte. »Ich weiß einfach nicht, was ich machen soll.« Sie erzählte Emilia von ihren Treffen mit Hannah. »Wenn ich mit ihr zusammen bin, dann fühle ich mich einfach gut. Wir haben so viel Spaß zusammen, wir können miteinander lachen. Auch wenn wir uns erst so kurz kennen, bei ihr fühle ich mich völlig unbeschwert.« Es reichte aus von Hannah zu sprechen, um Sophies Herz schneller schlagen zu lassen und ein Lächeln auf ihr Gesicht zu zaubern.

»Und wo ist das Problem?«, fragte Emilia.

Genau genommen lag das Problem darin, dass sie mit Hannah geschlafen und Alina betrogen hatte. Doch das konnte sie Emilia nicht sagen. Zumindest im Augenblick nicht.

Nachdem Sophie eine Weile geschwiegen hatte, hakte Emilia weiter nach. »Es ist wegen Alina, oder?«

Sophies Zähne bohrten sich in ihre Unterlippe. Sie wusste nicht, was sie erwidern sollte.

»Weißt du, Sophie, ich habe dich schon sehr lange nicht mehr so schwärmerisch und so euphorisch von Alina erzählen hören, falls du sie überhaupt erwähnst.«

»Du hast recht.« Sophie begann zu frieren und wickelte sich in ihre Decke ein. »Vielleicht macht das keinen Sinn mehr mit uns. Allerdings ...« Sophie holte tief Luft. »Ich kann mich doch nicht einfach von ihr trennen. Irgendwie liebe ich sie ja noch.«

»Aber irgendwie reicht nicht aus. Bist du sicher, dass du sie aufrichtig liebst?«

Sophie zog die Decke enger um sich. Sie wusste es nicht mehr. Sie hatte Alina geliebt, da war sie sich sicher. Mittlerweile jedoch waren sie sich fremd geworden, jeden Tag ein bisschen mehr. »Ach Emilia.« Feuchtigkeit sammelte sich hinter Sophies Lidern.

»Denk noch mal in aller Ruhe über eine Trennung nach. Was hält dich bei ihr? Was spricht für sie? Was gegen sie? Versuche, dir darüber klarzuwerden«, riet Emilia. »Und bitte sei mir nicht böse, aber ich muss langsam wieder schlafen. Ich muss morgen früh aufstehen.«

Sophie wischte eine Träne von ihrer Wange. »Das werde ich machen. Danke fürs Zuhören. Schlaf gut.«

»Immer gern. Du kannst mich jederzeit wieder anrufen. Auch mitten in der Nacht.«

Sophie konnte genau hören, wie Emilia am anderen Ende der Leitung in Hamburg lächelte. Es war schön, so eine beste Freundin zu haben. »Bis dann.«

Noch lange nachdem sie aufgelegt hatte, saß Sophie regungslos auf der Couch. Ihre Gedanken drehten sich im Kreis, immer um dieselben Fragen. Was war die richtige Entscheidung? Was sollte sie nur tun?

Hannah saß im Aufenthaltsraum und gönnte sich eine Tasse Kaffee. Für Erste waren alle Patienten versorgt. Diese Pause wollte sie nutzen, um sich ein wenig zu stärken.

»Ich habe mir schon gedacht, dass ich dich hier finde.« Laura betrat den Raum und bediente sich ebenfalls an der Kaffeekanne. »Du siehst nicht so richtig glücklich aus heute.«

Es war Hannah ein Rätsel, wie Laura es immer schaffte, ihre Gedanken zu lesen. »Das könnte daran liegen, dass ich heute nicht richtig glücklich bin.« Hannah starrte in ihre Tasse, die sie mit beiden Händen fest umklammerte.

Laura setzte sich neben Hannah. »Was ist los?«

*Ich habe mich verliebt in eine Frau, die vergeben ist und werde vielleicht bald zu allem Überfluss Deutschland verlassen,* brachte Hannah ihre Sorgen in Gedanken auf den Punkt. Aber das konnte sie Laura nicht sagen. Sie musste erst einmal für sich selbst Klarheit schaffen.

Laura gab Hannah, die immer noch in den Kaffee starrte, einen Schubs. »Mir kannst du es doch erzählen.«

»Mir geht Sophie einfach nicht mehr aus dem Kopf. Als wir zusammen bei Starlight waren und sie im Dunkeln meine Hand ergriffen hat, da hatte ich das Gefühl, alles wäre perfekt. Doch kaum waren wir wieder im Hellen, war alles verflogen. Jedes Mal, wenn ich sie sehe, könnte ich kaum glücklicher sein. Wäre da nicht ihre Freundin …« Hannah zuckte mit den Schultern. »Ich wäre einfach gern nur mit Sophie befreundet, aber ich fürchte, ich schaffe das nicht. Allerdings gelingt es mir auch nicht, sie aus meinem Kopf zu verbannen.« Sie nahm einen großen Schluck aus der Tasse.

»Du darfst nicht aufgeben!«, forderte Laura.

*Ich muss aufgeben. Das ist sinnlos*, dachte Hannah. *Ich sollte einfach nach England gehen, diese Chance nutzen. An meine Karriere denken. Das wäre das Beste. Und Sophie wird mit Alina glücklich werden.*

»So kenne ich dich gar nicht. Du kämpfst doch sonst auch immer um alles.« Laura versuchte, Hannah mit einem Lächeln aufzumuntern. Aber es wollte ihr nicht gelingen.

Einen Moment lang überlegte Hannah, ob sie Laura von dem Stipendium erzählen sollte und davon, dass dieses verflixte Stipendium, auf das sie sich so gefreut hatte, alles nur noch viel mehr verkomplizierte. Doch dann verwarf sie diese Idee wieder. Sie wollte das erst einmal für sich behalten. Bis sie wusste, wie sie damit umgehen würde. »Ach Laura, wenn das alles so einfach wäre.«

Laura legte ihre Hand auf Hannahs Oberschenkel. »Das wird schon werden.«

»Ich hoffe, du behältst recht. Aber erzähl mal, wie geht es bei dir und Pauline?«, wechselte Hannah das Thema.

Sofort war ein Strahlen auf Lauras Gesicht zu erkennen. »Oh, ziemlich gut.« Ihre braunen Augen leuchteten. »Unser Date war perfekt. Wir verstehen uns ausgezeichnet.«

Hannah grinste ihre beste Freundin an. »Ich will Details.«

»Das habe ich nicht anders erwartet«, bemerkte Laura spöttisch. »Aber es war noch ganz harmlos. Wir haben nur Händchen gehalten.«

»Noch«, betonte Hannah.

Laura ignorierte Hannahs Bemerkung. »Am Wochenende sehen wir uns wieder«, beendete sie ihre Ausführungen.

»Das ist schön.« Hannah freute sich ehrlich für ihre Freundin.

Das Klingeln des Telefons beendete ihr Gespräch. »Also, los. Der nächste Patient wartet auf uns.«

Der Notarzt übergab Hannah einen sechzigjährigen Mann, der am Morgen Blut erbrochen hatte. »Im Augenblick ist er stabil. Genau sagen, wie viel Blut es war, kann er nicht. Und die Ehefrau weiß es auch nicht so genau. Aber es war wohl nur einmalig, hellrot. Vor etwa zwei Stunden.«

Der Mann lag mit blassem Gesicht auf der Trage.

»Irgendwelche Vorerkrankungen?«, fragte Hannah nach.

Unterdessen wurde der Mann in den Untersuchungsraum gebracht.

»Angeblich sind keine bekannt«, sagte der Notarzt.

»Hatte er denn vorher erbrochen?« Manchmal verursachten kleine Einrisse in der Speiseröhre, zum Beispiel nach dem Erbrechen, eine solche Blutung.

»Nein. War ganz plötzlich und spontan.«

»Alkohol?« Das Nächste, an das Hannah bei dieser Anamnese dachte, war eine Blutung aus den Gefäßen der Speiseröhre bei einer Leberzirrhose, die meist durch Alkohol verursacht war.

»Wird auch verneint.« Der Notarzt zuckte mit den Schultern. »Mehr kann ich dir auch nicht sagen.

Hannah würde sich in die Arbeit stürzen. Das war immer die beste Ablenkung.

In ihrem Kopf hatte sich Sophie alle Worte ganz genau zurechtgelegt. Immer wieder war sie das Gespräch in Gedanken durchgegangen. Als nun aber das Freizeichen ertönte, hatte sie das Gefühl, sich an keine einzige Silbe mehr erinnern zu können.

»Rehfeld«, meldete sich Hannah.

Der Klang der vertrauten Stimme ließ Sophies Herzschlag für einen kurzen Moment aussetzen, ehe ihr Puls zu rasen begann. »Hallo Hannah.«

»Oh, hallo Sophie.« Hannah hatte Sophie sofort erkannt. Mit einem Anruf von ihr hatte Hannah nicht gerechnet. Seit dem Besuch im Fußballstadion hatten sie nicht mehr miteinander gesprochen. Hannah hatte mehrfach überlegt, sich bei Sophie zu melden, doch sie hatte keine Ahnung gehabt, was sie hätte sagen sollen. Jetzt musste sie sich erst einmal setzen, weil ihre Beine nachzugeben drohten.

»Wie geht es dir?«, versuchte Sophie ein harmloses Gespräch zu beginnen.

»Ganz gut«, antwortete Hannah stammelnd, auch wenn das gelogen war. »Und dir?«

»Danke, auch«, erwiderte Sophie. »Ganz schön warm heute«, druckste sie herum. Sie brachte es einfach nicht fertig, die Frage zu stellen, die ihr am meisten auf der Seele brannte. Nervös lief sie in der Wohnung auf und ab. Das Herz schlug ihr bis zum Hals. Dann nahm sie all ihren Mut zusammen. »Was ich dich fragen wollte: Was machst du denn heute Abend?«, stotterte sie. Sophie hatte das Gefühl, ihr würde schwindelig werden. Das war vollkommen verrückt. Dabei war es eine ganz harmlose Frage gewesen. Eine völlig normale Frage unter Freundinnen.

Hannahs Blick fiel unweigerlich auf ihren Schreibtisch, auf dem sich ein großer Haufen stapelte. Sie musste das heute noch fertigmachen, unbedingt, daran führte kein Weg vorbei. Auch wenn sie sich deutlich lieber mit Sophie getroffen hätte. »Es tut mir leid, aber ich habe noch jede Menge Arbeit vor mir, die ich dringend erledigen muss.« Sie schluckte. »Ich würde ja vorschlagen, dass wir uns am Wochenende treffen, aber ...« Sie stockte. Am Wochenende würde sicherlich Alina bei Sophie sein. Das war eine dumme Idee.

»Sehr gern. Ich hätte am Wochenende Zeit«, schoss es wie aus der Pistole aus Sophie heraus. Ihre Hände zitterten.

»Und was ist mit Alina?«, wagte Hannah einen Vorstoß.

Sophie zögerte. Hannah war nicht die richtige Person, um sie mit ihren Beziehungsproblemen zu behelligen. Allerdings hatte sie ein Recht darauf, es zu erfahren. Schließlich hatte sie ganz direkt nachgefragt. »Alina kann dieses Wochenende und auch das nächste Wochenende nicht kommen. Sie hat noch etwas in Hamburg zu tun. Sagt sie.« Sophie ballte die freie Hand zu einer Faust. »Sie hat mal wieder keine Zeit für mich. Es ist immer dasselbe.« Die letzten Worte sprach sie mehr zu sich selbst. »Eine Fernbeziehung ist wirklich ein Fluch. Ich wünschte, das wäre anders.«

Hannahs Zähne pressten sich aufeinander. Sie wünschte sich auch, dass es anders wäre. »Das tut mir leid für dich.« Sie versuchte, möglichst aufrichtig zu klingen, aber sie war sich sicher, dass es ihr nicht gelungen war.

»Schon okay. Also, hast du Lust, etwas mit mir zu unternehmen?«

Natürlich hatte Hannah Lust. Sie konnte sich im Moment nichts vorstellen, was sie lieber täte. »Gern«, sagte sie.

»Hättest du vielleicht morgen Abend Zeit?«

Hannah zögerte. »Um ehrlich zu sein, morgen Abend bin ich bei einem Tanzabend. Bei mir in der Tanzschule. Aber ...« Sie räusperte sich. »Was hältst du davon, mich zu begleiten?«

Sophie runzelte die Stirn. »Zum Tanzen? Na ja, ich kann nicht tanzen.«

»Unsinn. Jeder kann tanzen.«

Sophie schüttelte lachend den Kopf, auch wenn Hannah das nicht sehen konnte. »Ich nicht. Ganz bestimmt nicht. Ich habe noch nie einen Kurs besucht. Ich bin völlig unbegabt.«

»Dann kannst du es doch gar nicht wissen. Ich kann dir ein paar Schritte beibringen.« Hannahs Stimme klang beinahe flehend.

Doch im Grunde war es kaum nötig, Sophie zu überzeugen, denn sie wollte Hannah unbedingt wiedersehen, egal, wo und wann. »Ich komme gern mit«, sagte sie schließlich zu.

»Ich freue mich. Ich hole dich ab. Um acht«, erklärte Hannah.

Sophie blickte sich in dem festlich geschmückten Tanzsaal um. Hannah war gerade dabei, ihre Jacken an der Garderobe abzugeben und ihre Turnschuhe gegen Tanzschuhe zu tauschen.

Es waren ziemlich viele Tanzwillige gekommen. An den Rändern um die Tanzfläche herum standen einige Tische und Stühle. Die meisten Plätze waren bereits besetzt, obwohl es noch früh am Abend war.

»Und hast du dir schon überlegt, wo du sitzen möchtest?« Hannah legte eine Hand auf Sophies Schulter.

Diese unerwartete Berührung ließ Sophie zusammenzucken. Es fühlte sich so vertraut an, als hätte Hannahs Hand schon immer dort gelegen. »Ich weiß nicht. Ich war ja noch nie hier. Wo sitzt du denn sonst immer?«, bemerkte sie schließlich, nachdem sie ihren Atem wieder beruhigt hatte.

»Ah, da bist du ja endlich.« Ein junger Mann stand mit einem Mal vor ihnen.

»Sophie, darf ich dir Jan vorstellen? Mein Tanzpartner.« Mit einer schwungvollen Handbewegung deutete sie auf den jungen Mann.

Sophie begrüßte Jan mit einem Handschlag. Für einen Mann

war er durchaus sehr attraktiv. Er hatte sich ebenso wie Hannah für diesen Abend herausgeputzt und trug eine schwarze Hose und dazu ein hellblaues Hemd.

»Also, Mädels ...« Jan kämpfte sich durch die Menge an Paaren, die genau wie sie noch im Eingangsbereich standen. »Ich habe uns Plätze reserviert.« Er führte die beiden Frauen zu einem Tisch ganz in der Nähe der Bar. »Darf ich euch etwas zu trinken holen?«

Beide entschieden sich für eine Cola. Kurz darauf war Jan verschwunden.

»Jan ist wirklich ein Schatz, auch wenn er manchmal etwas aufgekratzt ist.« Ein Lächeln umspielte Hannahs Lippen, das Sophie auf der Stelle dahinschmelzen ließ. Auch wenn sie sich fast zwei Wochen nicht gesehen hatten, so kam es Sophie doch so vor, als wäre es erst gestern gewesen. Wenn sie in Hannahs Augen sah, waren all die Gefühle, die sie die ganze Zeit versucht hatte zu ignorieren, wieder da.

»Außerdem ist er ein toller Tänzer«, fuhr Hannah fort.

»Ich bin schon gespannt«, erklärte Sophie. Das war sie tatsächlich. Seit sie sich gestern Abend verabredet hatten, versuchte Sophie, sich Hannah auf der Tanzfläche vorzustellen. Sie stellte sich vor, wie sie in ihrer eleganten Körperhaltung, die sie schon so oft bewundert hatte, über das Parket schwebte, wie sie sich von der Musik tragen ließ. Diese Gedanken ließen ihr Herz schneller schlagen.

»So, Nanni, eine Cola für dich, mit extra wenig Eis.« Jan stellte ein Glas vor Hannah ab.

Sophie musste schmunzeln. *Nanni*.

Als hätte Hannah ihre Gedanken gelesen, sagte sie: »Er ist der Einzige, der mich so nennen darf. Das stammt noch aus unserer Schulzeit.« Theatralisch verdrehte sie die Augen.

Der Tanzlehrer sprach einige Begrüßungsworte, dann setzte die Musik ein. Augenblicklich stürmten zahlreiche Tanzpärchen die Tanzfläche. Hannah und Jan blieben jedoch bei Sophie am Tisch sitzen.

»Ihr dürft auch gern tanzen, ich schau euch zu«, sagte Sophie nach einer Weile.

Hannah runzelte die Stirn. »Bist du sicher? Ich möchte dich

nicht allein lassen. Immerhin wollten wir den Abend gemeinsam verbringen.«

»Kein Problem. Außerdem ist der Abend noch lang.« Sophie lächelte Hannah zu.

»Möchtest du nicht doch tanzen?«

Sophie schüttelte den Kopf. »Gib mir noch ein bisschen Schonfrist.«

Hannah reichte Jan ihre Hand. »Also gut, dann mal los.«

Die beiden gesellten sich zu den anderen Pärchen und nahmen Haltung an. Jan nickte Hannah zu, dann begannen sie, sich im Takt zu bewegen.

Sophie beobachtete sie ganz genau. Sie konnte nicht sagen, was die beiden tanzten. Aber es sah relativ schnell aus. Ihre Füße glitten sicher im Rhythmus über das Parkett. Man sah den beiden an, dass sie schon lange miteinander tanzten. Es wirkte sehr harmonisch, aufeinander abgestimmt. Hannah gab sich bedingungslos Jans Führung hin. Ihr schwarzes Kleid wehte und gab den Blick auf ihre schönen, langen Beine frei.

Nach drei Liedern kamen Jan und Hannah wieder zurück an den Tisch. Hannahs Wangen waren gerötet. Ihr Gesicht strahlte.

»Es sieht sehr schön aus, wenn ihr miteinander tanzt«, stellte Sophie fest. *Und besonders schön sieht es aus, wenn du so glücklich bist*, fügte sie in Gedanken hinzu.

»Das war ganz schön anstrengend.« Jan wischte sich den Schweiß von der Stirn und nahm einen großen Schluck Wasser. »Ich lass euch mal einen Moment allein.« Jan zog ab in Richtung Toilette.

»War dir das auch wirklich nicht zu langweilig?«, fragte Hannah unsicher. Sie strich eine Haarsträhne, die sich aus ihrem Zopf gelöst hatte, hinter ihr Ohr.

»Überhaupt nicht. Ich glaube, ich könnte dir stundenlang zusehen.«

Hannah zupfte an ihrem Ohrläppchen. »Vielleicht möchtest du auch mal mit mir tanzen?«

Sophie presste ihre Lippen aufeinander. Diese Frage hatte ja zwangsläufig kommen müssen. Natürlich wäre sie Hannah gern so nahegekommen wie Jan gerade, aber sie kannte keinen einzigen Tanzschritt, und zwischen all den Profis hier wollte sie sich nicht blamieren. »Um ehrlich zu sein, nicht so gern.«

»Schade.« Die Enttäuschung stand Hannah ins Gesicht geschrieben. »Ich glaube, wir wären ein schönes Paar.«

Ihre Blicke trafen sich. Für einen kurzen Moment hielt Hannah den Atem an. Was hatte sie da eben gesagt? Sie räusperte sich. »Also … äh … Tanzpaar, meine ich«, stammelte sie. Ihr wurde heiß. Sie fächerte sich ein wenig Luft mit ihrer Hand zu.

»Darf ich bitten?« Unbemerkt war Jan zurückgekehrt und stand nun erwartungsvoll vor Hannah.

»Geh nur.« Sophie zwinkerte Hannah zu.

*Ein schönes Paar*, hallten Hannahs Worte in Sophies Kopf nach. Vielleicht wären sie das wirklich. Aber es ging nicht. Sophie seufzte schwer. Es ging einfach nicht.

»Was für eine Überraschung! Was machst du denn hier?« Eine bekannte Stimme riss Sophie aus ihren Gedanken. Als sie aufsah, erkannte sie, wem diese Stimme gehörte. »Tobias! Das ist aber wirklich eine Überraschung.«

»Ich wusste gar nicht, dass du tanzt.« Tobias rückte sich einen Stuhl zurecht und setzte sich zu Sophie.

»Tue ich auch gar nicht. Ich begleite nur eine Freundin.« Sofort fand sie Hannah zwischen allen anderen auf der Tanzfläche. »Hannah.« Sie konnte sich ein Lächeln nicht verkneifen.

»Die Ärztin?« Ungläubig starrte Tobias sie an. »Dann hat sich das lange Rumhängen in der Notaufnahme damals also doch bezahlt gemacht.«

»Na ja«, war alles, was Sophie antwortete. Die genauen Details wollte sie Tobias nicht mitteilen. »Und was machst du hier?«

»Oh.« Er machte eine wegwerfende Handbewegung. »Ich tanze schon ganz lange hier in der Tanzschule. Und wenn Tanzabend ist, bin ich meistens mit von der Partie.«

»Das hätte ich dir gar nicht zugetraut«, gab Sophie zu.

»Hast du Lust?« Tobias deutete Richtung Tanzfläche.

»Nee, danke. Lass mal.«

»Verstehe. Du tanzt lieber mit deiner Ärztin.« Tobias' Grinsen breitete sich über das ganze Gesicht aus.

»Erstens ist sie nicht *meine* Ärztin, und zweitens tanze ich überhaupt nicht.«

»Wie du meinst. Ich muss mal wieder zurück. Vielleicht bis später.« Tobias stand auf. »Und viel Erfolg noch.«

Sophie funkelte ihren Arbeitskollegen böse an. »Danke.«

Die Zeit verging wie ihm Flug. Sophie sah Hannah begeistert zu. Hannah wirkte vollkommen entspannt, wenn sie tanzte. Im Gegensatz zu vielen anderen Paaren, hatte man bei ihr und Jan nie den Eindruck, dass es anstrengend war. Es schien für die beiden nichts Leichteres zu geben. Immer wieder kam Hannah zu Sophie an den Tisch. Jedes Mal vergewisserte sie sich, dass es wirklich in Ordnung war, wenn sie tanzte. Sie wollte Sophie nicht allein lassen, aber Sophie drängte sie dazu, weiterzutanzen.

Sophie genoss den Anblick. Wie sich Hannahs Becken im Takt wiegte. Wie sie eins mit der Musik wurde. Jede Bewegung war perfekt. Niemand schien sich dem Rhythmus so hingeben zu können, wie Hannah es tat.

Es war bereits Mitternacht, als Hannah sich erschöpft auf ihren Stuhl fallenließ. »Ich kann nicht mehr, ich brauche eine Pause.«

»Seid mir nicht böse, aber ich werde jetzt ohnehin mal nach Hause fahren«, verabschiedete sich Jan. »Das war ein langer Abend. Und so ein alter Mann wie ich, der hält nicht mehr so lange durch.« Er grinste.

Hannah klopfte ihm auf die Schulter. »Das stimmt wohl.«

Sophie war keinesfalls böse. Sie freute sich darauf, nun Zeit mit Hannah allein verbringen zu können.

Hannah begleitete ihren Tanzpartner noch zum Ausgang. Als sie zurückkam, rückte sie ihren Stuhl so, dass sie direkt neben Sophie saß. »Bist du müde?«

Sophie schüttelte den Kopf. Sie war hellwach.

»Schön, ich auch nicht.« Hannah trank einen Schluck. »Hat dir der Abend bisher gefallen?«

Sophies Herz klopfte schneller, wenn sie daran dachte, wie sie Hannah beim Tanzen beobachtet hatte. Dieser Körper, der sich so elegant drehte, diese Beine, die mühelos in diesen unglaublich hohen Schuhen über den Boden glitten, ihre Rundungen, die sich im Einklang mit der Musik bewegten. »Sehr. Du siehst wunderschön aus, wenn du so über das Parket schwebst.«

Hannah errötete. »Danke.« Sie wickelte eine Haarsträhne um ihren Finger. »Was hältst du davon, wenn wir noch zu mir fahren?« Ihre Augen fixierten Sophie. Als Sophie nicht antwortete, fügte sie noch hinzu. »Da ist es etwas ruhiger und wir können besser reden.«

»Ja, gern.« Sophie drehte den Ring an ihrem Finger. Alinas Gesicht blitzte vor ihrem Auge auf. Reden. *Wir werden nur reden.* »Meinetwegen können wir los.«

Hannah holte ihre Jacken. »Du siehst in diesem Kleid übrigens umwerfend aus«, bemerkte sie, als sie Sophie die dünne Strickjacke reichte. Ihr Blick glitt Sophies Körper hinunter und blieb eine Weile an ihrem Dekolletee hängen, das durch das dunkelblaue, hautenge Kleid perfekt zur Geltung gebracht wurde.

Sophie bemerkte Hannahs Blick, und zu ihrer Verwunderung war es ihr nicht unangenehm. Ganz im Gegenteil ... Sie genoss Hannahs ausgiebige Musterung und stellte sich vor, dass es nicht ihre Augen waren, die ihren Körper entlangfuhren. Sie spürte ein angenehmes Prickeln auf ihrer Haut.

»Wollen wir?« Hannah hielt Sophie die Tür auf.

Auf dem Weg zum Auto hakte sich Hannah bei Sophie unter, als wäre es das Selbstverständlichste auf der ganzen Welt.

»Ich bin froh, dass du mich begleitet hast, auch wenn ich kaum Zeit für dich hatte«, durchbrach Hannah nach einer Weile die Stille.

»Ich bin auch froh, dass ich mitgekommen bin. Und dein Anblick hat mich entschädigt.« Ein Hauch von Röte huschte durch Sophies Gesicht. Sie hoffte, dass Hannah das im Schein der Laternen nicht sehen konnte.

Wenig später saßen sie im Auto und Hannah fuhr los.

Mit jedem Atemzug nahm Sophie Hannahs Duft wahr. Augenblicklich erinnerte sie sich daran, wie wundervoll und einzigartig Hannahs Haut gerochen hatte. Sie nahm all ihren Mut zusammen und platzierte ihre Hand auf Hannahs Schenkel.

Durch den Stoff ihres Kleides spürte Hannah ein Brennen auf ihrer Haut, dort, wo Sophies Finger lagen. Sie wünschte sich nichts sehnlicher, als dass diese Hand ihren Schenkel hinauf rutschen würde. Hannahs Herz pochte wild in ihrer Brust.

Doch auch Sophie ging es nicht besser. Ihr Puls raste. Jede Sekunde schien er sich weiter zu beschleunigen. Was machte sie nur? Den ganzen Abend über, immer wenn sie Hannah beobachtet hatte, hatte sie an diese gemeinsame Nacht denken müssen. Jeder Schritt, den Hannah getanzt hatte, hatte Sophie erregt. Niemals zuvor hatte sie Tanzen als so verführerisch erlebt.

Mittlerweile parkte Hannah den Wagen. »Wir sind da.«

Sophie zog ihre Hand zurück. Sie nickte.

Wortlos verließen sie das Auto und liefen die Treppenstufen zu Hannahs Wohnung hinauf.

Hannah benötigte mehrere Anläufe, um die Wohnungstür zu öffnen. Die ganze Zeit war sie sich Sophie, die direkt hinter ihr stand, zu bewusst. Der Schlüssel wollte nicht ins Schloss, ihre Finger gehorchten ihr nicht. Endlich gab die Tür nach.

»Darf ich dir etwas anbieten?«, fragte Hannah schließlich.

»Ein Glas Wasser vielleicht.« Sophie zog ihre Schuhe aus und hängte ihre Jacke an die Garderobe.

»In Ordnung. Setz dich ruhig ins Wohnzimmer. Ich komme sofort.« Hannah verschwand in der Küche. Während sie zwei Gläser mit Wasser füllte, versuchte sie, das Schwirren in ihrer Magengegend unter Kontrolle zu bekommen. Sie atmete tief ein und aus, aber es änderte nichts.

Als Hannah ins Wohnzimmer kam, hatte Sophie die Kerzen angezündet, die Hannah überall verteilt hatte.

»Ich dachte, das ist angenehmer als das Licht der Lampe«, erklärte Sophie. Sie strich über ihre Nasenspitze.

»Das stimmt.« Hannah stellte die Gläser auf den Tisch und setzte sich neben Sophie.

Nun konnte sich Sophie nicht länger zurückhalten. Den ganzen Abend, die ganzen letzten Stunden hatte sie nur daran denken können, Hannah zu küssen, sie zu spüren, ihr nahe zu sein. Sie zog Hannah zu sich, bis sich ihre Lippen zu einem stürmischen Kuss trafen.

All die Sehnsucht, all die aufgestaute Leidenschaft lag in diesem Kuss.

Sophie löste Hannahs Zopfband und fuhr ihr durch die Haare.

Zärtlich strich sie die Haarsträhnen hinter ihr Ohr.

»Du bist so schön«, hauchte Sophie. Wie von selbst waren sie auf dem Sofa zu liegen gekommen.

Sophie spürte, wie Hannah mit ihren Händen ihre Handgelenke umfasste, um dann ihre Arme entlangzustreichen. Ihr wurde schwindelig. Mit ihren Lippen glitt Hannah Sophies Hals hinab, bedeckte ihn mit tausend Küssen. Geschickt öffnete Hannah dabei Sophies Kleid und schob die Träger ihre Schultern hinunter. Sie ließ sich unendlich lange Zeit, Sophies Brüste zu entblößen, erfreute sich an dem Anblick, der sich ihr bot. Die nackte Haut schimmerte im Kerzenschein. Schließlich zog sie Sophie das Kleid ganz aus. Dann stand Hannah auf und öffnete langsam den Reißverschluss ihres eigenen Kleides. Sie genoss Sophies Blicke auf ihrem Körper, die sie schneller auszogen, als Hannah es in Wirklichkeit tat. Wie in Zeitlupe fiel das Kleid von ihren Hüften. Hannah entledigte sich ebenfalls ihres Slips, ehe sie sich wieder zu Sophie legte und sich ihre Lippen ausgiebig Sophies Oberkörper widmeten.

Ihre Zunge strich sanft über Sophies Haut, liebkoste das kleine Grübchen über ihrem Schlüsselbein. Ihre Hand berührte nur einen winzigen Moment Sophies Bauch. Aber das reichte schon aus, um ihr ein leises Stöhnen zu entlocken. Sophies Körper bebte vor Verlangen nach mehr. Sie wollte Hannah spüren.

Mit ihren Fingern fuhr Hannah die Konturen von Sophies Körper nach. Von ihren Armen zu ihren Schultern, ihre Seiten entlang. Deutlich konnte Hannah merken, wie Sophie sich ihr immer mehr entgegenstreckte, wie sich ihr Becken emporhob, wie sich ihr Körper an sie presste.

Ausgiebig küsste Hannah jeden Zentimeter der nackten Haut, ließ sich dabei alle Zeit der Welt.

Sophie gab sich den Berührungen voll und ganz hin. Ihr Atem beschleunigte sich unaufhörlich. Sie sehnte sich danach, dass Hannah endlich ihre Brüste verwöhnte. Sie musste sich jedoch weiter gedulden.

Zunächst widmeten sich Hannahs Liebkosungen ihren Beinen. Ihre Hände strichen an den Unterschenkeln entlang, durch die Kniekehlen und dann an den Innenseiten ihrer Oberschenkel hinauf. Zärtlich kreisten sie auf ihrer Haut. Millimeter für

Millimeter. Aber so schnell wollte Hannah Sophies Verlangen nicht befriedigen.

Stattdessen umspielte sie mit ihrer Zunge Sophies längst hart gewordene Brustwarzen, die sich unter ihren Zungenschlägen nur noch mehr aufrichteten.

Sophie stöhnte lauter.

Hannahs Finger fuhren die Nähte von Sophies Slip entlang. Auch durch den zarten Stoff konnte sie Sophies Hitze spüren.

»Zieh mich aus«, bat Sophie mit heiserer Stimme.

Hannah tat ihr den Gefallen. Dabei ließ sie ihre Hände wie zufällig einmal durch die Feuchtigkeit gleiten.

Sophie sog scharf die Luft ein. Doch noch ehe sie diese Berührung richtig genießen konnte, war sie bereits wieder vorbei.

Hannahs Lippen umschlossen Sophies Knospen, saugten abwechselnd an ihnen. Sie ließ Sophie zärtlich ihre Zähne spüren.

Beinahe hätte Sophie vor Lust geschrien, was Hannah nur dazu animierte, leidenschaftlicher zu werden.

Schließlich fanden auch Hannahs Hände den Weg zu Sophies Brüsten, umkreisten ihre Brustwarzen, die sich immer deutlicher vom dunklen Hof abhoben.

Sophies Atem ging schwerer. »Bitte. Ich kann nicht mehr«, flehte sie.

Hannah gab nach und ließ ihre Hände zwischen Sophies Beine gleiten. Mit einer Engelsgeduld, die Sophie in den Wahnsinn trieb, streichelte sie zunächst über die geschwollenen Schamlippen, dann nur einen gerade spürbaren Moment über Sophies Perle, ehe sie einen Finger in sie gleiten ließ. An Sophies Gesichtsausdruck konnte sie sofort erkennen, dass es genau das Richtige war. Schnell fand sie Sophies Rhythmus und verwöhnte sie nach allen Regeln der Kunst.

Sophie gab sich voll und ganz der Verführung hin, genoss es, Hannahs Haut auf ihrer zu spüren. Unaufhaltsam näherte sie sich ihrem Höhepunkt. Ihre Muskeln spannten sich an, bis sich ihre Erregung in heißen Wellen entlud.

Schwer atmend vergrub Hannah ihren Kopf an Sophies Schulter. Ihre Finger kreisten über Sophies Bauch.

»Ich wünschte, wir könnten für immer hier so liegen«, seufzte Sophie.

Hannah nickte. In diesem Moment wurde ihr bewusst, dass das nicht gehen würde, wenn sie weg wäre. Weit weg. In England. Sie spürte einen kleinen Stich in ihrer Brust. Abgesehen davon ...

»Alles in Ordnung bei dir?«, wollte Sophie wissen, die die kleinen Fältchen auf Hannahs Stirn bemerkt hatte.

»Ja«, flüsterte sie. Sie hob ihren Kopf. Ihre brennenden Lippen trafen auf Sophies. Sie wollte jetzt nicht weiter darüber nachdenken, sondern den Augenblick genießen. So lange hatte sie sich nach Sophie gesehnt, das wollte sie sich jetzt nicht kaputtmachen lassen.

Wild erwiderte Sophie den Kuss, ihre Zungen trafen aufeinander, spielten miteinander, verschlungen sich.

Sophies Hände streichelten sachte über Hannahs Wange, ihren Hals hinab, ehe sie mit ihren Fingern Hannahs Brüste berührte, zunächst zaghaft, dann fester. Sie zwirbelte Hannahs Brustwarze zwischen Daumen und Zeigefinger.

Hannah stöhnte auf. Ihr Becken schob sich ihr fordernd entgegen.

Sophie ließ ihren Mund den Spuren ihrer Hände folgen. Sanft knabberte sie an Hannahs Ohrläppchen, küsste ihren Hals und liebkoste ihre Schultern.

Sophies Lippen auf ihrer Haut versetzten jede Zelle von Hannahs Körper in Aufruhr.

Als Sophie den Ansatz von Hannahs Brüsten küsste, spürte sie, wie sich Hannahs Finger in ihren Haaren festkrallten. Ihr Schenkel glitt zwischen Hannahs gespreizte Beine. Ihre Hitze schlug ihr entgegen, sie konnte ihre Feuchtigkeit spüren.

Mit immer größerem Druck presste sich Hannah ihr entgegen. Ihre Brüste berührten sich, Sophies Bauch streifte Hannahs. Ein intensives Prickeln durchlief ihren Körper von Kopf bis Fuß.

Hannahs Fingernägel bohrten sich in Sophies Schulter. Der kleine Schmerz heizte Sophie nur noch mehr an.

Ekstatisch rieben sich ihre nackten Körper aneinander, bebten vor Lust.

Die kreisenden Bewegungen von Sophies Hüfte passten sich Hannahs immer schneller werdendem Rhythmus an, bis ein heftiges Zucken durch ihre Unterleiber schoss und sie aller klaren Sinne beraubte. Gemeinsam explodierten sie.

Aber Sophie hatte noch nicht genug. Zärtlich kreisten ihre Finger die Innenseite von Hannahs Oberschenkeln entlang, bis sie ihr Ziel erreicht hatten. Ihre Fingerspitzen teilten die geschwollenen Schamlippen, tauchten tief in die Feuchtigkeit ein. Kaum legte sie einen Finger auf Hannahs Perle, stöhnte sie auf.

Sophie rutschte tiefer. Ihr Mund küsste jeden Zentimeter. Ihre Zunge umspielte Hannahs Brustwarzen, kitzelte ihren Bauchnabel. Der süße Duft ihrer Erregung stieg Sophie in die Nase. Sie leckte durch Hannahs Nässe, erforschte jeden Winkel, umkreiste ihren Eingang, ehe sie ihre Zunge in sie gleiten ließ.

»Oh ... ja ... Mach weiter.« Hannahs Oberkörper bäumte sich ihre entgegen. Ihre Hände krallten sich in die Polster.

Mit leichtem Druck glitt Sophies Zunge über Hannahs Kitzler, reizte sie. Mit mehreren Fingern drang sie in Hannah ein, entdeckte sie, streichelte sanft ihr Innerstes. Sophies Mund umschloss Hannahs Perle, spielte mit ihr, bis es für Hannah kein Halten mehr gab.

Erschöpft schmiegte sich Hannah an Sophie. Es könnte alles so schön sein.

Sophie strich Hannah eine Haarsträhne aus dem Gesicht. Ihre Wangen waren gerötet und heiß. »Wollen wir vielleicht ins Bett gehen? Ein bisschen Schlaf könnte nicht schaden«, bemerkte Sophie nach einer Weile.

»Natürlich ...« Noch zu genau erinnerte sich Hannah an Sophies überstürzten Abgang nach der letzten Nacht, die sie zusammen verbracht hatten. Sie küsste behutsam Sophies Stirn. »Wenn du bleiben möchtest.«

Sophie schluckte, um die aufkommenden Bilder von Alina zu unterdrücken. Sie spürte den Kloß in ihrem Hals. Was machte sie nur? »Hannah?«

»Ja?«

»Das darf nie wieder passieren.« Sophie schloss die Augen. Es würde Alina so sehr verletzen, wenn sie wüsste, was passiert war. Sie hatten sich doch ewige Treue geschworen. Wie hatte es nur so weit kommen können? Wieso hatte sie es zugelassen?

Fragen über Fragen schwirrten in ihrem Kopf umher und hinterließen ein schmerzhaftes Pochen, das es ihr unmöglich machte, sich zu rühren.

Hannahs Zähne bohrten sich in ihre Lippe. Sie nickte. Natürlich durfte das nie wieder passieren.

»Wir sind nur Freundinnen«, sagte Sophie, und sie wusste, dass es eine Lüge war. Wenn sie an Hannah dachte, wenn sie Hannah sah, wenn sie Hannah berührte, war es alles andere als reine Freundschaft. Aber die Schuldgefühle gruben sich tiefer in ihr Herz.

»Nur Freundinnen«, bestätigte Hannah. Und auch sie wusste, dass es nicht die Wahrheit war.

»Ich brauche deine Hilfe«, begrüßte Sophie am nächsten Morgen Tobias am Telefon.

»Was ist denn mit dir los?« Tobias gähnte in den Hörer. Es war erst kurz nach neun, und das an einem Samstagvormittag. »Bist du aus dem Bett gefallen?«

»Kann man so sagen«, flötete Sophie in den Hörer.

Plötzlich war Tobias hellwach. So fröhlich, wie Sophie war, musste etwas Wichtiges passiert sein.

»Aber so, wie du dich anhörst, nicht aus deinem Bett.« Tobias konnte ein breites Grinsen nicht unterdrücken.

Sophies Finger wurden feucht. Konnte sie Tobias die Wahrheit sagen? So gut kannten sie sich immerhin nicht. Im Grunde waren sie nur Arbeitskollegen.

»Lass mich raten! Es war das Bett einer gutaussehenden, tanzenden Ärztin.«

Sophie seufzte schwer. »Ja«, gab sie schließlich zu. »Doch das ist nicht der Grund, weswegen ich anrufe.«

»Schade. Dabei liebe ich Klatsch und Tratsch.«

»Tobias!«, sagte Sophie scharf. »Das bleibt unter uns. Das musst du mir versprechen. Kein Wort zu niemandem.« Sie hätte Tobias niemals anrufen dürfen. Das war eine vollkommen bescheuerte Idee gewesen.

»Ich kann schweigen wie ein Grab. Aber jetzt schieß endlich los.«

»Ich dachte, du als tanzerfahrener Mann ...« Sophie zögerte einen Moment. »Vielleicht kannst du mir ein paar Schritte beibringen.« Mit dem Hörer in der Hand, schritt Sophie durch ihre Wohnung.

»Hast du da nicht eine bessere Alternative als mich?« Tobias lachte.

»Bitte!«, war alles, was Sophie entgegnete, sie hatte keine Lust auf lange Erklärungen. Mittlerweile war sie wohl beinahe einen Marathon gelaufen. Sie konnte nicht auf der Stelle stehenbleiben.

»Klar. Wenn du möchtest. Soll ich heute Abend bei dir vorbeikommen? Für die richtige Musik sorge ich dann.«

Sophie ließ sich in ihren Sessel fallen. »Das hört sich nach einer sehr guten Idee an.« Es war doch einfacher als erwartet, Tobias zu überzeugen. Sie verabredeten noch eine genaue Uhrzeit, ehe sie auflegten.

Das Knurren ihres Magens erinnerte Sophie daran, dass sie noch nicht gefrühstückt hatte.

Zwar war sie die Nacht über bei Hannah geblieben, aber am Morgen war sie dann doch wieder geflohen. Länger hätte sie Hannahs Nähe nicht ausgehalten. Sich nachts an Hannah zu kuscheln, hatte sich gut angefühlt. Sie war schnell eingeschlafen, in einen ruhigen, traumlosen Schlaf gefallen. Dass es noch Alina gab, hatte sie irgendwann erfolgreich verdrängt, einfach ignoriert. Wahrscheinlich hatte das mit Alina ohnehin keinen Sinn mehr ... Wäre sonst so etwas passiert? Hätte sie sich sonst auf dieses Abenteuer eingelassen, wenn alles in bester Ordnung wäre?

Sophie setzte einen Kaffee auf und schmierte sich ein Brot. Ihr Blick fiel auf ihr Handy. Sieben Anrufe in Abwesenheit. Es war immer Alina gewesen. Mit einem mulmigen Gefühl wählte sie die Nummer. Sie musste sich einem Gespräch stellen.

»Na endlich! Ich dachte schon, du redest gar nicht mehr mit mir. Bist du so böse, dass ich dieses Wochenende nicht kann?«, begann Alina das Gespräch, nachdem sie abgenommen hatte.

»Mmmh«, murmelte Sophie. Sollte Alina das ruhig glauben.

»Ja, ich weiß. Es wäre anders schöner. Aber ich muss nun mal arbeiten. Ich habe im Moment einfach viel zu tun. Ich wäre dir keine gute Gesellschaft, wenn ich nur am Schreibtisch sitze«, erklärte Alina. »Außerdem würdest du mich nur ablenken. Natürlich hätte ich dich auch gern gesehen ...«

»Alina«, unterbrach Sophie ihre Freundin. »Es kann so nicht mehr weitergehen.« Das Herz klopfte Sophie bis zum Hals.

»Nur, weil ich zwei Wochenenden keine Zeit habe, siehst du gleich eine Beziehungskrise?«

Es war zu erwarten gewesen, dass Alina nichts verstand. »Darum geht es nicht. Das ist nur die Spitze des Eisbergs. Du interessierst dich überhaupt nicht für mich und mein Leben.« Sophie umklammerte ihr Handy so fest, dass ihre Knöchel weiß hervortraten.

»Ach Süße, jetzt übertreib aber mal nicht.« Mehr hatte Alina offensichtlich nicht dazu zu sagen. »Ich muss arbeiten. Wir können ja nachher noch mal telefonieren.«

Sophie presste ihre Zähne so fest aufeinander, dass sich ihre Kiefermuskeln schmerzhaft verkrampften. Ohne ein weiteres Wort legte sie auf. Sie schmiss ihr Handy auf den Küchentisch. Das war so typisch. Ihre Hände ballten sich zu Fäusten. Alina sah immer nur sich.

Wenig später piepste ihr Handy erneut. *Was hat sie sich denn jetzt wieder für eine Entschuldigung einfallen lassen? Als ob mit ein paar lieben Worten alle Probleme aus der Welt geschaffen wären!*

Sophie nahm ihr Handy in die Hand. Die Nachricht war nicht von Alina. Ein Lächeln breitete sich auf ihrem Gesicht aus. Es war Hannah.

*Danke für diesen unvergesslichen Abend. Schade, dass du so früh gegangen bist. Sehen wir uns wieder?*

Immer wieder las Sophie die Zeilen. Aber sie wusste nicht, was sie antworten sollte.

Sie legte das Handy beiseite. Sie brauchte Zeit.

Tobias kam wie immer pünktlich. Am Nachmittag hatte Sophie ihr Wohnzimmer so umgeräumt, dass sie nun ausreichend Platz zum Tanzen hatten.

»Bist du bereit?« Tobias war bereits dabei, die CD in die Musikanlage einzulegen. »Ich dachte, wir fangen heute mit einem langsamen Walzer und Cha-Cha-Cha an. Das sind nicht ganz so schwer Tänze.«

Sophie machte große Augen. »Wie du meinst.« Sie konnte sich darunter nichts vorstellen. Vielleicht hätte sie damals auf ihre Mutter hören und wenigstens einmal einen Tanzkurs besuchen sollen.

»Fangen wir mit der richtigen Haltung an.« Tobias brachte Sophies Arm in Position. »Na ja, für den Anfang nicht schlecht.«

Bereits nach wenigen Sekunden taten Sophie ihre Arme und ihr Rücken weh. Wie sollte sie das lange durchhalten?

»Dann zeig ich dir mal den Grundschritt. Sieh genau hin!« Tobias setzte seine Füße zurück und vor und zeichnete dabei ein Quadrat auf den Boden. Genau konnte Sophie noch nicht erkennen, wie er das machte. »Und jetzt mach mit«, forderte Tobias Sophie aus.

Auf Sophies Stirn bildete sich eine tiefe Furche, während sie versuchte, ihre Füße in Einklang mit Tobias' Füßen zu bewegen.

Sie probierten das Ganze mehrere Minuten, bis Tobias mit seiner Schülerin zufrieden war.

»Genug der Trockenübungen.« Er drückte die Play-Taste, und schon erfüllten die Walzerklänge den Raum. »Hörst du den Takt?«

Sophie räusperte sich. Genau genommen, hörte sie keinen Takt, sosehr sie sich auch bemühte.

Tobias hatte ihre Unkenntnis offenbar bemerkt und zählte laut mit. »Also, probieren wir es.«

Sophie brachte sich in Haltung. Als Tobias ihr das Zeichen gab, setzte sie ihre Füße in Bewegung. Dabei starrte sie die ganze Zeit auf den Boden, um ihren Schritten zu folgen.

»Ich glaube, da wartet ein hartes Stück Arbeit auf uns«, bemerkte Tobias, als das Lied zu Ende war.

»Was soll das denn heißen?« Sophie stemmte ihre Hände in die Hüften.

Tobias strich über sein Kinn. »Talent ist etwas anderes.«

»Pff.« Sophie machte eine wegwerfende Handbewegung. »Wir sollten erst einmal eine Pause machen.«

»Gute Idee. Ich muss mir ohnehin ein neues Trainingskonzept überlegen«, sagte Tobias und lachte.

Sophie knuffte ihn in die Seite. »Warte nur ab. Ich werde es dir schon beweisen.«

»Aber sag mal, wofür willst du eigentlich tanzen lernen? Und jetzt sag nicht: nur so. Das werde ich dir nämlich nicht glauben.« Tobias legte seinen Arm um Sophie.

Sophie verschränkte ihre Finger ineinander. »Ich dachte, es wäre schön, wenn Hannah und ich ein gemeinsames Hobby hätten.«

»Was läuft denn da mit dir und dieser Ärztin?«

Sophie atmete tief aus. »Wir sind nur Freundinnen.«

Tobias verzog sein Gesicht zu einer Grimasse. »Wem willst du das denn weismachen? Für irgendeine Freundin lernt man doch nicht mal ebenso tanzen. Besonders nicht, wenn man so begabt dazu ist wie du.« Er grinste. »Und so wie ihr euch angesehen habt: Das sieht ja ein Blinder, dass ihr nicht nur Freundinnen seid.«

Sophie fuhr sich durch ihre Haare. »Doch, sind wir.« Sie bemühte sich um einen bestimmten Tonfall.

»Und deswegen fällst du heute Morgen aus ihrem Bett.« Spöttisch sah Tobias Sophie an.

»Ach Tobias. Das ist alles nicht so einfach.«

»Das kann ich mir denken. Ich meine, wenn ich richtig informiert bin, dann habe ich nichts von einer Trennung von dir und Alina gehört.« Tobias drückte Sophie an sich. »Das wird schon alles werden.«

Sophie nickte. »Ich hoffe.« Wenn sie nur wüsste, wie.

»Dann lass uns weiter üben. Wir haben noch viel zu tun.« Tobias startete die Musik erneut.

Einige Stunden und viele Tropfen Schweiß später beendete Tobias die Übungseinheit. »Ein paar Fortschritte hast du ja gemacht.«

Sophie war noch nicht wirklich überzeugt davon, dass sie tatsächlich einige Schritte gelernt hatte. Aber immerhin musste sie zugeben, dass es mehr Spaß gemacht hatte als erwartet. Sie freute sich schon auf die nächste Stunde. Und noch viel mehr freute sie sich darauf, wie Hannah reagierte, wenn sie erfuhr, dass Sophie tanzen gelernt hatte. Für sie.

Das Klingeln an der Tür ließ Sophie hochschrecken. Es war Freitagabend. Sophie erwartete keinen Besuch. Alina würde das Wochenende nicht kommen, wie auch das Wochenende zuvor. Das hatte sie jedenfalls gesagt.

Aber vielleicht wollte sie Sophie überraschen? Ein kleiner Freudenschimmer huschte durch ihr Gesicht.

In ihrer Trainingshose und einem weiten T-Shirt öffnete sie die Tür und beobachtete gespannt, wer die Treppe hochkam.

Als sie die Frau erkannte, hielt sie die Luft an. Das konnte unmöglich wahr sein. Ungläubig starrte sie Hannah an, die vor ihr stehenblieb.

»Was machst du denn hier?« Sophie zupfte an ihrem T-Shirt. Ausgerechnet heute trug sie dieses unsagbar unsexy Outfit.

»Das ist ja keine sehr freudige Begrüßung.« Hannah schenkte Sophie ein umwerfendes Lächeln, das Sophies Knie weich werden ließ.

»Entschuldige. Ich bin nur etwas überrascht.« Sophie versuchte, ihre Haare zu ordnen, was ihr aber nicht so recht gelingen wollte.

»Warte erst mal ab, bis ich dir den Grund meines Besuchs erzählt habe.« Hannahs Augen funkelten verschwörerisch. »Aber vielleicht ist es besser, wenn ich dir gar nicht zu viel verrate.«

»Komm doch erst einmal rein.« Sophie schob mit ihrem Fuß ein Paar Schuhe, das mitten im Weg stand, zur Seite. Für Überraschungsbesuche war sie nicht unbedingt zu haben. Wenn es sich dabei allerdings um so eine wundervolle Frau wie Hannah handelte, war das natürlich etwas anderes.

»Wir haben keine Zeit, uns groß hier aufzuhalten. Pack ein paar Sachen zusammen. Und vergiss nicht deine Badesachen.«

Fragend hob Sophie ihre Augenbrauen. »Wozu?«

»Vertrau mir einfach. Nimm nur das Nötigste mit. Allzu viel wirst du nicht brauchen.«

Hannah sprach in Rätseln. Sophie hatte keine Ahnung, worum es ging. Doch sie ging gehorsam in ihr Schlafzimmer und legte Sachen, von denen sie nicht wusste, ob sie sie brauchen würde, in ihre Reisetasche. Auch ihren Bikini packte sie dazu. Schließlich holte sie noch das Notwendigste aus dem Badezimmer. »Wollen wir verreisen?«, versuchte Sophie einen erneuten Vorstoß.

»Ja«, lautete Hannahs knappe Antwort. »Bist du fertig? Dann können wir los.« Auf Hannahs Gesicht war ein deutliches Strahlen zu erkennen. Offensichtlich freute sie sich auf das, was kommen würde.

»Wohin fahren wir denn?« Sophie schulterte ihre Tasche und folgte Hannah auf die Straße. Sie konnte noch nicht glauben, dass sie sich von Hannah entführen ließ – und das, ohne zu wissen, wohin.

»Das wirst du schon sehen. Aber ich bin mir sicher, dass es dir gefallen wird.«

Man konnte nicht behaupten, dass Sophie nicht spontan war. Allzu genaues Planen war nicht ihre Stärke, doch so ganz ahnungslos zu sein, war ihr etwas unheimlich.

»Hast du schon Abendbrot gegessen? Sonst sollten wir uns vor der Abreise noch irgendwo stärken.« Hannah rückte ihre Brille zurecht. »Es wird eine lange Fahrt.«

Erst jetzt fiel Sophie auf, dass Hannah gar nicht ihre Kontaktlinsen trug. Sie mochte es, wenn Hannah ihre Brille aufhatte, auch wenn das viel zu selten der Fall war. »Ich bin satt«, antwortete Sophie schließlich.

Gemeinsam verstauten sie Sophies Tasche im Kofferraum, wo bereits Hannahs Gepäck lagerte. Dann nahmen sie im Auto Platz.

»Jetzt spann mich doch nicht länger auf die Folter!«, forderte Sophie. Die Neugierde machte sie ganz wahnsinnig.

»Geduld, meine Liebe. Geduld. Du wirst es nicht bereuen.« Hannah lächelte so unwiderstehlich, dass Sophie ihre Gegenwehr aufgab. Wie sehr hatte sie sich nach diesem Lächeln gesehnt! Die ganze letzte Woche hatte sie Hannah nicht gesehen, genau genommen hatten sie überhaupt keinen Kontakt gehabt. Sophie hatte häufig an Hannah und die gemeinsame Nacht denken müssen. Trotzdem hatte sie nicht auf Hannahs SMS reagiert.

Sie bogen auf die Autobahn.

Hannah drehte die Musik lauter. »Hast du eigentlich eine Lieblingsband?«

Sie unterhielten sich eine Weile und mussten feststellen, dass es noch so viel gab, was sie nicht über die andere wussten. Aber ebenso stellten sie fest, dass sie einen ähnlichen Geschmack hatten. Die Zeit verging wie im Flug. Draußen war es mittlerweile stockdunkel. Es waren nur wenige Autos unterwegs.

»Was hättest du eigentlich gemacht, wenn ich nicht zu Hause gewesen wäre?« Sophie sah Hannah von der Seite an.

»Tja. Das ist eine gute Frage.« Hannah setzte den Blinker und überholte einen Lkw. »Irgendwie wusste ich, dass du zu Hause sein würdest. Einen alternativen Plan hatte ich nicht.« Sie zuckte mit den Schultern. »Wenn du möchtest, kannst du noch versuchen, ein wenig zu schlafen. Es dauert noch eine Weile, bis wir angekommen sind.«

Sophie schloss die Augen und lehnte sich zurück. Wohin entführte Hannah sie nur? Sie hatte keine Ahnung. Aber sie wusste, dass sie Hannahs Gegenwart genoss, sich sicher bei ihr fühlte, auch wenn sie nicht wusste, wohin die Reise ging. Sie vertraute Hannah.

Irgendwann war Sophie tatsächlich eingeschlafen.

Hannah parkte den Wagen. Es war mitten in der Nacht. Das kleine Ferienhaus lag im Dunkeln.

Hannah atmete einmal tief durch. War ihre Idee nicht etwas voreilig gewesen? Was erwartete sie von diesem Wochenende? Sie betrachtete die noch immer schlafende Sophie. Ihre Gesichtszüge wirkten entspannt. Gleichmäßig hob und senkte sich ihr Brustkorb. Stundenlang hätte Hannah Sophie ansehen können. Sie war so wunderschön. Nicht nur äußerlich attraktiv, Sophie berührte ihr Herz, schaffte es, ihr Innerstes zum Beben zu bringen, wie es noch keiner Frau zuvor gelungen war. Doch das durfte sie nicht zulassen.

Hannah beugte sich zu Sophie herüber. Zärtlich strich sie eine Haarsträhne aus ihrem Gesicht. Warum war das alles nur so kompliziert?

Irritiert schlug Sophie die Augen auf.

»Wir sind da«, flüsterte Hannah.

Sophie reckte sich. Ihr Nacken schmerzte. Autositze waren auf Dauer nicht bequem. »Wo sind wir?«

»Komm, steig aus! Dann wirst du es sehen.« Hannahs Herz schlug schneller. Würde sich Sophie wirklich über ihre Überraschung freuen? Hätte sie Sophie nicht doch besser vorher einweihen sollen, statt sie einfach in ihr Auto zu zwingen?

Sophie folgte dieser Aufforderung. Ihre Füße trafen auf weichen Sand. Gras kitzelte ihre Beine. Mit offenem Mund starrte Sophie gen Horizont. Sie hatte mit allem gerechnet, damit allerdings nicht.

Sterne funkelten am Himmel, spiegelten sich im Meer. Das Wasser schlug kleine Wellen. Sie konnte das Rauschen hören. Vor ihr lag ein schmaler Strand. »Meine Güte!« Sophie ging einige Schritte vor, bis sie am Rand der Düne stand. »Das ist unbeschreiblich.«

Der sichelförmige Mond ließ seine hellen Lichtstrahlen auf das Meer scheinen.

Hannah folgte Sophie. Von hinten umarmte sie Sophie und hauchte ihr einen Kuss in den Nacken. »Ich hatte gehofft, dass es dir gefällt.«

»Es ist wunderschön.« Sophie legte ihre warmen Hände auf Hannahs. »Danke.«

»Ich dachte ... weil du gesagt hast, dass du gern mal wieder ans Meer möchtest«, stammelte Hannah. Ihre Wangen röteten sich.

Sophies Finger verschlungen sich mit Hannahs. In diesem Augenblick hätte es nichts Schöneres geben können, als mit Hannah hier zu stehen und das Meer zu beobachten. Dass sie sich diesen Wunsch gemerkt hatte! Dass sie deswegen die vielen Kilometer mit ihr gefahren war! Es begann, in ihrem Bauch zu kribbeln.

Hannahs Haare berührten Sophies Schulter und ließen eine angenehme Gänsehaut ihren Rücken hinunterjagen.

Obwohl es bereits September war, war es angenehm warm. Ein leichter Wind wehte durch die Dünen.

»Wollen wir vielleicht ins Haus gehen und ein bisschen schlafen, damit wir morgen den Tag richtig genießen können?« Hannah spürte unter ihren Händen Sophies pochendes Herz.

Erst jetzt bemerkte Sophie das kleine Holzhäuschen, das direkt neben ihnen stand. »Gehört das dir?«

Hannah schüttelte lachend den Kopf. »Nein, das gehört meinen Eltern.« Sie zog einen Schlüssel aus ihrer Hosentasche und wedelte damit durch die Luft. »Aber den habe ich mir fürs Wochenende geborgt.«

Sie nahmen ihre Taschen aus dem Auto. Hannah führte Sophie durch das Haus. »Hier kannst du schlafen«, erklärte sie, als sie in das Schlafzimmer kamen. »Ich werde auf der Couch übernachten.«

Sophie wollte gerade widersprechen, als Hannah fortfuhr: »Das habe ich früher auch immer gemacht. Ich denke, das ist besser.«

Sophie nickte. Wahrscheinlich hatte Hannah recht. Sie beide nebeneinander in einem Bett, das konnte nicht gutgehen.

Der Duft frischen Kaffees weckte Sophie am nächsten Morgen. Ein Tag am Meer lag vor ihr, ein ganzer Tag am Wasser. Was konnte es Herrlicheres geben?

Voller Tatendrang sprang Sophie aus dem Bett und zog sich an.

»Guten Morgen, habe ich dich geweckt?«, begrüßte Hannah Sophie, als sie aus dem Schlafzimmer trat.

Hannah war dabei, den Frühstückstisch zu decken. Offensichtlich hatte sie dafür einiges aus Bochum mitgenommen. Neben Brot, Wurst und Käse hatte sie auch Schokoladencreme und Marmelade auf den Tisch gestellt.

»Es war der Kaffeeduft, der meine Lebensgeister geweckt hat.« Sophie lächelte.

Hannah schenkte ihnen eine Tasse ein. »Dann warte erst einmal ab, bis du ihn probiert hast.« Sie stellte eine dampfende Tasse vor Sophie ab, die am Tisch Platz genommen hatte. »Das ist eine Spezialmischung. Für besondere Anlässe.«

Sophie sog den angenehmen Geruch ein. »Kann ich dir irgendetwas helfen?«

Hannah schüttelte den Kopf. »Nein, gleich ist alles fertig. Die Eier brauchen noch zwei Minuten.«

Kurz darauf frühstückten sie ausgiebig.

»Was hältst du von einem Strandspaziergang?«, fragte Hannah, nachdem sie den Tisch abgeräumt hatten.

»Sehr viel. Das ist eine großartige Idee.« Sophies Augen strahlten.

Wenig später schlenderten sie am Wasser entlang. Ihre Schuhe trugen sie in der Hand und ließen ihre Füße von den sanften Wellen umspülen. Die Sonne schien angenehm warm auf ihre Gesichter. Außer ihnen schien niemand den herrlichen Spätsommertag am Strand genießen zu wollen.

Sophie atmete tief ein, und sofort nahm sie den salzigen Geruch des Meeres wahr. Mit Alina war sie nie am Meer gewesen, Alina mochte Wasser nicht. Sie bevorzugte Berge, wenn sie überhaupt einmal mit Sophie verreisen wollte. In diesem Punkt waren sie nie einer Meinung gewesen. Einer von vielen Punkten ...

Hannahs Finger strichen Sophies Arm entlang, bis sich ihre Hände trafen und festhielten.

Wortlos liefen sie weiter. Zwischen ihren Zehen konnte Sophie den Sand spüren.

»Hast du Lust zu baden?«, durchbrach Hannah irgendwann die Stille. Sie blieb stehen. Der Strand war menschenleer. »Das hier ist meine Lieblingsstelle«, erklärte sie, als sie Sophies Blick bemerkte, der die Umgebung studierte.

»Hier ist es wirklich schön. Und so ruhig.«

Hannah nickte. »Hierhin verirrt sich selten jemand. Die meisten Häuser liegen dort, wo auch das Haus meiner Eltern ist. Hotels gibt es hier in der Gegend kaum. Deswegen bin ich so gern hier. Hier hat man seine Ruhe.« Hannah zog sich das T-Shirt über den Kopf und ließ ihre Hose zu Boden gleiten. Darunter trug sie einen grünen Bikini.

Sophie musste schlucken. Hannah sah atemberaubend aus. Um sich von diesem Anblick abzulenken, entledigte sie sich ebenfalls ihrer Kleidung.

»Wer zuletzt im Wasser ist«, rief Hannah lachend und war bereits dabei, ins Meer zu stürmen.

Sophie folgte ihr. Das Wasser war nicht besonders warm. Aber Hannahs Körper, der sich so verführerisch bewegte, sorgte dafür, dass es Sophie nicht kalt wurde.

»Na los!« Hannah bespritzte Sophie mit Wasser.

Sophie schmeckte das Salz auf ihren Lippen. Sie schwamm auf Hannah zu. »Das bekommst du alles zurück.«

»Ach ja?«

Plötzlich standen die beiden Frauen voreinander. Sophie sah Hannah tief in die Augen. Sofort waren da wieder diese Schmetterlinge, die wild in ihrem Bauch umherflatterten. Wie gern hätte sie ihre Arme um Hannah gelegt und sie an sich gezogen. Wie gern hätte sie diese sinnlich geschwungenen Lippen geküsst. Das war alles, was sie wollte.

Hannah streichelte über Sophies Wange, ihren Hals hinab bis zu ihrer Schulter.

Für einen winzigen Moment schloss Sophie ihre Augen. Sie hielt den Atem an. Plötzlich spürte sie Hannahs Lippen auf ihren. Zärtlich strich ihre Zungenspitze über Sophies Lippen.

Sophie seufzte.

Hannahs Fingerspitzen fuhren Sophies Rücken entlang, während Hannahs Zunge behutsam Sophies Lippen teilte und Einlass in ihren Mund suchte.

Sophies Herz schlug schneller. Wenn sie Hannah küsste, schien die Welt stillzustehen. Daran konnte doch nichts Falsches sein! Sie zog Hannah enger an sich, ihre Körper schmiegten sich aneinander, als würden sie genau zueinander passen.

Minutenlang küssten sie sich. Erst zurückhaltend, dann immer leidenschaftlicher.

Hannahs Hände suchten Sophies Po und umfassten ihn.

»Was machst du nur mit mir?«, presste Sophie hervor, während sie nach Atem rang.

»Was machst du mit mir?«, fragte Hannah ebenso atemlos.

Sophie löste sich aus Hannahs Umarmung. »Vielleicht sollten wir besser zurückgehen.« Sie starrte auf die Wasseroberfläche. Kleine Tröpfchen glitzerten in der Sonne.

»Vielleicht ist das wirklich besser«, stimmte Hannah zu. Ein einziger Moment, ein einziger Blick in Sophies Augen hatte ausgereicht, all ihre guten Vorsätze zunichtezumachen.

Schweigend verließen sie das Wasser. Beide hatten kein Handtuch mitgenommen. Also zogen sie ihre Sachen, so nass wie sie waren, über.

Sophie fröstelte. Vorhin hatte sie den kühlen Wind nicht bemerkt.

Am liebsten hätte Hannah ihren Arm um sie gelegt, um sie zu wärmen, doch sie befürchtete, dass es keine gute Idee war. Sophies Augen wirkten nachdenklich. Hannah hätte zu gern gewusst, worüber sie grübelte. Sie wusste allerdings, dass es besser war, nichts zu sagen, nichts zu fragen. Stattdessen glitten ihre eigenen Gedanken nach England. Sie hatte sich noch immer nicht entschieden und noch mit niemandem darüber gesprochen, dass sie vielleicht bald ins Ausland gehen würde. Sie sollte Sophie die Wahrheit sagen. Doch das konnte sie nicht. Es würde alles nur noch schlimmer machen, noch komplizierter, als es ohnehin schon war. Warum hatte sie nur ihre Gefühle nicht unter Kontrolle? Warum faszinierte Sophie sie so sehr? Warum konnte sie Sophie nicht einfach vergessen? Warum spielte ihr Herz verrückt? Hätte sie sich nicht zu einem anderen Zeitpunkt verlieben können? Warum ausgerechnet jetzt? Und warum ausgerechnet in eine Frau, die vergeben war?

Hannah biss auf ihre Unterlippe.

Sie hatte versucht, sich Sophie aus dem Kopf zu schlagen, hatte versucht, sich einzureden, dass sie Freundinnen sein konnten. Aber es schien nicht zu gehen. Diese Frau raubte ihr den Verstand.

»Ich würde gern noch eine Weile am Wasser bleiben«, riss Sophie Hannah aus ihren Überlegungen.

Hannah hatte nicht bemerkt, dass sie in der Zwischenzeit angekommen waren.

»In Ordnung.« Hannah ging den kleinen Weg zurück ins Haus allein.

Unterdessen setzte sich Sophie in den Sand. Sie beobachtete die Wellen, die so scheinbar mühelos an ihr Ziel fanden. Eine nach der anderen. Als gäbe es nichts Leichteres, als den richtigen Weg auszumachen. Wellen, die jeden Stein, der sich ihnen entgegenstellte, umspülten, um am Ende doch anzukommen. Warum nur konnte sie das nicht?

Unmerklich zeichneten Sophies Finger ein Herz in den Sand.

War es für Alina? Oder für Hannah? Für wen schlug ihr Herz?

Mit einem schweren Seufzer wischte Sophie ihre Zeichnung weg. Das hatte alles keinen Sinn. Sie sollte auf Emilia hören und die Beziehung zu Alina beenden. Es war längst nicht mehr so zwischen ihnen, wie es sein sollte, um glücklich zu sein. Aber sie hatte sich geschworen, niemals leichtfertig eine Beziehung aufzugeben. Hatte sie denn schon ausreichend gekämpft?

Sie hatte ewige Treue geschworen. Nicht einmal das hatte sie einhalten können. In Hannahs Gegenwart spielte das alles keine Rolle mehr. Und sie genoss es. Sie genoss die Zeit mit Hannah. Jeden einzelnen Augenblick.

Vielleicht sollte sie sich einfach von ihren Gefühlen tragen lassen.

Das würde sie tun! Sophie stand auf und schüttelte den Sand ab. Es war Zeit, ins Haus zu gehen.

»Wir können gleich essen«, empfing Hannah sie. »Aber es gibt nur Nudeln mit Tomatensoße.« Sie wischte ihre Finger an ihrer Schürze ab. »Zu mehr haben meine Kochkünste für heute Abend nicht gereicht.«

»Kein Problem.« Sophie ging ins Bad, um sich die Hände zu waschen. Als sie zurückkam, war Hannah gerade dabei, zwei Weingläser auf den Tisch zu stellen, auf dem bereits eine brennende Kerze stand.

»Kann ich irgendetwas machen?«, fragte Sophie, die wie schon am Morgen etwas hilflos daneben stand.

»Vielen Dank, aber eigentlich gibt es nichts mehr zu tun.« Hannah rührte in der Soße. »Vielleicht kannst du den Wein öffnen. Ein Korkenzieher liegt dort in der Schublade.« Sie deutete auf einen der Küchenschränke.

Sophie widmete sich dieser Aufgabe und goss schließlich den Rotwein in ihre Gläser.

Zeitgleich servierte Hannah die Nudeln.

Hannah nahm ihr Glas in die Hand und prostete Sophie zu. »Auf einen schönen Abend.«

Ihr Lächeln beschleunigte Sophies Herzschlag. »Ach Hannah«, seufzte sie. Sie drehte ein paar Spaghetti auf ihre Gabel. Hannahs Augen funkelten im Kerzenschein. Sophie versank in diesem unergründlichen Blau.

»Sophie ...«, setzte Hannah an. Sie musste ihr die Wahrheit sagen. »Ich ...«

»Psst. Sag einfach nichts«, erwiderte Sophie, ehe Hannah weiterreden konnte.

»Aber ...«, begann Hannah erneut.

»Kein Aber. Lass uns einfach diesen Abend genießen!« Sophie drehte an ihrem Ring.

Während sie weiteraßen, redeten sie nicht mehr. Stattdessen warfen sie sich immer wieder verstohlene Blicke zu. Jedes Mal, wenn sie sich trafen, spürte Sophie ein heftiges Kribbeln.

»Ich gehe schnell unter die Dusche«, erklärte Sophie, nachdem sie den letzten Bissen genommen hatte. »Ich muss dringend das Salz auf meiner Haut von unserem Bad im Meer abspülen.« Bei dem Gedanken an den Kuss, der sich unweigerlich in ihr Gedächtnis schob, schoss ihr die Röte ins Gesicht.

»Mach das.« Hannah trank den letzten Schluck Wein.

Kurz darauf war Sophie im Badezimmer verschwunden.

Hannah räumte derweil die Küche auf. Sie hörte, wie Sophie das Wasser andrehte, und lauschte dem gleichmäßigen Plätschern. Wie gern wäre sie Sophie unter die Dusche gefolgt! Aber das wäre zu weit gegangen.

Stattdessen spülte sie das Geschirr ab. Allerdings konnte sie sich kaum darauf konzentrieren. Viel zu sehr war sie damit beschäftigt, sich vorzustellen, wie sich Sophie im Wasserstrahl bewegte, den Kopf in den Nacken legte, dabei genüsslich die Augen schloss. Wie ihre Hände das Duschgel überall auf dem Körper verteilten, langsam und mit Bedacht, um ja keinen Zenitmeter der warmen, weichen Haut auszulassen. Ihre Hände umkreisten ihre festen Brüste, glitten langsam über ihren Po und dann an ihren Beinen hinunter.

Bei diesen Gedanken musste Hannah schlucken. Ihr wurde heiß. Sie hätte ebenfalls eine Abkühlung gebrauchen können.

Sophie stellte das Wasser ab. Das warme Wasser hatte sie entspannt und ihre kreisenden Gedanken zum Stillstand gebracht. Sie zog den Duschvorhang zur Seite. Als sie nach ihrem Handtuch greifen wollte, bemerkte sie, dass sie es in ihrem Zimmer vergessen hatte.

*Verdammt*, schoss es durch ihren Kopf. Sie hatte zwei Alternativen: Nass in ihre Sachen schlüpfen oder Hannah rufen ... Sophie atmete tief durch. Wenn sie jetzt Hannah um Hilfe bat ... Es war klar, wie es ausgehen würde. Aber wenn Sophie ehrlich zu sich selbst war, musste sie sich eingestehen, dass sie sich genau das wünschte. Sie wollte von Hannah berührt werden, wollte Hannah noch einmal küssen.

Sie öffnete die Badezimmertür einen Spalt. »Hannah?«, hallte ihre Stimme durch das Haus. »Ich habe mein Handtuch vergessen.«

Hannah hielt in ihrer Arbeit inne und setzte den Topf, den sie gerade abtrocknen wollte, wieder zurück. Das Schicksal meinte es nicht gut mit ihr. Oder gerade doch. Ihre Finger wurden feucht. »Ich hol es dir«, antwortete sie. Mit weichen Knien lief Hannah in Sophies Schlafzimmer und ergriff das Handtuch, das Sophie auf das Bett gelegt hatte.

Zaghaft klopfte Hannah gegen die Badezimmertür.

»Komm rein!« Sophies Stimme zitterte.

Unsicher trat Hannah ein. Vollkommen unverhüllt stand Sophie vor ihr. Ihre Augen blitzten.

Hannah hielt Sophie das Handtuch hin, während sie zu Boden starrte. Diesem Anblick von Sophies Nacktheit konnte sie nicht lange widerstehen.

Aber anstatt das Handtuch anzunehmen, warf Sophie es zu Boden und drängte Hannah gegen die Wand. Ihre Lippen suchten Hannahs Mund, wild und leidenschaftlich.

Hannah leistete keinerlei Protest und gab sich Sophies Kuss hin. Sie schloss die Augen, um die Empfindungen, die Sophie bei ihr auslöste, noch mehr zu genießen.

Sie küssten sich, bis sie alles um sich herum vergaßen.

Hannah konnte Sophies erregten Atem auf ihrer prickelnden Haut spüren. Ein heißer Schauer lief ihr den Rücken hinunter.

Sophies Hände fuhren zärtlich durch Hannahs Gesicht. Ihre Finger strichen über die geschlossenen Augenlider, über ihre geröteten Wangen und glitten schließlich an ihrem Hals hinunter. An Hannahs Halsbeuge machte sie einen Moment Halt und fuhr den Knochen entlang zu ihrem Brustansatz.

»Ich will dich. So sehr«, flüsterte Sophie. Geschickt zog sie Hannah das T-Shirt aus. Ganz langsam fuhr sie die Spitze von Hannahs BH mit ihren Fingern entlang, ließ ihre Handflächen über den Stoff gleiten. Dann öffnete sie den Verschluss. Mit beiden Händen schon sie den BH zur Seite. Als Hannahs Brüste nackt vor ihr lagen, holte sie tief Luft. Sie umfasste sie sanft mit ihren Händen.

Ein Wassertropfen aus Sophies nassen Haaren landete auf Hannahs Oberkörper. Er suchte sich seinen Weg über ihre Brust, rann den Bauch hinab. Sophie beobachtete ihn, ehe ihre Finger ihn verwischten.

Ihre Lippen trafen sich erneut zu einem stürmischen Zungenkuss, der ihre Erregung ins Unermessliche steigerte.

Als Sophie begann, Hannahs Brustwarzen zu streicheln, musste sie leise aufstöhnen. Sophies Hände massierten Hannahs Brüste.

Hannahs Atem ging schneller.

Sophies Augen glänzten, während sie Hannahs Jeans aufknöpfte, um sie die Beine hinunterrutschen zu lassen, bis sie Hannahs Knöchel wie eine Fessel umschloss. Dann glitten ihre Finger Hannahs Seiten entlang, umkreisten zärtlich Hannahs Po. Sie streichelten jeden Zentimeter ihres Körpers, ließen wirklich keine Stelle aus, nur die, die sich am meisten nach Sophies Berührung sehnte.

Sophies Mund liebkoste Hannahs Hals, bevor sie Hannahs Brüste küsste. Mit ihren schönen, weichen Lippen sog sie an den Brustwarzen, die sich so verführerisch aufgerichtet hatten. Ihre Zunge fuhr das Tal zwischen ihren Brüsten entlang, während ihre Hände immer noch Hannahs Po erforschten.

Hannah rutschte ein wenig an der Wand hinunter und lehnte sich fester dagegen, um den Halt nicht zu verlieren. Ihr war schwindelig. Sie hatte sich kaum mehr unter Kontrolle, sondern gab sich voll und ganz Sophies Berührungen hin. Die Hitze, die sich in Hannah anstaute, wurde immer unerträglicher. Ihr Körper zitterte vor Begierde und Lust. Gern hätte sie Sophie gestreichelt, doch sie brauchte ihre Hände, um sich abzustützen.

Plötzlich rutschte Sophies Hand einen kurzen Moment zwischen Hannahs Schenkel. Es war nur eine zufällige Berührung, viel zu kurz, doch sie ließ Hannah Kommendes erahnen. »Oh, Sophie!«, stöhnte sie.

Aber Sophie ließ sie weiter zappeln und verwöhnte stattdessen Hannahs bebende Brüste, erst mit den Händen, dann mit ihrer Zunge.

Das Kribbeln, das sich in Hannahs Körper ausbreitete, wurde immer heftiger, ihr Atem war kaum mehr zu bremsen, ihr Puls raste.

Endlich glitten Sophies Finger erneut zwischen Hannahs Beine. Sofort stieß Hannah einen heiseren Schrei aus. Sie versuchte, ihre Schenkel ein wenig weiter zu spreizen, aber die Hose, die sich immer noch um ihre Knöchel schlang, hinderte sie daran.

»Gefällt dir das?«, lachte Sophie zärtlich.

Hannah konnte kaum noch sprechen. »Ja«, hauchte sie leise.

»Ich verstehe.« Sophie strich über Hannahs Schamlippen, verteilte die Nässe. Dabei vermied sie es, Hannahs Klitoris zu berühren. So schnell wollte sie Hannah nicht erlösen. Ihre Finger drangen in Hannah ein, Sophie ließ sie langsam hinein- und hinausgleiten.

Hannahs Atem beschleunigte sich, passte sich Sophies Rhythmus an – oder umgekehrt.

Sophies Finger suchten Hannahs Mitte, kreisten über ihre angeschwollene Perle. »Komm«, flüsterte sie heiser, »komm … ja … komm.«

Hannahs Unterleib zog sich zusammen. Ein gewaltiger Höhepunkt überrollte sie, ließ Hannah aufschreien.

Sophie küsste Hannah, während sie nach Luft schnappte. Ihre Hände umklammerten Hannahs Taille, und ihr Körper presste sich gegen sie, so dass sie ihre Brüste an ihren spüren konnte.

»Geht's wieder?«, wisperte Sophie. Liebevoll stupste sie mit ihrem Zeigefinger auf Hannahs Nasenspitze.

Hannah nickte. »Ja. Das war schön.« Ihre Beine zitterten, aber Sophies starke Arme hielten sie. »Du machst mich verrückt. Ich ...« Hannah stockte. Wie sollte sie ihre Gefühle für Sophie in Worte fassen? Sie konnte ihr nicht sagen, was sie fühlte. Stattdessen hielt sie Sophie an sich gedrückt. Hannahs Lippen fuhren über das weiche Gesicht, berührten die geschlossenen Augenlider, die Ohrläppchen und schließlich den Mund.

Auf das sanfte Drängen öffnete Sophie ihre Lippen und ließ die forschende Zunge ein. Blitze durchzuckten sie, sammelten sich in ihrem Bauch, nur um tiefer zu wandern.

Hannahs Hände gingen auf Erkundungstour, waren überall, streichelten zart über Sophies Haut, hinterließen vor Verlangen brennende Stellen. Hannah rieb Sophies harte Brustwarzen zwischen Daumen und Zeigefinger.

Sophie suchte Halt an der Wand. Sie spürte, wie sie den Boden unter den Füßen zu verlieren drohte. Leise stöhnte sie auf, und bevor sie ihre Augen schloss, um sich ganz fallenzulassen, konnte sie gerade noch ein kleines Grinsen über Hannahs Lippen huschen sehen, das ihr verriet, wie sehr es ihr gefiel.

Hannahs Mund senkte sich auf ihre Knospen. Zärtlich knabberte sie an ihnen und entlockte Sophie ein heiseres Keuchen. Hannahs Zunge hinterließ feuchte Schlangenlinien auf Sophies Haut. Sie küsste ihren Bauch. Dann sank sie auf die Knie und schob ihre Lippen zwischen Sophies gespreizte Schenkel.

Sophie wusste nicht, wie ihr geschah, spürte nur noch ein Gefühl heißer Erregung. Sie legte ihren Kopf in den Nacken. Hannahs Berührungen machten sie willenlos. »Ja«, seufzte sie.

Hannahs Mund küsste die Innenseite ihrer Schenkel hinauf zu ihrer Mitte.

Sophie konnte es kaum erwarten, ihre Hände wollten sich in der Wand festkrallen.

Hannah leckte über Sophies Schamlippen, ganz langsam und ausgiebig. Sie machte keine Anstalten, weiter vorzudringen.

Sophies Körper zitterte vor Verlangen unter jeder Liebkosung. »Ich glaube, ich kann nicht mehr!«, stöhnte sie.

Hannah genoss es, wie sich Sophie unter ihren Berührungen wand, und ließ sich umso mehr Zeit.

Endlich spürte Sophie Hannahs Zunge, die warm und weich über ihr Lustzentrum strich. Hannah erforschte jeden erdenklichen Winkel. Ihre Lippen umschlossen Sophies Perle, sogen daran.

Hannah hatte ihre Arme um Sophies Schenkel geschlungen. Sophie konnte spüren, wie nah sie ihr war. Das Blut pochte in ihrem Schoß.

Hannah Zunge tauchte in sie ein, umspielte Sophies Lustzentrum.

Sophie drückte Hannahs Kopf tiefer in ihren Schoß, schob ihr fordernd ihr Becken entgegen. Ihr Stöhnen wurde lauter. Stoßweise presste sie die Luft hervor. Sophies Körper bäumte sich auf, während sie den Gipfel der Lust erklomm. Sie konnten die Wellen, die sich über ihr zusammenschlugen, nicht länger aufhalten. Ganz erschöpft sank sie zu Boden. Sie hatte keine Kraft mehr. Eine wohlige Wärme breitete sich in ihr aus.

Lächelnd setzte sich Hannah zu Sophie. Sie legte einen Arm um sie und küsste Sophie kurz auf die Wange.

»Das war unglaublich«, versuchte Sophie die richtigen Worte zu finden.

Doch Hannah legte ihren Zeigefinger auf Sophies Lippen. »Psst. Sag einfach nichts.«

Sophie lehnte ihren Kopf an Hannahs Schulter. Ihr Atem beruhigte sich etwas.

»Und möchtest du jetzt das Bett mit mir teilen?«, fragte Sophie nach einer Ewigkeit.

Lachend erhob sich Hannah vom Boden und zog Sophie mit ins Schlafzimmer. »Was denkst du denn?«

»Vorsichtig, nicht so stürmisch!«, rief Sophie grinsend, während sie sich von Hannah auf das Bett werfen ließ.

»Das hat dich doch gerade auch nicht gestört.« Hannah zwinkerte Sophie zu. Dann legte sie sich neben sie. Sofort fanden ihre Lippen zueinander.

Es dauerte fast die ganze Nacht, bis auch der letzte Funke erloschen war …

Nun schon zum dritten Mal las Sophie Alinas SMS, während sie schweigend neben Hannah im Auto saß.

*Mein geliebter Schatz, ich wünschte, ich hätte das Wochenende bei dir verbringen können. Du fehlst mir. Ich liebe dich.*

Sophie spürte den Kloß in ihrem Hals. Lange hatte Alina ihr so etwas nicht mehr gesagt. Und dann ausgerechnet jetzt … Sophie starrte regungslos aus dem Fenster. Was hatte sie nur getan? Wollte sie das, was sie mit Alina hatte, wirklich so leichtfertig wegwerfen? Aber was hatte sie mit Alina? Sie schluckte kräftig, um die aufsteigenden Tränen zu unterdrükken. Sie hatte es nicht geschafft, Alina eine Antwort zu schreiben. Was sollte sie ihr denn sagen? Dass sie sie auch vermisste? War das denn die Wahrheit? Vermisste sie Alina? Liebte sie Alina? Oder war das nur die Gewohnheit? Oder die Hoffnung, dass alles wieder so werden könnte, wie es am Anfang gewesen war? Suchte sie in Hannah lediglich das, was sie bei Alina vermisste? Oder war es mehr?

Bäume rauschten an Sophie vorüber. Sie wusste es einfach nicht. Sie hatte die Zeit mit Hannah sehr genossen. Hannah hatte sich etwas Außergewöhnliches für sie einfallen lassen, etwas, von dem sie wusste, dass sie Sophie damit eine große Freude machen konnte. Sie hatte sich Gedanken um Sophie gemacht, sich ernsthaft um sie bemüht. Und damit Sophies Herz, ihr Innerstes berührt. Etwas, was Alina schon lange nicht mehr geschafft hatte, erst recht nicht in dieser Intensität.

Hannah versuchte, sich auf den Verkehr zu konzentrieren. Ihre Augen, von dunklen Schatten umrandet, hatte sie hinter ihrer Sonnenbrille versteckt. Es hätte nicht passieren dürfen. Nicht schon wieder. Darüber waren sie sich einig gewesen, unausgesprochen. Die wenigen Blicke, die sie beim Frühstück miteinander ausgetauscht hatten, ehe sie verlegen zu Boden, auf den Teller oder an die Decke gestarrt hatten, hatten es verraten. Hätte Hannah sich nicht denken können, dass es genau so hatte kommen müssen, wie es gekommen war? Hatte sie ernsthaft damit gerechnet, dass sie wie zwei gute Freundinnen ein nettes Wochenende am Meer verbringen würden?

Hannah drückte auf das Gaspedal. Die Straße war fast leer.

Sophie räusperte sich. »Danke für das schöne Wochenende«, begann sie ein Gespräch.

»Es tut mir leid«, erwiderte Hannah. »Ich … das hätte

nicht . . .«, stammelte sie weiter.

»Es gibt keinen Grund, sich zu entschuldigen.« Sophie rieb über ihre Stirn. »Es war schön.« Sie atmete hörbar laut aus. Das war es. Es war die Wahrheit. Auch wenn es nicht sein durfte.

»Das fand ich auch.« Hannah zog auf die Überholspur.

»Es war genauso meine Schuld«, fuhr Sophie fort. »Hannah . . .« Sie schluckte. »In deiner Gegenwart kann ich einfach keinen klaren Gedanken fassen. Ich weiß nicht, was du mit mir machst . . . warum mir das passiert.«

Hannah rückte ihre Sonnenbrille zurecht. »Mir geht es ebenso.« Sie spürte einen Stich in ihrer Brust.

»Aber das darf nicht sein, Hannah. Das geht nicht.« Sophie kaute auf ihrem Fingernagel. »Alina und ich . . .«

Hannah nickte. »Ja.« Alina und Sophie waren ein Paar, und Sophie wollte bei Alina bleiben. Langsam musste sie das doch einsehen und verstehen.

»Wir hätten keine Chance, Hannah«, nuschelte Sophie. Sie drehte sich so, dass sie Hannah nicht ansehen musste, sondern aus dem Fenster blicken konnte. Die Landschaft raste an ihr vorbei.

»Du hast recht.« *Wir haben keine Chance. Ich werde wahrscheinlich für ein Jahr weggehen. Was soll ich mich quälen für eine ungewisse Zukunft?*, ergänzte Hannah in Gedanken. Sophie und sie, das war aussichtslos. Sie sollte diese einmalige Möglichkeit nutzen. Das war immer ihr Traum gewesen. Aber . . . ihr Herz . . . das konnte sie nicht ignorieren. Vielleicht sollte sie ihnen doch eine Chance geben. Doch erneut fand Hannah nicht den Mut, ihre Gefühle laut auszusprechen.

»Meinst du, wir können einfach nur Freunde sein? Und das, was passiert ist, vergessen?« Sophies feuchte Finger nestelten am Knopf ihrer Bluse.

Hannah holte tief Luft. Konnten sie das, Freunde sein? Sie musste! »Ich denke schon, dass wir das schaffen.« Sie biss auf ihre Unterlippe. Es würde schon irgendwie funktionieren. Wäre sie erst einmal in England, hätte sich das Thema ohnehin erledigt.

»Wenn das nicht geht, dürfen wir uns nicht mehr wiedersehen.« Sophies Augen wirkten ernst.

Hannah nickte. »Du hast recht. Aber wir bekommen das hin.«

»Das wäre schön. Ich will dich nämlich nicht verlieren. Du bist . . .« Sophie zögerte. »Du bist eine wundervolle Frau.« Ihre Wangen röteten sich. War das ein guter Anfang für eine Freundschaft?

Mit ihrem Löffel zeichnete Hannah kleine Kreise in den Milchschaum ihres Cappuccinos, während sie auf Sophie wartete. Sie hatten sich zum Eisessen in einer kleinen Eisdiele in der Innenstadt verabredet. Es war das erste Mal, dass sie sich nach dem Wochenende am Meer wiedersahen.

Hannah war ein wenig zu früh, weil sie ausnahmsweise pünktlich nach dem Nachtdienst das Krankenhaus hatte verlassen können. Der Dienst war recht ruhig gewesen, so dass sie einige Stunden Schlaf bekommen hatte und sich nun halbwegs ausgeruht fühlte.

Nervös wippte Hannahs Fuß auf und ab. Wie würde es werden, Sophie wiederzusehen? Als Freundin . . . Ihr Ausflug ans Meer hatte Hannah die Entscheidung nicht leichter gemacht. Sollte sie aufgeben? Nach England gehen? Es war doch eigentlich das, was sie beide wollten. Eigentlich . . .

»Du bist schon da«, stellte Sophie fest, als sie zu Hannah an den Tisch trat.

Hannah sah zu Sophie auf, aber Sophie wich ihrem Blick aus. Stattdessen rückte sie umständlich einen Stuhl zurecht und setzte sich Hannah gegenüber. Sie nahm die Eiskarte in die Hand und studierte sie ausgiebig.

Hannahs Finger fuhren über den Rand ihrer Tasse. Sie starrte in die heiße Flüssigkeit. Sie konnte Sophie nicht ansehen, ohne dass sie diese kleinen Stiche in ihrem Brustkorb spürte. Sie presste ihre Lippen fest aufeinander, um ein Seufzen zu unterdrükken.

»Wie war dein Dienst?«, fragte Sophie schließlich, als sie die

Karte beiseitegelegt hatte. Ihre Stimme klang leise. Das Lächeln, das sie sonst im Gesicht trug, fehlte.

»Glücklicherweise relativ entspannt. Ich hatte einen Herzinfarkt mitten in der Nacht, aber das war auch der einzige Patient nach elf Uhr. Deswegen konnte ich mich zwischendurch hinlegen.« Hannah schob sich einen Löffel Milchschaum in den Mund. »Und auch auf den Stationen gab es keine Probleme. Oder zumindest keine, die wir nicht telefonisch klären konnten.«

Sophie nickte. »Das hört sich ja ganz gut an.«

Hannah schluckte kräftig, um das Engegefühl in ihrem Hals zu vertreiben. »Ja«, entgegnete sie knapp. Sie kaute auf ihrem Fingernagel.

In der Zwischenzeit servierte die Kellnerin ihre Eisbecher. Erdbeere für Sophie, Karamell für Hannah.

Schweigend aßen sie. Beide konzentrierten sich auf ihr Eis, als wäre es eine besondere Herausforderung, die alle Aufmerksamkeit verlangte.

»Wann musst du denn heute ins Büro?«, durchbrach Hannah nach mehreren Minuten die Stille. Hatten sie sich mit einem Mal nichts mehr zu sagen? Konnte das sein?

»Gar nicht.« Sophie biss in ihren Keks. Mit ihrer Hand wischte sie die Krümel von der Tischplatte. »Ich habe mir etwas Arbeit mit nach Hause genommen, aber das kann ich irgendwann heute erledigen, das hat keine Eile. Einen Vorteil muss mein Beruf ja haben.«

Immer wieder suchte Hannah den Blickkontakt zu Sophie, aber jedes Mal wichen Sophies Augen ihr aus. Sophie senkte den Blick. Hannah stieß laut hörbar einen Stoß Luft zwischen ihren Lippen hervor. Lange hielt sie diese Anspannung nicht mehr aus. »Was machst du diese Woche noch?«, wagte sie einen erneuten Vorstoß. Irgendwie musste sie doch ein Gespräch in Gang bringen können.

Sophie räusperte sich. »Also … ich …« Sie machte eine wegwerfende Handbewegung. »Das ist nicht so wichtig.« Sie konnte Hannah nicht erzählen, dass sie morgen zu Alina fahren wollte, um sie zu überraschen. Sophie wusste, dass es Hannah verletzen würde. Das wollte sie nicht.

Auf Hannahs Stirn bildete sich eine tiefe Falte. »Verstehe«, log sie, auch wenn sie überhaupt nichts verstand. Das Einzige, was sie verstand, war, dass so eine Freundschaft zwischen ihnen nicht funktionieren würde.

»Vielleicht ist es besser, wenn ich jetzt gehe«, bemerkte Sophie nach einer Weile.

Hannahs Hände verschränkten sich ineinander. »Ja, vielleicht.« Ihr Magen krampfte sich zusammen.

Sophie stand auf, Hannah folgte ihrem Beispiel. Unschlüssig standen sich dic beiden Frauen gegenüber.

Hannah hielt kurz den Atem an. »Ich weiß nicht, ob ich das wirklich kann«, gestand sie dann flüsternd.

»Ich auch nicht. Ich dachte, ich schaff das. Aber ...« Sophie schloss für einen winzigen Moment die Augen. »Es tut mir so leid.« Ohne ein weiteres Wort drehte sie sich um und verließ die Eisdiele.

Hannah blieb allein zurück. War es das jetzt? War das das Ende? In diesem Augenblick wusste Hannah, wie sie sich zu entscheiden hatte. Es gab nur die eine Möglichkeit. Sie würde nach England gehen.

Mit klopfendem Herzen stieg Sophie am Hamburger Hauptbahnhof aus dem Zug. Nachdem sie Alina zwei Wochenenden lang nicht gesehen hatte, wollte sie ihre Freundin überraschen. Immerhin hatte Alina ihr gesagt, dass sie sie vermissen würde. Und vermisste Sophie Alina nicht auch?

Sophie zog ihren Koffer über den Bahnsteig. Länger als zwei Tage konnte sie nicht bleiben. So gern sie auch würde.

Der Wind wehte ihr eine Haarsträhne ins Gesicht.

Fehlte Sophie Alina wirklich oder hatte sie das nur so gesagt?

Sophie wusste, dass sie das herausfinden musste, wenn sie ihre Beziehung zu Alina ernsthaft retten wollte. Sie lief die Treppe hinunter und schlug den vertrauten Weg zur Bahn ein. Tagelang hatte sich Sophie Gedanken gemacht über das, was sie wollte. Zu einem Ergebnis war sie nicht gekommen. Allerdings war ihr klargeworden, dass sie die Beziehung nicht leichtfertig wegwerfen wollte. So viele Jahre gab man nicht einfach auf.

Sophie kämpfte sich durch die Menschenmenge, die den Bahnhof bevölkerte. Wenig später saß sie in der Bahn, die sie zu Alina bringen würde. Es war beinahe sechs Uhr. Normalerweise müsste Alina um diese Zeit zu Hause sein. Oft brachte sie sich zwar Arbeit mit für abends, aber sie verließ das Büro meistens einigermaßen pünktlich.

Sophie klingelte an der Tür. Ihren Wohnungsschlüssel ließ sie in der Tasche. Es würde Alina bestimmt erschrecken, wenn sie sie plötzlich in der Wohnung überfiel.

Kurz darauf stand sie Alina gegenüber. »Hallo Schatz«, begrüßte sie freudestrahlend ihre Freundin. Die gesamte Fahrt über hatte sie sich genau diesen Moment ausgemalt.

Doch Alinas Gesicht zeigte alles andere als die Begeisterung, die Sophie sich erhofft hatte. »Was machst du denn hier?«

»Ich dachte, ich fehle dir. Deswegen wollte ich dich überraschen.« Sophie versuchte zu lächeln.

»Das ist dir gelungen.« Alinas Stimme konnte Sophie nicht entnehmen, ob sie sich freute. »Komm doch rein.« Alina warf einen kritischen Blick auf Sophies Koffer. »Wie lange wolltest du denn bleiben?«

Sophie Vorfreude starb mit jedem von Alinas Worte ein bisschen mehr. »Ich kann nur zwei Tage bleiben, länger habe ich nicht freibekommen.« Sie ging einen Schritt auf Alina zu und versuchte, sie zu umarmen, doch Alina wich ihren Berührungen aus. Sophie runzelte die Stirn. »Alles in Ordnung bei dir?«, wollte sie wissen.

»Warum hast du nicht vorher Bescheid gesagt?«, grummelte Alina.

»Aber dann wäre es doch keine Überraschung mehr gewesen.« Sophies Schultern fühlten sich schwer an. Vielleicht war es doch keine gute Idee gewesen. Früher hatte sie Alina häufiger überrascht. Da war ihre Freude deutlich überschwenglicher ausgefallen. Sophie seufzte. Etwas mehr Enthusiasmus hatte sie schon erwartet.

»Ich habe aber nicht sehr viel Zeit in den nächsten Tagen«,

erklärte Alina. Noch immer standen sich die beiden Frauen in Alinas Flur gegenüber.

»Willst du mir nicht wenigstens einen Kuss geben? So groß scheint deine Sehnsucht nicht gewesen zu sein.« Sophies Augen verdunkelten sich. Sie spürte einen schmerzhaften Stich in ihrer Brust.

»Ähm ... doch ...«, stotterte Alina und zog Sophie an sich, um ihr einen flüchtigen Kuss unsanft auf den Mund zu drücken.

*Es fühlt sich ganz anders an als bei Hannah*, schoss es Sophie durch den Kopf. Bei Hannah spürte sie dieses Kribbeln, bei Hannah ...

Sophie schüttelte den Kopf, um die Gedanken an Hannah zu vertreiben, um die Bilder loszuwerden. Sie wollte nicht mehr an Hannah denken. Alina. Sie war mit Alina zusammen. Deswegen war sie nach Hamburg gefahren.

»Geht's dir nicht gut?«, holte Alina Sophie in die Realität zurück.

»Doch, alles bestens.« Sophie zog Schuhe und Jacke aus und brachte ihren Koffer ins Schlafzimmer. Dort setzte sie sich auf die Bettkante und vergrub ihr Gesicht in ihren Händen. So hatte sie sich ihren Besuch nicht vorgestellt. Was jedoch hatte sie erwartet? Hatte sie ernsthaft gedacht, Alina würde ihr um den Hals fallen und alles wäre vergessen gewesen? So schnell würde Alina sich nicht ändern. Alina hatte genau gewusst, wie sie Sophie mit ein paar liebevollen Worten um den Finger wickeln konnte. Dass Sophie darauf wieder einmal hereingefallen war! Sie hätte es besser wissen müssen. Es war schließlich nicht das erste Mal gewesen. Und ein paar Zeichen in ein Handy zu tippen, dazu brauchte es nicht viel.

Sophie spürte ein Pochen hinter ihren Schläfen. Früher waren sie übereinander hergefallen, im wahrsten Sinne des Wortes, wenn sie sich nach einer so langen Zeit wiedergesehen hatten. Doch das war lange vorbei. Alina schien das Interesse an Sophie verloren zu haben. Für sie war es einfach selbstverständlich. Aber war es umgekehrt nicht genauso?

Alinas Hände legten sich auf Sophies Schulter. »Willst du nicht zu mir kommen? Ich dachte, deswegen wärst du hier.« Das erste Mal an diesem Tag klang Alinas Stimme zärtlich.

»Alina«, begann Sophie. Sie sah geradewegs in Alinas Augen. »Liebst du mich noch?« Sophie hielt die Luft an.

»Was ist das denn für eine Frage? Sicher. Warum sollte ich nicht?« Alinas Miene blieb regungslos. Dann drehte sie sich um und verließ das Schlafzimmer. Damit war die Unterhaltung für sie beendet.

Sophies Zähne bohrten sich in ihre Unterlippe. War das die Antwort, die sie hatte hören wollen? Sie atmete tief aus und folgte Alina ins Wohnzimmer.

»Hast du Hunger?«, fragte Alina.

»Ein bisschen.« Sophie setzte sich auf das Sofa.

»Viel ist nicht mehr da. Wollen wir vielleicht essen gehen?«

»Von mir aus.« Eigentlich war es Sophie mittlerweile egal, was sie machten.

»Ich muss nur schnell meine Arbeit beenden. Dann können wir los«, erklärte Alina. »Wenn du möchtest, kannst du ein Restaurant aussuchen.«

Sophie nickte.

Sie fuhren in eine kleine Pizzeria. Schon oft hatten sie hier gemeinsam einen Abend verbracht. Sophie verband viele schöne Erinnerungen mit diesem Ort. Hier waren sie gewesen, bevor Alina ihr ihre Liebe gestanden hatte. Ein Lächeln huschte durch Sophies Gesicht.

Ein Kellner führte sie an einen Tisch. Schnell hatten sie von der Speisekarte etwas ausgewählt.

»Wie waren die letzten Tage bei dir?«, fragte Sophie.

Alinas Blick wanderte durch das Restaurant. »Ach, ganz okay. Es läuft ganz gut im Moment. Aber dafür ist es auch ziemlich anstrengend.«

Sophie spielte mit dem Tischtuch. »Hm, das habe ich gemerkt. Du hast wenig Zeit im Moment.«

»Willst du mir das jetzt vorwerfen?« Alinas Stimme wurde lauter. »Irgendwie muss ich ja mein Geld verdienen.« Ihre Augenbrauen zogen sich zusammen.

»So war das doch nicht gemeint«, versuchte Sophie ihre Freundin zu besänftigen. »Ich meine nur, du bist sehr angespannt.«

Alina trank einen großen Schluck Rotwein und zuckte mit

den Schultern. »Wird schon wieder.«

In der Zwischenzeit servierte der Kellner ihr Essen.

»Meine Woche war auch ganz gut«, sagte Sophie irgendwann, nachdem Alina keinerlei Anstalten gemacht hatte, von sich aus nachzufragen.

»Schön.« Alina steckte sich ein Stückchen Pizza in den Mund.

»Interessiert dich das nicht?«

»Doch, erzähl ruhig.«

»Danke, sehr gnädig von dir, dass du mir zuhörst.« Sophies Augen verdunkelten sich.

»Jetzt sei doch nicht gleich wieder so gereizt.« Erneut nahm Alina einen viel zu großen Schluck Wein.

»Vergiss es.« Lustlos stocherte Sophie in ihrem Salat. Ihr war der Appetit vergangen.

»Hast du noch Lust auf einen Espresso zum Nachtisch?«, fragte Alina nach einer schweigsamen Weile.

»Meinetwegen.« Sophies Besuch in Hamburg verlief alles andere als nach Plan. Sie musste endlich mit Alina über das reden, was ihr auf dem Herzen lag. Sie griff nach Alinas Händen. »Alina ...« Sophies Herz schlug augenblicklich schneller. »Ich muss doch etwas fragen. Ich kann so nicht mehr weitermachen. Wie soll es mit uns weitergehen?«, begann Sophie das für sie so wichtige Gespräch.

»Es ist doch alles gut.« Alina zuckte mit den Schultern. »So, wie es ist.« Das Kerzenlicht spiegelte sich in ihren Augen.

Für einen Moment schloss Sophie ihre Lider. »Nein, ist es nicht. Ich kann das so auf Dauer nicht mehr. So stelle ich mir meine Zukunft nicht vor.«

Alina löste sich von Sophies Händen. »Dann komm zurück nach Hamburg.« Ihr Tonfall klang vorwurfsvoll.

»Warum kommst du nicht ins Ruhrgebiet?« Sophies Stimme zitterte. Diese Diskussion hatten sie bereits unzählige Male geführt. Außerdem war sich Sophie schon lange nicht mehr sicher, ob die räumliche Nähe die Lösung aller Probleme wäre.

»Ach Sophie, du weißt doch, dass ich das nicht möchte.« Alina nippte an ihrer Tasse.

»Dann sag mir, was du möchtest. Wie stellst du dir unsere Zukunft vor?« Sophie fixierte Alina.

»Warum kann es nicht so bleiben, wie es ist?« Sie drehte die Tasse zwischen ihren Fingern. »Es ist doch alles gut.«

»Damit du mich einfach besuchen kannst, wie es dir passt? Damit du mich so in dein Leben einbauen kannst, wie es dir gerade beliebt? Und wenn du mal keine Lust hast, dann bleibst du einfach hier? Was bin ich denn für dich?« Sophie wurde immer lauter.

»Komm mal wieder runter.« Alina seufzte. »Warum machst du ständig so einen Aufstand?«

Alina hatte einfach gar nichts verstanden. Es war sinnlos. Sophie trank ihren Kaffee aus. »Lass uns fahren.«

Es war sinnlos. Alina wollte sie nicht verstehen.

Hannah legte den Brief in ihren Spind. Das gesamte vergangene Wochenende hatte sie damit zugebracht, die perfekten Formulierungen zu finden. In ihrer Mittagspause würde sie ihre Kündigung ihrem Chef persönlich vorbeibringen.

Es war mittlerweile Anfang Oktober, länger konnte sie das nicht mehr aufschieben, so unangenehm es ihr auch war.

Hannah zog sich ihren Kittel über und eilte in den Frühbesprechungsraum. Ihre Kollegen saßen bereits dort. Sie suchte sich einen freien Platz in der letzten Reihe. Es waren keine drei Monate mehr.

Als Prof. Eckhardt den Raum betrat, begleitete ihn eine junge Frau. Hannahs Herz zog sich schmerzhaft zusammen. Ausgerechnet an diesem Morgen musste er eine Studentin mitbringen.

Sofort waren da wieder die Bilder, wie sie Sophie das erste Mal gesehen hatte. Wie sie in ihren Shorts neben Prof. Eckhardt gestanden hatte, genau an der gleichen Stelle wie jetzt das junge Mädchen. Hier hatte alles begonnen.

Für einen winzigen Moment schloss Hannah ihre Augen. Sie spürte Sophies Lippen auf ihren. Wie lange war es her, dass sie sich zum letzten Mal gesehen hatten? Nach dem gemeinsamen

Wochenende am Meer hatten sie nur dieses eine Mal beim Eisessen miteinander gesprochen. Es war der Nachmittag gewesen, an dem Hannah endgültig ihre Entscheidung getroffen hatte. Sie würde gehen. Sophie liebte sie nicht. Sie liebte Alina. Das war gut so. Hannah würde sich auf ihre Karriere konzentrieren.

»Dann wünsche ich Ihnen einen schönen Tag«, verabschiedete sich Prof. Eckhardt und verließ die Frühbesprechung.

Alle erhoben sich von ihren Plätzen, um zu ihren Arbeitsplätzen zu gelangen. Auch Hannah machte sich auf den Weg in die Notaufnahme. Irgendwie würde sie die Patienten vermissen, wenn sie den ganzen Tag im Labor verbringen würde. Das Forschen machte ihr Spaß, keine Frage, aber genauso gern arbeitete sie mit Menschen zusammen. Natürlich war es manchmal anstrengend, wenn die Patienten ohne Punkt und Komma redeten, ohne sich auf das Wesentliche zu beschränken. Und genauso anstrengend war es auch, wenn ein Patient zum fünften Mal mit dem gleichen Wehwehchen, das alles andere als eine Behandlung im Krankenhaus benötigte, in die Notaufnahme kam.

Es war ärgerlich, wenn Patienten dachten, dass sie die einzigen in der Notaufnahme wären, und ihr in einer dermaßen fordernden Haltung gegenübertraten, als gäbe es nur sie auf dieser Welt. Auch der ständige Zeitmangel war furchtbar.

Doch trotz allem liebte Hannah ihren Beruf. Es war schön zu sehen, wie ein Patient, dessen Herz zu schwach war, nach der richtigen Therapie wieder besser Luft bekam und die Treppenstufen, die er vorher nicht mehr hochkam, erklimmen konnte. Es gab kaum etwas Schöneres als glückliche Patienten, die sich bei ihr bedankten und es ernst meinten.

Seufzend stieß Hannah die Tür zur Notaufnahme auf.

»Guten Morgen. Welche Laus ist dir denn über die Leber gelaufen?«, begrüßte Laura sie. »Aber ich kann dich beruhigen, du kannst dich gleich ablenken.« Sie hielt Hannah Patientenunterlagen hin. »Das ist Herr Adelsberger, hat die ganze Nacht erbrochen. Durchfall verneint er. Ich habe ihn mal isoliert.«

»Wenn das nicht ein schöner Start in den Tag ist!« Hannah verdrehte die Augen.

Laura klopfte Hannah auf die Schulter. »Sieh es so: Dann

kann es nur besser werden.«

Hannah zog sich den Einmalkittel, Mundschutz und Gummihandschuhe über, bevor sie zu Herrn Adelsberger in die Kabine trat. »Deinen Optimismus hätte ich gern.«

»Ich mach mal Mittagspause«, verabschiedet sich Hannah aus der Notaufnahme. Der Vormittag war wie im Flug vergangen. Hannah nahm ihr Telefon aus der Kitteltasche und wählte die Nummer von Frau Schöpf, der Sekretärin von Prof. Eckhardt.

Kurz darauf hatte sie in Erfahrung gebracht, dass ihr Chef in seinem Büro war. Sie konnte ihm also einen Besuch abstatten.

Hannah holte das Kündigungsschreiben aus der Umkleide. Mit zittrigen Beinen lief sie den Flur entlang. *Sei nicht albern, es gibt keinen Grund, nervös zu sein*, ermahnte sich Hannah. Aber es half nicht, ihren Herzschlag zu beruhigen.

Als sie angekommen war, klopfte sie zaghaft an die Tür.

»Herein«, ertönte die Stimme von Frau Schöpf.

Hannah öffnete die Tür und betrat das Büro.

»Ach Frau Rehfeld. Kommen Sie doch rein.« Frau Schöpf schenkte Hannah ein freundliches Lächeln. »Darf ich Ihnen einen Kaffee anbieten?«

»Nein, danke.« Hannah schüttelte den Kopf. Frau Schöpf war wirklich eine gute Seele. Ohne sie würde Prof. Eckhardt wahrscheinlich im Chaos versinken. »Kann ich?« Hannah deutete auf die Tür, hinter der sich das Zimmer ihres Chefs befand.

»Gehen Sie einfach durch. Ich habe Ihren Besuch bereits angekündigt.«

Hannah atmete einmal tief durch. Ihre Finger umklammerten den Brief fester. Zögernd stieß sie die Tür auf. »Hallo«, begrüßte sie ihren Chef.

»Frau Rehfeld.« Prof. Eckhardt sah von seinem Schreibtisch hoch. »Nehmen Sie Platz. Was kann ich für Sie tun?« Er schob seinen Stuhl ein wenig zurück und schlug die Beine übereinander.

Hannah setzte sich ihm gegenüber, den Brief legte sie auf ihren Schoß. »Ich muss Ihnen etwas sagen.« Ihre Finger verschränkten sich ineinander.

»Sind Sie schwanger?« Prof. Eckhardt starrte sie geradewegs

an. »Dann wären Sie die Dritte diesen Monat. Das muss ein fruchtbarer Sommer gewesen sein.«

Nur schwer konnte Hannah ein Lachen unterdrücken. »Schwanger bin ich beim besten Willen nicht. Keine Sorge.«

»Gott sei Dank!«

»Aber ...«, stotterte Hannah. »Ich muss leider kündigen.« Sie hielt die Luft an.

Prof. Eckhardt beugte sich in seinem Stuhl etwas vor. »Warum das? Tun Sie mir das nicht an! Gefällt es Ihnen bei uns nicht mehr?«

Hannah legte den Brief auf den Tisch. »Doch. Es gefällt mir sogar sehr gut hier«, erklärte sie. »Aber ich habe Ihnen ja schon öfter gesagt, dass ich gern forschen möchte. Diese Möglichkeit können Sie mir nicht bieten.« Sie suchte seinen Augenkontakt. »Deswegen hatte ich mich auf ein Forschungsstipendium beworben. In England. Zu meiner großen Freude wurde ich angenommen. Anfang des nächsten Jahres geht es los.«

Prof. Eckhardt nahm ein Stück Papier von seinem Schreibtisch und faltete es in der Mitte. »Das kann ich verstehen. Aber vielleicht finden wir hier eine Lösung. Wir haben doch einige interessante Forschungsprojekte. Da ist sicherlich etwas für Sie dabei.«

Hannahs Füße wippten auf und ab. »Ich möchte mich einem Projekt voll und ganz widmen und nicht nur nebenbei. Sie wissen genau, dass das hier nicht funktionieren würde. Ich wäre ja nicht die Erste, die das probiert.«

»Frau Rehfeld, Sie sind eine sehr gute Ärztin, ich schätze Sie sehr als Mitarbeiterin. Ich verliere Sie nur sehr ungern. Lassen Sie sich das noch einmal durch den Kopf gehen.«

Hannah hatte sich das mehr als genug durch den Kopf gehen lassen. Wochenlang waren ihre Gedanken kaum um etwas anderes gekreist. Sie hatte sich die Entscheidung nicht leichtgemacht. Zuletzt auch wegen Sophie. Sie seufzte. Aber es war die beste Entscheidung. Weg von Sophie. Einen Schritt in Richtung Karriere.

»Es tut mir leid. Mein Entschluss steht fest.« Hannah bemühte sich um eine selbstsichere Stimme, doch es wollte ihr nicht recht gelingen.

»Falls Sie es sich doch noch anders überlegen, melden Sie sich einfach bei mir.«

»In Ordnung.« Hannah reichte Prof. Eckhardt zur Verabschiedung die Hand.

»Und wenn Sie in einem Jahr wiederkommen, dann melden Sie sich rechtzeitig bei mir, damit wir überlegen, ob wir nicht eine Möglichkeit finden, falls sie wollen, dass Sie wieder bei uns anfangen können. Überlegen Sie sich das.«

Hannah nickte. »Das werde ich.«

Als sie wieder bei Frau Schöpf im Vorzimmer stand, hatte sie noch ganz weiche Knie.

Frau Schöpf hörte auf zu tippen. »Alles in Ordnung bei Ihnen? Sie sehen etwas blass aus.«

»Alles bestens. Machen Sie sich keine Sorgen.« Hannahs Mundwinkel verzogen sich zu einem Lächeln.

»Gibt es Probleme?«

Hannah schüttelte den Kopf. »Nein«, war alles, was sie erwiderte. Wenn sie Frau Schöpf von ihrer Kündigung erzählte, hätte sie auch einen Aushang am schwarzen Brett machen können. Dann wüsste es innerhalb weniger Tage das gesamte Krankenhaus. Aber Hannah wollte es noch nicht an die große Glocke hängen. Sie musste erst einmal ihren Freunden davon erzählen. Nicht einmal das hatte sie bisher fertiggebracht.

Ohne zu essen, machte sie sich wieder auf den Weg in die Notaufnahme.

Erneut war es Laura, die sie direkt hinter der Tür abfing. »So, Frau Doktor. Ich habe vor der Übergabe noch eine halbe Stunde Zeit, und du hast im Moment keinen Patienten. Ich denke, wir gehen jetzt einen Kaffee trinken, und dann erzählst du mir endlich, was mit dir los ist.« Laura war dabei, Hannah in den Aufenthaltsraum zu schieben. Widerstand war zwecklos.

Laura schenkte ihnen Kaffee ein und reichte Hannah eine Tasse. »Die letzten Wochen bist du manchmal wirklich unausstehlich. Und der heutige Tag toppt alles«, begann Laura ohne Umschweife. »Rück mit der Sprache raus, was ist los?«

Hannah lehnte sich in ihren Stuhl zurück. »Das ist kompliziert.«

»Das kann ich mir denken, sonst würdest du ja nicht so ein

Gesicht machen.« Laura rührte in ihrer Tasse. So schnell gab sie nicht auf. »Liebeskummer?«

Auf Hannahs Stirn bildeten sich kleine Fältchen. »Ja.« Sophies Gesicht schob sich in ihr Blickfeld. Ihre funkelnden grünen Augen, ihr umwerfendes Lächeln.

»Muss ich dir jedes Wort einzeln aus der Nase ziehen?« Lauras Finger trommelten auf die Stuhllehne.

»Das mit Sophie und mir, das ist sinnlos. Aber ...«

»Aber nur, weil dein Verstand sagt, dass es keine Zukunft hat, hört dein Herz nicht darauf«, fasste Laura Hannahs Probleme treffend zusammen.

»Sie ist mit ihrer Freundin zusammen, und ich ...« Es wäre der beste Zeitpunkt, Laura von ihren Plänen zu erzählen. Doch sie wusste, dass ihr beste Freundin traurig und enttäuscht sein würde. Sie wollte Laura nicht vor den Kopf stoßen.

»Als du aus dem Ferienhaus deiner Eltern wiedergekommen bist, warst du aber noch nicht so frustriert.«

»Ich habe es nur besser versteckt.«

Laura legte ihre Hand auf Hannahs Arm. »Ach Süße, Liebeskummer steht dir nicht. Entweder du schlägst dir Sophie aus dem Kopf oder du kämpfst um sie.«

Wenn das nur so einfach wäre! »Aus dem Kopf schlagen, das werde ich versuchen.«

»Manchmal braucht die Liebe einfach nur etwas Zeit. Guck nur Pauline und mich an.« Lauras Gesicht begann zu strahlen. »Ich glaube, das mit uns wird langsam ernst.«

Hannah zwinkerte Laura zu. »Das freut mich für dich. Du hast es verdient.«

»Pauline ist umwerfend. Wenn wir zusammen sind, gibt es nur noch uns beide«, schwärmte Laura weiter.

»Bringst du Pauline zu meinem Geburtstag mit?«, wollte Hannah wissen. In knapp drei Wochen feierte sie ihren dreißigsten Geburtstag. Selbstverständlich war Laura auch eingeladen.

»Wenn du nichts dagegen hast.«

»Warum sollte ich etwas dagegen haben? Ganz im Gegenteil. Ich möchte deine Pauline auch endlich etwas näher kennenlernen.«

»Ich werde sie fragen.« Lauras Blick fiel auf die Uhr. »Ich

glaube, ich muss mal los. Die Übergabe beginnt gleich.«

Hannah nahm einen Schluck Kaffee. »Alles klar, dann wünsch ich dir einen schönen Feierabend.«

»Ich dir später auch«, verabschiedete sich Laura. »Ach, warte. Willst du nachher nicht zum DVD-Schauen vorbeikommen?«

Hannah überlegte einen Moment. »Warum eigentlich nicht?« Ansonsten würde sie den Abend ohnehin allein verbringen. Ein Mädelsabend mit Laura wäre eine willkommene Abwechselung.

»Gut, dann um sieben bei mir. Und bring bitte einen Film mit.« Mit diesen Worten verließ Laura den Aufenthaltsraum.

Es war schon einige Minuten nach sieben, als Hannah endlich bei Laura ankam. Irgendwie war bei der Arbeit so viel los gewesen, dass sie einfach nicht früher weggekommen war.

»Hey Süße, da bist du ja endlich«, begrüßte Laura ihre beste Freundin mit einer Umarmung.

»Ja, sorry. Es ging nicht eher. Ich bin noch ein bisschen aufgehalten worden.« Hannah zuckte mit den Schultern.

»Kein Problem. Sophie?«, riet Laura und zwinkerte Hannah vielsagend zu.

Zur Antwort erntete sie einen bösen Blick. »Nein. Sophie hat damit nichts zu tun, und lass uns bitte heute Abend nicht von ihr reden.« Hannah seufzte schwer. Von Sophie hatte sie seit dem Treffen in der Eisdiele nichts mehr gehört.

»In Ordnung. Aber komm doch erst mal richtig rein.« Laura nahm Hannah ihre Jacke ab und hängte sie an die Garderobe. »Möchtest du vielleicht einen Kaffee?«

»Ja, bitte.« Hannah ließ sich im Wohnzimmer auf die Couch fallen, während Laura zwei Tassen Kaffee holte.

»Mit dir ist im Moment aber wirklich nicht viel los. So kenne ich dich überhaupt nicht. Es ist doch nicht, weil du dreißig wirst, oder?« Laura reichte Hannah ihre Tasse.

Hannah nahm die Tasse entgegen. »Nein, mit meinem Geburtstag hat das wirklich nichts zu tun.«

»Das habe ich mir eigentlich auch schon gedacht.« Laura setzte sich neben Hannah. »Was hast du uns denn für einen Film mitgebracht? Ich hoffe, nichts zu Romantisches.«

Hannah stöhnte. »O Mist. Das habe ich völlig vergessen. Ich sollte ja eine DVD mitbringen.« Sie verzog ihr Gesicht zu einer Grimasse. »Du hast recht, im Augenblick ist mit mir nichts los. Nicht mal mehr an die einfachsten Dinge denke ich.« Sie wikkelte eine Haarsträhne um ihren Finger. »Ich bin zurzeit eine miserable Freundin.«

Laura legte ihren Arm um Hannahs Schulter. »So ein Unsinn. Außerdem steht es dir ja auch zu, mal schlechte Laune zu haben.« Sie drückte Hannah fester an sich.

»Danke. Aber ...« Hannah vergrub ihr Gesicht in ihren Händen. Sie musste irgendetwas ändern. So konnte es nicht mehr weitergehen.

»Kein Aber! Wollen wir vielleicht einfach ins Bermudadreieck fahren, irgendwo eine Kleinigkeit essen und trinken?«, fragte Laura.

»Das ist eine gute Idee«, stimmte Hannah dem Vorschlag zu. In dem Kneipenviertel in der Bochumer Innenstadt hatte man eine große Auswahl an Bars und Restaurants. Außerdem konnte Hannah dort vielleicht leichter Lauras bohrenden Blicken ausweichen. Denn Hannah wusste genau, dass sie sich Lauras Nachfragen nicht allzu lange würde entziehen können.

»Dann lass uns direkt los. Langsam bekomme ich auch Hunger.«

Wenig später waren sie im Bermudadreieck angekommen. Laura hatte ihr Auto im Parkhaus geparkt.

»Hast du einen speziellen Wunsch, wohin du möchtest?«, fragte Hannah.

Laura schüttelte den Kopf. »Eigentlich nicht. Such dir eine Bar aus. Schließlich bist du diejenige von uns, die Ablenkung braucht.«

Hannah war es ebenfalls egal, also entschied sie sich direkt für eine Cocktailbar in der Nähe des Parkhauses, bevor sie lange herumsuchten. »Wie wäre es mir der hier?« Sie zeigte auf eine kleine Bar an der Ecke.

Laura nickte zustimmend. »Meinetwegen. Willst du draußen sitzen oder lieber rein?«

Zwar gab es einige Heizstrahler, die es auch im Herbst angenehm warm draußen werden ließen, so dass vor fast jeder Kneipe auch zahlreiche Menschen saßen, trotzdem entschied sich Hannah lieber für einen gemütlichen Platz im Inneren der Bar.

Bereits nach kurzer Zeit hatten sich die beiden für eine Kleinigkeit zu essen und für alkoholfreie Cocktails entschieden.

»Was macht Pauline eigentlich heute Abend?«, fragte Hannah.

»Sie muss leider arbeiten.«

»Na ja, aber so hast du wenigstens Zeit für mich.«

»Für dich habe ich immer Zeit, Hannah. Das weißt du doch.« Laura lächelte Hannah an. »Oder?«

»Ja«, sagte Hannah. »Das weiß ich.«

»Und nun, meine Liebe, auch wenn du nicht darüber reden willst, jetzt kommst du mir nicht mehr davon.« Laura sah Hannah eindringlich an.

Hannah umklammerte ihr Glas. »Das habe ich befürchtet.«

»Was ist passiert mit dir und Sophie?«

»Sophie und ich ...«, begann Hannah, und schon diese Worte reichten aus, ihr Herz schneller zum Schlagen zu bringen. Sosehr sie sich auch bemühte, die Gedanken an Sophie ließen sie einfach nicht kalt. »Wir wollten versuchen, einfach Freundinnen zu sein.« Hannah zupfte an ihrem Ohrläppchen.

»Ich weiß. Das war auch mein letzter Stand der Dinge. Aber was ist passiert?«

Hannah holte tief Luft. »Wir haben uns zum Eisessen verabredet. Es war ...« Sie stockte. »Es war ...« Sie nahm einen großen Schluck von ihrem Cocktail. »Es war fürchterlich. Wir hatten uns nichts zu sagen. Wir wussten überhaupt nicht, wie wir miteinander umgehen sollten. Und ...« Hannah kaute auf ihrer Oberlippe. »Irgendwie ... ach, ich weiß auch nicht.«

»Eigentlich war da noch viel mehr an Gefühlen von deiner Seite, aber du wolltest es nicht zulassen«, vollendete Laura Hannahs Satz. »Für dich ist sie mehr als nur eine Freundin, und damit kannst du nicht umgehen.«

Hannah spürte einen Stich in ihrer Brust. »Genau«, flüsterte sie. »Genau so ist es. Was soll ich nur machen?«

»Hannah?« Eine schrille Stimme unterbrach ihr Gespräch.

»Das ist aber eine Überraschung.«

Hannah musste sich verhört haben. Diese Stimme. Das konnte nur ein Irrtum sein. Das konnte unmöglich wahr sein. Doch als sie sich umdrehte und in die altbekannten grünen Augen sah, gab es keinen Zweifel.

Am liebsten hätte sich Hannah in Luft ausgelöst. Das hatte ihr gerade noch gefehlt. »Das ist wirklich ... ähm ... eine Überraschung«, stammelte sie.

»Wie geht es dir? Darf ich mich einen Moment zu euch setzen?« Noch ehe Hannah etwas erwidern konnte, war Miriam bereits dabei, sich einen Stuhl zurechtzurücken.

»Miriam, oder?«, mischte sich nun auch Laura in das Gespräch ein.

»Genau. Und du warst noch mal?« Hannahs Ex sah Laura fragend an, dabei hatten sich die beiden mehr als einmal gesehen, und Hannah hätte wetten können, dass Miriam ganz genau wusste, wer Laura war.

»Laura. Hannahs beste Freundin«, stellte sich Laura mit einem süffisanten Lächeln vor.

»Ach ja, genau.« Dann wandte sich Miriam wieder an Hannah. »Also, erzähl, wie geht es dir? Arbeitest du noch immer im Krankenhaus hier in Bochum? Wie kommt es, dass du heute Abend mal ausgehst? Das hast du doch früher nie gemacht!«

Hannah spürte, wie sich ihre Fingernägel in ihre Handfläche bohrten. Was fiel Miriam ein, sich einfach hier hinzusetzen und sie dann so zu provozieren? Und das mit so wenigen Sätzen? Das war unfassbar. Aber es passte zu ihr. »Ja, ich arbeite noch immer im gleichen Krankenhaus, wenn du es wirklich wissen willst. Und ich gehe aus, wann und wie es mir passt. Und jetzt entschuldige uns. Wir haben etwas Wichtiges zu besprechen.« Demonstrativ drehte sich Hannah von Miriam weg in Lauras Richtung.

»Mehr hast du mir nicht mehr zu sagen?« Miriams Stimme erhob sich.

»Was soll ich dir denn noch sagen? Du bist doch damals einfach aus meinem Leben verschwunden. Hast mich einfach stehen lassen.« Für Hannah war dieses Gespräch beendet.

Miriam stand auf. »Ich war dir doch egal. Du hattest nur Zeit für deine Arbeit. Einzig und allein deine Karriere war dir wichtig. Alles andere hat dich nicht interessiert. Ein Wunder, dass du überhaupt gemerkt hast, dass ich weg war.« Sie schlug mit ihrer Faust auf den Tisch. Die Gläser begannen zu wackeln.

»Ich denke, es ist besser du gehst jetzt.« Es war Hannah ein Rätsel, wie Laura stets so ruhig bleiben konnte. Sie selbst war kurz davor, zu explodieren.

Miriam machte auf dem Absatz kehrt. »Dann noch einen schönen Abend.«

Als Miriam außer Hörweite war, sagte Laura: »Diese Frau hat aber auch einen Hang zu Dramatik. Meine Güte. War das schon immer so?«

»Dass sie aber auch ausgerechnet heute Abend hier sein musste.« Hannah seufzte. »Die kann einem echt die Laune vermiesen.«

»Hast du Miriam nach eurer Trennung eigentlich jemals wiedergesehen?«

»Nein. Das war das erste Mal.« Hannah verschränkte ihre Finger ineinander. »Aber ehrlich gesagt, darauf hätte ich auch verzichten können.«

»Das verstehe ich.«

»Irgendwie ist das komisch, oder? Da war man mit einem Menschen so eine lange Zeit zusammen, dann sieht man sich wieder, und plötzlich fragt man sich, was einen überhaupt verbunden hat, warum man überhaupt jemals zusammen war.«

Laura nickte. »Das stimmt. Aber damals warst du schon sehr verliebt in Miriam. Ich kann mich noch gut daran erinnern.«

Hannah wischte die Tropfen an ihrem Glas ab. »Du hast recht. Ich habe lange gedacht, Miriam sei meine große Liebe. Vielleicht hatte ich einfach eine rosarote Brille auf. Ich habe viel zu spät bemerkt, dass wir uns auseinandergelebt hatten. Wirklich etwas gemeinsam hatten wir nicht. Und ...« Für einen Moment hielt sie den Atem an. »Miriam hat ja auch nicht ganz unrecht. Damals gab es wirklich nur meine Arbeit und meine Karriere für mich. Immer, wenn Miriam mal etwas mit mir unternehmen wollte, war ich zu müde oder musste noch etwas für die Arbeit machen oder war einfach noch gar nicht zu Hause.«

Laura ergriff Hannahs Hand. »Aber du hast ja auch viel erreicht. Beruflich, meine ich.«

Hannah schluckte. »Das stimmt. Allerdings ...« War es das wert? Sollte sie diesen Fehler wieder machen? Sollte sie ihre Karriere noch einmal über die Liebe stellen? Sollte sie nach England gehen und Sophie vergessen? Aber hatte sie sich nicht längst dafür entschieden?

»Ach Hannah, warte doch erst einmal ab, was sich mit Sophie entwickelt.«

Hannah nickte. Wenn sie nur endlich den Mut hätte, Laura die Wahrheit zu sagen. Dann würde Laura besser verstehen, was ihr Problem war.

»Meinst du, das war es wert, dass mir meine Arbeit wichtiger war als meine Beziehung?«, fragte Hannah Laura nach einer Weile.

»Hannah, wenn du die richtige Frau findest, wirst du dich richtig entscheiden. Miriam war nicht die richtige für dich.« Laura sah Hannah tief in die Augen.

»Meinst du?«

»Ich bin mir ganz sicher. Du wirst das Richtige tun. Wenn du die große Liebe findest, wirst du wissen, was du machen musst.«

Hannah hatte den Fernseher eingeschaltet und zappte durch die Programme. Doch nichts war spannend genug, ihre Aufmerksamkeit länger zu fesseln. Stattdessen schweiften ihre Gedanken zu Sophie ab. Sie hatte Sehnsucht nach ihr. Das konnte sie nicht leugnen. Sosehr sie sich auch dagegen wehrte, das Ziehen in ihrer Magengegend, das Herzklopfen, wenn sie an die gemeinsamen Stunden dachte, sprach eine eigene Sprache. Vielleicht sollte sie doch um sie kämpfen. Doch war es jetzt nicht zu spät? Sie hatte sich entschieden. Es gab keine andere Lösung.

Hannah seufzte. Sie hatte das alles mehr als nur einmal in ihrem Kopf durchgespielt. Immer wieder war sie zu dem Ergebnis gekommen, dass es vernünftig wäre, Sophie zu vergessen. In den vergangenen Wochen jedoch war Vernunft nicht gerade Hannahs Stärke gewesen. Und außerdem ... Es gab noch etwas, was sie Sophie fragen wollte.

Wie von selbst griff Hannah nach dem Telefon und wählte Sophies Nummer.

Es dauerte nur wenige Sekunden, bis Sophie sich meldete.

»Hallo Sophie. Hier ist Hannah.« Sie räusperte sich.

»Das ist ja eine schöne Überraschung. Wie geht es dir?«

Abgesehen davon, dass sie gekündigt hatte, dass sie Sophie vermisste und im Moment nicht wusste, was überhaupt die richtige Entscheidung war, ganz gut. Jedenfalls bildete sich Hannah das ein. Und es war das, was sie Sophie auf diese belanglos wirkende Frage antwortete. »Und dir? Wie war dein Tag?«

Sophie erzählte von ihrem neuen Artikel und den guten Fortschritten, die sie heute gemacht hatte.

Hannah hätte Sophie stundenlang zuhören können, sie liebte den Klang ihrer Stimme, und sie liebte den Gedanken an dieses Lächeln, das Sophies Lippen umspielte, wenn sie begeistert von ihrer Arbeit erzählte. »Übrigens ...«, hörte sich Hannah plötzlich sagen. Sie fuhr über ihren Nasenrücken. »Ich wollte dich noch etwas fragen.« Hannahs Herz begann augenblicklich schneller zu schlagen. Dabei gab es keinen Grund dazu. Sie griff nach einem ihrer Couchkissen und umklammerte es. »Ich wollte dich zu meinem Geburtstag einladen. Ich werde am dreiundzwanzigsten Oktober dreißig. Das wollte ich am Samstag feiern.«

»Oh«, war alles, was Sophie entgegnete.

Hannah wischte ihre feuchten Hände an ihrer Jeans ab. »Selbstverständlich kannst du auch Alina mitbringen.« Sie machte eine kurze Pause. »Ich würde mich sehr freuen, wenn du kommst.« Hannahs Finger griffen fester in den Stoff.

Es dauerte eine Weile, bis Sophie antwortete. »Ich komme gern!« Sie räusperte sich. »Aber ich denke, ich komme besser allein.« Was sollte sie Alina sagen? Sie konnte auf keinen Fall mit ihr gemeinsam zu Hannahs Geburtstagsfeier gehen. Auch wenn sie nur Freundinnen waren, in Hannahs Nähe konnte sie unmöglich vergessen, was vorgefallen war. Alina würde das merken, da war sich Sophie sicher.

»Das ist schön.« Hannah atmete erleichtert aus. Warum war es ihr so schwergefallen, Sophie einzuladen?

»Was wünschst du dir denn?«, wollte Sophie wissen.

Hannah biss auf ihre Unterlippe. Sie wusste selbst nicht, was sie sich wünschte. Nach England gehen und alles vergessen? War es das, was sie wirklich wollte?

»Alles in Ordnung bei dir?«, hakte Sophie nach, als sie keine Antwort bekam.

»Ich denke nur nach. Aber ehrlich gesagt, fällt mir gerade nichts ein.« Hannah schluckte. »Komm einfach.«

Sophie zögerte. »Das werde ich.«

Ein letztes Mal kontrollierte Hannah den Inhalt ihres Kühlschranks und stellte erneut fest, dass sie genügend Sekt, Wein und Bier kaltgestellt hatte. Die passenden Gläser hatte sie auf den Tischen verteilt. Für Essen war auch gesorgt.

Alles war perfekt. Es konnte losgehen.

Eigentlich stand ihr der Sinn nicht nach einer großen Geburtstagsfeier. Aber dreißig wurde man schließlich nur einmal. Und ein bisschen war es ja zudem eine vorgezogene Abschiedsfeier, nur dass keiner der Gäste im Entferntesten etwas davon ahnte.

Hannah ließ sich auf ihre Couch fallen. Warum war das alles nur so kompliziert? Warum machten es die Gefühle einem manchmal nur so schwer?

Ihre Gedanken wurden durch das Klingeln an der Tür unterbrochen.

Kurz darauf blickte sie in Lauras freudig strahlendes Gesicht. »Herzlichen Glückwunsch zum Geburtstag!« Laura drückte ihre beste Freundin fest an sich.

»Dankeschön«, erwiderte Hannah und wollte sich aus der Umarmung lösen.

Doch Laura hielt sie fest und zog sie noch ein wenig enger an sich. »Ich hoffe, jetzt bist du endlich alt genug, um zu wissen, wofür du kämpfen musst«, flüsterte sie Hannah ins Ohr.

Ein tiefer Seufzer kam Hannah über die Lippen, ehe sie zustimmend nickte. »Das hoffe ich auch«, antwortete sie. Doch um ehrlich zu sein, hatte sie keine Ahnung, ob sie das wirklich wusste.

Hinter Laura kam Pauline zum Vorschein. Sie streckte Hannah ihre Hand entgegen. »Ich bin Pauline«, stellte sie sich vor. »Von mir auch alles Gute.«

»Schön, dich endlich auch abseits des Krankenhauses persönlich kennenzulernen. Ich habe schon viel von dir gehört.« Hannah lächelte Pauline zu. »Und jetzt kommt endlich rein. Ihr seid die Ersten.«

»Komm, Schatz, ich zeig dir mal Hannahs Wohnung.« Laura ergriff die Hand ihrer Freundin.

Pauline zögerte. »Ähm ... du kannst doch nicht ...«, stammelte sie.

»Keine Sorge. Laura ist hier fast wie zu Hause. Lass dich ruhig von ihr rumführen«, erklärte Hannah. »Wenn einer das darf, dann sie.« Sie zwinkerte ihrer besten Freundin zu. »Hauptsache, ihr verschwindet nicht irgendwo, sondern kommt wieder.«

Kurz darauf trafen die nächsten Gäste ein. Dorothea, Pia, Isabel und Marcel, die gemeinsam mit Hannah studiert hatten und die seitdem eng mit ihr befreundet waren, kamen die Treppe hoch.

»Darf ich euch etwas zu trinken anbieten?« Hannah öffnete mit einem lauten Plopp die erste Sektflasche und schenkte ihren Freundinnen ein. Marcel zog ein Bier vor, und Jan, der mittlerweile ebenfalls dazugestoßen war, ergriff auch eine Flasche.

Hannah sah auf ihre Armbanduhr. Es war bereits acht. Es fehlten nur noch ihre Arbeitskollegen und ... Hannah schluckte. Was, wenn sie nicht kommen würde? Den ganzen Tag hatte Hannah nur an Sophie gedacht. Sie hatte sich gefragt, ob Sophie ihre Wohnungsdekoration mochte, ob ihr das Essen schmecken würde, ob ihr der schwarze Rock, den sie für den Abend ausgewählt hatte, gefallen würde. Natürlich hatte sie sich auch auf ihre anderen Freunde gefreut, aber wenn sie ehrlich zu sich selbst war, hatte sich bei ihren Vorbereitungen alles nur um eine Frau gedreht. Die Frau, die trotz allem ihr Herz schneller zum Schlagen brachte. Die Frau, die sie sich trotz aller Versuche nicht aus dem Kopf schlagen konnte. Und die Frau, von der sie nicht einmal wusste, ob sie überhaupt kam ...

Eine Hand auf ihrer Schulter riss Hannah aus ihren Überlegungen. »Und? Wie findest du sie? Ist sie nicht bezaubernd?« Laura sah Hannah erwartungsvoll an.

»Ja, das ist sie wirklich.« Ein wenig neidisch hatte Hannah in der letzten halben Stunde beobachtet, wie verliebt Laura und Pauline waren, was für liebevolle Blicke sie sich zugeworfen hatten. In jeder Berührung, in jeder Geste lag so viel Zuneigung und Liebe.

»Du kannst dir gar nicht vorstellen, wie glücklich ich bin.« Lauras Augen funkelten wie schon lange nicht mehr.

»O doch, das kann ich. Wenn man euch zusammen sieht, muss man blind sein, um das nicht zu bemerken.« Hannah nahm einen Schluck Sekt. Es kribbelte angenehm in ihrem Mund.

»Ach Hannah, du wirst schon auch noch deine große Liebe finden.«

Hannah zuckte mit den Schultern. »Vielleicht.«

»Ganz bestimmt.« Laura legte den Kopf ein wenig schief. »Wer weiß, vielleicht läuft sie dir schon heute Abend über den Weg.« Beschwörend hob sie die rechte Augenbraue. »Sie kommt doch, oder?«

Hannah pustete hörbar laut einen Stoß Luft aus. »Das wollte sie zumindest.«

Genau in diesem Moment läutete es an der Tür. Augenblicklich beschleunigte sich Hannahs Puls.

»Siehst du!« Laura knuffte Hannah aufmunternd in die Seite. »Und denk daran, was ich dir vorhin gesagt hab. Kämpf um sie! Kämpf um dein Glück!«

Hannah öffnete die Tür, doch statt Sophie standen Hannahs Arbeitskollegen vor der Tür. »Schön, dass ihr da seid«, begrüßte Hannah Anja, Mareike und Jens.

Nachdem ihre Gäste Hannah gratuliert hatten, führte sie diese in die Küche. »Bedient euch einfach. Getränke sind im Kühlschrank.«

»Süße, ich mach mal ein bisschen Musik an«, rief Laura durch die Wohnung. Sie hatte nicht mitbekommen, dass der Besuch nicht der erwartete und erhoffte war.

»Klar. Gern«, antwortete Hannah. Sie füllte ihr Glas wieder auf. Appetit hatte sie nicht, auch wenn sie bereits merkte, wie ihr der Sekt langsam zu Kopf stieg. Hatte sie sich so getäuscht? Vielleicht hatte sie es sich anders überlegt. Wäre es ihr zu verdenken?

»Nanni, jetzt komm doch mal zu uns.« Dieses Mal war es Jan, der nach Hannah rief. »Wir wollen dich doch ein bisschen feiern.«

Ihre Freunde hatten es sich im Wohnzimmer gemütlich gemacht und schienen sich gut zu amüsieren. Jedenfalls, wenn man dem Gelächter Glauben schenken durfte.

Hannah nahm ihr Glas und setzte sich zu ihren Gäste auf die Couch.

»Und was hast du für Pläne für das neue Lebensjahrzehnt? Willst du uns noch was beichten?« Jan sah seine Tanzpartnerin schmunzelnd an.

Vor Schreck verschluckte sich Hannah. Etwas beichten ... Ja, das müsste sie eigentlich. Aber das konnte sie gerade nicht. Das musste sie zuerst mit Sophie klären. Lange konnte sie es nicht mehr hinauszögern. »Nichts Besonderes«, nuschelte Hannah stattdessen in ihr Glas.

»Das ist aber nicht viel.« Jan verschränkte seine Finger ineinander. »Ich finde, du solltest langsam mal ans Heiraten denken. In deinem Alter.« Seinem um Ernsthaftigkeit bemühten Gesicht konnte Hannah ansehen, dass er sich das Lachen nur schwer verkneifen konnte.

»Da hat er absolut recht«, stimmte Doro prustend mit ein. Sie selbst war schon fünf Jahre mit ihrem Freund zusammen, aber ans Heiraten dachten beide noch nicht im Geringsten.

»Doch dafür muss erst einmal die Frau deiner Träume her«, philosophierte Isabel. »Oder habe ich da etwas Entscheidendes verpasst?«

Hannah seufzte. »Wenn das ...«, setzte sie gerade an, als es erneut klingelte.

Sofort sprang Hannah auf. Im Augenwinkel konnte sie noch das breite Grinsen auf Lauras Gesicht erkennen und hören, wie ihre beste Freundin meinte: »Manchmal geht das schneller, als man denkt.«

Laura war unverbesserlich.

Als Hannah auf den Türöffner drückte, bemerkte sie, dass ihre Finger zitterten. Dieses Mal konnte es nur sie sein.

Und Hannah hatte recht. »Es tut mir so leid, dass ich so spät komme, aber es ging wirklich nicht früher. Ich musste …« Sophie blieb direkt vor Hannah stehen und sah ihr tief in die Augen.

Hannah versank in diesem unendlichen Grün. »Schön, dass du gekommen bist.«

Sophie umarmte Hannah. »Herzlichen Glückwunsch.« Zärtlich strich sie durch Hannahs Haare.

Sophies Nähe, ihr einzigartiger Duft nahmen Hannah beinahe die Luft zum Atmen. Es war, als hätte es diese frostige letzte Begegnung in der Eisdiele niemals gegeben. Die Spannung zwischen ihnen war beinahe greifbar. Wie konnte ein einziger Blick von Sophie nur alles wieder durcheinanderbringen, was Hannah zuvor mühselig geordnet hatte?

»Ich habe noch etwas für dich.« Sophie streckte Hannah ein kleines Päckchen entgegen. »Ich hoffe, es gefällt dir.«

Hannah nahm das Geschenk an. »Soll ich es direkt aufmachen?«

»Wie du möchtest.«

»Dann warte ich noch ein bisschen damit. Vielleicht haben wir nachher etwas Ruhe. Also, wenn …« Hannah machte eine wegwerfende Handbewegung. »Ach, egal. Jetzt komm erst einmal rein.« Sie stellte das kleine Päckchen zu den anderen Geschenken. Eigentlich war sie ziemlich neurgierig, was sich darin befand, aber sie würde es lieber auspacken, wenn sie mehr Zeit für Sophie hatte. Vielleicht, wenn die anderen Gäste nach Hause gegangen waren.

»Hallo, ich bin Sophie«, stellte sich Sophie der Runde vor, nachdem sie das Wohnzimmer betreten hatte. »Eine Freundin von Hannah«, fügte sie noch hinzu.

Hannah, die direkt hinter Sophie das Wohnzimmer betrat, fing Lauras vielsagenden Blick auf, der sagte: nicht nur *eine* Freundin.

»Darf ich dir ein Glas Sekt oder Wein anbieten?«, fragte Hannah, bemüht, das Zittern in ihrer Stimme zu unterdrücken.

»Ich nehme lieber eine Cola. Ich muss ja noch fahren«, sagte Sophie.

Hannah räusperte sich. »Also, wenn du möchtest ...« Ihre Wangen röteten sich. »Du kannst auch ...« Sie stockte. Das sollte sie ihr besser nicht anbieten, es würde zu nichts Gutem führen.

»Hannah meint, du kannst auch hier schlafen. Platz genug hat sie«, vollendete Laura Hannahs Satz und erntete dafür einen bösen Blick ihrer besten Freundin.

»Ich weiß nicht.« Sophie wickelte eine Haarsträhne um ihren Finger.

»Ach, du solltest das Angebot annehmen«, setzte Laura nach.

Hannah verfluchte ihre beste Freundin. Das war überhaupt keine gute Idee, wenn Sophie die Nacht bei ihr verbrachte. Das konnte nur in einer neuerlichen Katastrophe enden. Aber eigentlich ... Was hatte Laura ihr vorhin gesagt? Sie sollte kämpfen. Doch hatte sie sich nicht endlich entschieden?

»Hannah?« Sophie sah sie erwartungsvoll an. »Was meinst du?«

Hannah schluckte. »Ich würde mich freuen.«

Laura grinste breit. »Sag ich doch!« Sie legte ihren Arm um Pauline. »Dann hätten wir doch alles geklärt. Setz dich zu uns.« Laura rückte ein Stückchen näher zu Pauline, so dass Sophie Platz auf der Couch hatte.

»Ich fand deinen Artikel damals übrigens toll«, begann Laura ein Gespräch mit Sophie, während Hannah ihr ein Glas Sekt aus der Küche holte.

Es wurde noch ein sehr amüsanter Abend, bis sich nach und nach alle Gäste verabschiedeten. Irgendwann waren nur noch Laura, Pauline und Sophie übrig geblieben.

»So, wo wir jetzt unter uns sind ...« Laura nahm einen großen Schluck Bier, und an dem leicht gläsernen Blick ihrer besten Freundin konnte Hannah erkennen, dass Laura schon mehr als genug davon gehabt hatte. »Sophie«, Laura räusperte sich, »sag doch mal, wie du Hannah findest.«

Hannah erblasste vor Schreck. Und auch Pauline war Lauras

offensive Art scheinbar unangenehm, denn sie nahm ihrer Freundin die Flasche aus der Hand und stellte sie auf den Tisch, während sie sie böse anfunkelte.

»Ähm ...«, stotterte Sophie. Ihre Wangen glühten rot.

»Du musst nichts sagen!«, versuchte Hannah einzulenken. Auf ihrer Stirn bildete sich eine tiefe Falte.

»Ach, jetzt lass sie doch antworten.« Laura verschränkte ihre Hände im Nacken. »Mich interessiert das jedenfalls.« Sie schlug ihre Beine übereinander. »Schließlich bist du meine beste Freundin, und da muss ich doch wissen, was Sophie für dich empfindet.«

Hannahs Herzschlag setzte für einen Moment aus. Manchmal übertrieb Laura es mit ihrer Fürsorge aber auch. Das konnte doch nicht ihr ernst sein! Laura wusste doch, dass Sophie Alina hatte und dass zwischen ihnen nicht mehr als Freundschaft war.

»Schatz, ich glaube, das sollten die beiden unter sich klären. Vielleicht sollten wir besser nach Hause fahren.« Pauline legte ihre Hand auf Lauras Knie. Das zeigte offensichtlich Wirkung.

Laura zuckte mit den Schultern. »Du hast recht. Wir lassen die zwei mal besser allein.« Sie gähnte. »Außerdem bin ich ziemlich müde.« Sie stand vom Sofa auf und hatte im ersten Moment ein kleines Problem, ihr Gleichgewicht zu halten. Pauline folgte ihr in den Flur. »Es war schön, dich endlich einmal etwas näher kennenzulernen. Ich wünsche euch noch einen schönen Abend«, verabschiedete sich Pauline von Hannah. »Und danke noch mal für die Einladung.«

»Kommt gut nach Hause, und pass mir ein bisschen auf Laura auf.« Hannah beobachtete, wie ihre beste Freundin versuchte, ihre Schuhe anzuziehen, was aufgrund koordinativer Schwierigkeiten ein unterhaltsames Bild abgab.

Als die beiden die Wohnung verlassen hatten, setzte sich Hannah zu Sophie auf die Couch.

Sophie nippte an ihrem Glas. »Möchtest du jetzt vielleicht dein Geschenk auspacken?« Ihre Augen suchten Hannah.

Für einen kurzen Moment sahen sie sich einfach an, und sofort verspürte Hannah das Flattern in ihrer Magengegend. Sie löste sich von Sophies Blick. »Ich hole es mal.«

Mit dem Päckchen in der Hand nahm Hannah wieder neben

Sophie Platz, dabei versuchte sie jedoch, etwas Abstand zu halten. Jede Berührung wäre eine zu viel. Das wusste Hannah ganz genau. »Ich bin gespannt.« Sie lächelte Sophie zu.

Sophie rückte etwas näher an Hannah heran und unterwanderte so Hannahs Pläne. »Ich hoffe sehr, dass es dir gefällt. Ich dachte, das wäre das Richtige für dich.« Sophies Knie berührte Hannahs.

Augenblicklich zuckte Hannah zusammen.

»Möchtest du es nicht auspacken?«, fragte Sophie mit sanfter Stimme, als Hannah regungslos in ihrer Position verharrte, ihre Knie noch immer eng aneinander.

Hannah nickte. »Doch.« Mit feuchten Fingern entfernte sie das Klebeband und wickelte das Papier ab. Zum Vorschein kam eine kleine weiße Schachtel. Hannah hob den Deckel ab. Darin befand sich ein silberner Engel.

»Das ist ein Schlüsselanhänger«, erklärte Sophie. »Ich dachte ...«, stammelte sie, »als Schutzengel für deinen Motorradschlüssel.« Sie zupfte an ihrem Ohrläppchen. »Damit dir nichts passiert.«

Hannahs Finger fuhren über das Metal, spürten die Ecken und Kanten nach. »Der ist wunderschön.« Für einen winzigen Moment schloss sie die Augen. Noch viel schöner als das Geschenk an sich war jedoch, dass sich Sophie offensichtlich Sorgen um sie machte. »Du musst keine Angst haben, ich pass schon auf mich auf.«

»Du vielleicht auf dich. Aber die anderen ...« Sophie senkte ihren Blick. »Ich brauche dich noch«, flüsterte sie kaum hörbar.

Was hatte Sophie da gesagt? Hannah stellte das Schächtelchen auf den Tisch und legte ihre Hand auf Sophies Schulter. »Danke«, hauchte sie. »Du kannst dir gar nicht vorstellen, wie viel mir das bedeutet.« Hannahs Finger strichen wie von selbst Sophies Arm hinunter. Augenblicklich stellten sich die kleinen Härchen auf.

»Das war ein wirklicher schöner Abend«, versuchte Sophie das Gespräch auf ein anderes Thema zu lenken.

»Fand ich auch. Es war ein toller Geburtstag, auch wenn ich ehrlich gesagt erst gar keine Lust hatte zu feiern.« Hannah räusperte sich. »Vor allem freue ich mich aber, dass du gekommen bist.« Ihre Hände fanden sich, und ihre Finger verschlungen sich ineinander.

Sophie legte ihren Kopf an Hannahs Schulter und atmete tief aus. »Hannah«, begann sie. »Ich muss dir etwas sagen.«

Hannah verschloss Sophies Lippen mit ihrem Zeigefinger. Alle guten Vorsätze waren vergessen. Sophies Gegenwart ließ alles an Gegenwehr, was sie aufgebaut hatte, in einem Bruchteil von Sekunden zusammenbrechen, ließ den Schutzwall, den sie errichtet hatte, zusammenstürzen. »Psst. Sag einfach nichts.« Sie beugte sich zu Sophie. Ihre Lippen küssten vorsichtig Sophies Stirn, bevor sie zu ihren Schläfen wanderten und von dort zu ihrer Wange. Hier verharrte Hannah einen Moment, bis ihre Lippen zu Sophies Mund weiter glitten. Hannah berührte Sophies Lippen nur ganz behutsam, übte kaum Druck aus.

Sophie hatte zu lange auf diesen Kuss gewartet, sich zu lange nach Hannah verzehrt, als dass sie sich ihm entziehen konnte. Stattdessen erwiderte sie den Kuss. Zunächst noch etwas unsicher. War es wirklich das Richtige, was sie taten?

Aber es war längst zu spät. Sophie war geradewegs dabei, ihre Selbstbeherrschung zu verlieren. Sie konnte Hannah nicht länger widerstehen, sie wollte Hannah, wollte sie mit jeder Faser ihres Körpers. Sie hatte es die ganze Zeit gewusst. Jeden einzelnen Tag in den vergangenen Wochen, egal, was sie sich eingeredet hatte.

Sophies Zunge streichelte über Hannahs Lippen, die sich widerstandslos öffneten. Ihre Zunge tauchte in die warme Höhle, vereinte sich mit Hannahs Zunge zu einem sinnlichen Tanz.

Hannah spürte, wie sich Sophies Hand zwischen ihre Körper schob und wie ihre Finger begannen, ihre Bluse aufzuknöpfen. Ohne es zu wollen, versteifte sich Hannah.

»Soll ich aufhören?«, fragte Sophie mit heiserer Stimme.

»Nein, hör nicht auf!«, wisperte Hannah. »Bitte nicht!«

Sophie bemerkte, dass Hannahs Körper zitterte. »Hast du Angst?«

Hannah schüttelte den Kopf. »Nein, das habe ich nicht.«

Sophie strich zärtlich durch Hannahs Haar. »Dann ist gut.« Wie in Zeitlupe nahm sie Hannahs Kopf in ihre Hände und zog Hannah näher zu sich.

Hannah spürte Sophies Atem auf ihrer Haut, sah, wie sich ihre Lippen ihren immer weiter näherten, nur noch Millimeter entfernt waren, bis sie sich erneut fanden.

Mit ihrer Zunge öffnete Sophie vorsichtig Hannahs Mund. Hannah ließ es geschehen, bis sich ihre Zungen berührten. Ihr Kuss fiel lang und leidenschaftlich aus. Im Laufe des Abends hatte sich bei beiden einiges an Begehren aufgestaut, das sie nun in diesen Kuss legten.

Sophie zog Stück für Stück Hannahs Bluse aus dem Bund ihres Rocks, knöpfte sie nach und nach auf, um den Stoff schließlich von ihren Schultern rutschen zu lassen.

Hannahs Hände glitten an Sophies Hals hinab, wanderten die Seiten ihres Körpers hinunter, bis sie auf ihren Oberschenkeln angelangt waren. Vorsichtig schob sie Sophies Rock etwas hoch und berührte endlich die warme, weiche Haut.

Augenblicklich stöhnte Sophie auf.

Hannahs Finger kreisten die Innenseite von Sophies Schenkel hinauf und brachten Sophie so dazu, scharf die Luft einzuziehen. Die Erregung, die sie viel zu lange versucht hatte zu unterdrükken, überfiel sie mit einer nie gekannten Gewalt. Sophie gab sich ihr voll und ganz hin und ließ sich auf der Couch zurücksinken.

Hannah folgte ihrer Bewegung, schob sich ein kleines Stück über sie. Ihre Zunge fuhr über Sophies Hals, ihre Zähne knabberten an ihrem Ohrläppchen.

Sophie wand sich unter ihren Liebkosungen.

Langsam ließ Hannah ihre Finger unter Sophie Pullover wandern, erkundete ihren Bauch, während sie gleichzeitig versuchte, die störenden Kleidungsstücke loszuwerden.

Sophie kam ihr zu Hilfe und entledigte sich ihres Pullovers.

Hannah küsste die warme Haut, leckte mit der Zunge sanft über den Bauch, verweilte einen Moment bei Sophies Bauchnabel. Dabei glitten ihre Hände unter Sophies Rücken und öffneten den BH-Verschluss.

Langsam schob Hannah den störenden Stoff von Sophies Brüsten. Jeden Zentimeter Haut begrüßte sie mit einem zärtlichen Kuss.

Sophie schloss die Augen und genoss die Berührungen.

Hannahs Hände legten sich auf Sophies Brüste, streichelten sie abwechselnd. Ihre Finger umkreisten die erregten Brustwarzen, die sich ihr auffordernd entgegenstreckten.

Sophie befreite Hannah ebenfalls von ihrem BH. Fest umgriff sie Hannahs entblößte Brüste. Sie setzte sich auf, um Hannah besser zu erreichen, und suchte Hannahs Mund. Schnell fand sie ihn.

Während sie sich küssten, streichelten Sophies Hände unablässig über Hannahs Rücken, ihre Seiten, wanderten nach vorn über den Bauch und verharrten immer wieder bei Hannahs Brüsten.

Hannahs Haut schien zu brennen. Sie hielt die Spannung zwischen ihnen kaum mehr aus. »Ich glaube, wir brauchen mehr Platz«, flüsterte sie Sophie mit rauer Stimme ins Ohr.

Als Antwort erntete Hannah lediglich ein Nicken.

Hannah begann, Sophie rückwärts aus dem Wohnzimmer zu schieben, nicht ohne unterwegs die letzten Kleidungsstücke abzustreifen. Vor dem großen Bett blieb sie stehen und umarmte Sophie. Erneut küssten sie sich voller Hingabe, bis Hannahs Beine nachgaben und sie sich engumschlungen mit Sophie auf das Bett sinken ließ.

Sophie kam auf Hannah zum Liegen. Sie bedeckte Hannahs Gesicht mit gehauchten Küssen. Langsam glitt sie mit ihren Lippen den Hals entlang, verweilte in der Kuhle über dem Schlüsselbein. Schließlich gelangte sie zu Hannahs Brüsten. Sie senkte den Kopf, um die erregten Knospen in den Mund zu nehmen. Zuerst leckte sie sanft darüber, dann saugte sie daran, manchmal ganz leicht, manchmal intensiver.

Hannahs Stöhnen erfüllte den Raum.

Während Sophie noch immer an Hannahs Brustwarze sog, fuhr sie mit einer Hand über den Oberkörper, verwöhnte die andere Brustwarze.

Hannah presste ihren Körper gegen Sophie, ihr Becken schob sich ihr fordernd entgegen. »Ich kann bald nicht mehr«, stöhnte sie.

Endlich glitten Sophies Finger zwischen Hannahs Schenkel, die sich bereitwillig öffneten. Vorsichtig suchte sie sich ihren Weg in der Nässe, streichelte auffordernd über die feuchten

Lippen, ehe sie zwei Finger dazwischenschob.

Hannah kam den Fingern, die sie langsam ertasteten, entgegen.»Ich will dich ganz in mir spüren«, bat sie mit belegter Stimme.

Sophie kam diesem Wunsch nach und drang in Hannah ein.

»Oh ... ja«, seufzte Hannah, die immer unruhiger wurde.

Sophie steigerte das Tempo, stieß tief in sie. Dabei rieb ihr Daumen gekonnt über Hannahs Perle, bis die Welle des Orgasmus Hannah fortriss.

Erschöpft drehte sich Hannah zu Sophie um. Eine kleine Strähne löste sich aus ihrem Haar und fiel ihr ins Gesicht.

Sophie strich selig lächelnd die Strähne zur Seite. »Das war überwältigend.«

Zur Antwort küsste Hannah zärtlich Sophies feuchte Finger.

Minutenlang lagen die beiden Frauen engumschlungen auf dem Bett. Hannahs Atem ging schwer, beruhigte sich nur langsam wieder. Doch kaum hatte sie ihre Kräfte wiedererlangt, kam auch die Lust zurück. Jetzt wollte Hannah Sophie verwöhnen. Ihre Zunge streichelte sachte über Sophies Lippen, die ihr widerstandslos Einlass gewährten. Mit ihren Fingern zeichnete Hannah Sophies Augenbrauen nach, fuhr ihre Wangenknochen entlang, glitt hinab zu den Schultern, strich über die Seiten bis zu den Hüften.

Sophie legte ihre Hände auf Hannahs Po, drückte sie heftig an sich.

Hannahs Zunge setzte die Erkundungstor fort, glitt über die Brüste, spielte mit den harten Brustwarzen, ehe sie über den flachen Bauch strich und beim Bauchnabel ankam. Als Hannah bei Sophies Leisten angekommen war, seufzte Sophie. Sie öffnete ihre Beine weit und warf den Kopf zurück. »Mach weiter«, forderte sie Hannah auf.

Hannah fuhr zwischen die Schenkel. Sophies Mitte schimmerte feucht, und Hannah konnte es kaum erwarten, in die Nässe einzudringen. Tief sog Hannah den berauschenden Geruch ein.

Mit ihrer Zunge strich Hannah über die geschwollenen Schamlippen, tastete sich vor, bis sie Sophie Kitzler berührte und darüber kreiste.

Sophie drängte ihr Becken noch näher an Hannah, um sie

noch intensiver zu spüren. Ihr Atem ging stoßweise.

Hannah fand Sophies Rhythmus. Ihre Finger suchten Sophies Eingang, tauchten tief in sie ein.

Sophies Unterleib begann zu zucken, ihr Körper bäumte sich auf, und sie kam so heftig, dass sie beinahe keine Luft mehr bekam.

Hannahs Finger blieben noch eine kurze Weile in Sophie, sie bewegte sie ganz leicht.

»Ich kann nicht mehr«, keuchte Sophie. »Bitte!« Ihre Augen funkelten.

Aber Hannah hörte nicht auf.

Sophie konnte sich nicht gegen die erfahrenen Finger wehren, und schon nach ein paar Sekunden explodierte sie erneut.

»Kleine Pause . . .«, presste Sophie zwischen zwei Atemzügen hervor, als Hannah noch immer keine Anstalten machte, aufzuhören. Sie ergriff Hannahs Hand und zog Hannah zu sich hoch. Sophie schmiegte sich an Hannah. Ihr Gesicht vergrub sie in Hannahs Haaren, sog ihren Duft ein, den sie so schmerzlich vermisst hatte. »Ach Hannah«, seufzte sie.

Sophie wälzte sich bereits eine Stunde schlaflos in Hannah Bett hin und her. Ihr Entschluss stand fest. Es gab nichts mehr daran zu rütteln.

Spätestens seit der vergangenen Nacht.

Eigentlich war sie sich längst sicher gewesen, aber jetzt hatte sie auch das letzte bisschen Gewissheit erlangt. So konnte es nicht mehr weitergehen.

Hannah lag schlafend neben ihr. Auf ihrem Gesicht zeichnete sich ein zufriedenes Lächeln ab. Sie war wunderschön, stellte Sophie erneut fest. Hannahs lange dunkle Haare umrahmten ihr entspanntes Gesicht. Ruhig und gleichmäßig hob sich ihr Brustkorb mit jedem Atemzug.

Zärtlich strich Sophie über Hannahs Wange. Ein wohliges Seufzen kam Hannah über die Lippen. Sophie beugte sich zu Hannah und küsste ihre Stirn. Dann stand sie auf.

In der Küche angekommen, kochte sie erst einmal einen starken Kaffee. Den konnte sie gut gebrauchen. Sie hatte nicht allzu viel geschlafen, und ein anstrengender Tag stand ihr bevor. Sie würde viel Kraft brauchen, um nicht doch noch auf den letzten Metern aufzugeben und einen Rückzieher zu machen. Nicht nur das Aufeinandertreffen mit Alina würde nervenaufreibend werden, sondern auch die längst überfällige Aussprache mit ihren Eltern.

Sophie suchte zwei Tassen und füllte sie mit Kaffee und Milch, die sie im Kühlschrank entdeckt hatte. Damit ging sie zurück ins Schlafzimmer und setzte sich neben Hannah auf die Bettkante.

Schlaftrunken schlug Hannah die Augen auf. »Guten Morgen«, begrüßte sie Sophie.

»Guten Morgen.« Sophie lächelte. »Hast du gut geschlafen?«

Hannah nickte, während sie sich reckte, um die letzte Müdigkeit zu vertreiben. »Wundervoll.«

»Für dich.« Sophie reichte Hannah eine Tasse.

Hannah atmete einmal tief den frischen Kaffeeduft ein. »Daran könnte ich mich gewöhnen.« Sie schloss die Augen. Doch das sollte sie besser nicht.

Sophie stand auf. »Hannah«, begann sie in ernsthaftem Tonfall. »Wir müssen unbedingt reden. Ich muss dir etwas sagen.«

Hannah richtete sich auf und nickte. »Ich denke, du hast recht. Wir müssen dringend reden. Ich muss dir auch etwas sagen. Das hätte ich schon viel eher tun sollen.« Hannahs Zähne bissen auf ihre Unterlippe und hinterließen einen Abdruck.

»Vielleicht sollten wir uns dafür setzen«, schlug Sophie vor, und Hannah folgte ihr in die Küche.

Sie nahmen sich gegenüber an Hannahs Küchentisch Platz. Beide rührten mit ihrem Löffel durch den Kaffee. Keine traute sich, den Anfang zu machen.

Dann räusperte sich Sophie. »Also ... Hannah ...«, begann sie. »Du weißt, dass ...« Sie hielt inne. Auch wenn sie sich die richtigen Worte den ganzen Morgen zurechtgelegt hatte, jetzt kamen sie ihr nicht über die Lippen. Sie holte einmal tief Luft. »Kurz gesagt: Ich habe einen Entschluss gefasst. Ich werde mich von Alina trennen. Das mit uns hat keinen Sinn mehr, ich liebe sie nicht. Es ist vorbei.« Sophie hielt ihre Kaffeetasse fest umklammert und suchte den Augenkontakt zu Hannah. »Ich möchte meine Zukunft mit dir verbringen. Jedes Mal, wenn wir uns sehen, wenn wir Zeit miteinander verbringen, fühle ich mich so wohl wie schon lange nicht mehr. In deiner Nähe bin ich unbeschwert, bei dir habe ich diese Gefühle, die ich bei Alina längst nicht mehr habe, die ich vielleicht bei ihr niemals so intensiv hatte wie mit dir.« Sophies Herz schlug so kräftig, dass sie das Pulsieren in ihrem Hals spürte. Es musste endlich heraus. Sophie nahm all ihren Mut zusammen. »Hannah, ich liebe dich!«

»O Sophie!« Hannah ergriff Sophies feuchte Hände. Warum um alles in der Welt jetzt? Warum ausgerechnet jetzt? Hannah senkte ihren Blick, sie konnte dem Augenkontakt mit Sophie nicht länger standhalten. Ihre Füße wippten nervös auf und ab. Eigentlich hätte es keine schöneren Worte für sie geben können. Aber es konnte jetzt nicht sein. Hätten sie sich nur früher oder später kennengelernt! Sie hatte sich entschieden, sie wollte sich auf ihre Karriere konzentrieren. Da verkomplizierte die Liebe nur alles.

»Es tut mir leid, wenn ich dich mit diesem Geständnis überrumpelt habe.« Sophie, die Hannahs Schweigen nicht zu deuten wusste, zog ihre Hände zurück. »Vielleicht hätte ich das besser nicht sagen sollen.« Mit ihren Fingern rieb sie über ihre Stirn.

»So ist das nicht. Aber ...« Hannahs Fingernägel bohrten sich in ihre Handfläche. »Es ist anders, als du denkst.« Sie stand auf und lief in der Küche auf und ab. Es gab kein Zurück mehr. »Meine Gefühle für dich sind ...« Hannah brachte es nicht über die Lippen. Ihre Zunge war trocken, klebte an ihrem Gaumen fest. Mit ihrer Faust schlug Hannah auf die Arbeitsplatte. »Verdammt!« Sie musste Sophie die Wahrheit gestehen. Sophie musste wissen, woran sie war, ehe sie vielleicht einen Fehler beging. »Sophie, ich gehe für ein Jahr nach England. Ich habe ein Forschungsstipendium bekommen. Im Januar geht es los.« Sie schluckte, um die aufkommenden Tränen zu unterdrücken, doch sie verlor den Kampf. »Ich wollte es dir schon die ganze Zeit sagen, aber ich konnte nicht. Ich habe nie gewollt, dass es mit uns so weit kommt. Ich habe versucht, meine Gefühle für dich zu unterdrücken, zu ignorieren, zu vertreiben. Aber es ging einfach nicht. Immer, wenn wir uns getroffen haben, hat mein Herz verrückt gespielt. Aber ich kann diese Chance nicht ungenutzt verstreichen lassen. Ich habe mich entschieden.«

Hannah wischte über ihre Wange. »Weißt du, seit Jahren träume ich davon, zu forschen, ein eigenes Projekt zu haben, damit etwas zu erreichen. Aber das ist bei uns leider nicht so einfach. Oder zumindest bemüht sich bei uns keiner darum, dass es klappen könnte. Ich habe mir diese Entscheidung wirklich nicht leichtgemacht. Auch wegen dir . . .« Hannah hielt inne.

Sophie saß regungslos auf ihrem Stuhl und starrte Hannah fassungslos an. Was hatte sie da eben gesagt? Ein Jahr? Und in knapp zwei Monaten ging es los?

»Wenn ich erst einmal in England bin, habe ich ein Jahr kaum mehr Zeit für etwas anderes«, fuhr Hannah fort. »Es macht keinen Sinn, vorher eine Beziehung zu beginnen. Und wie das mit Fernbeziehungen läuft, das weißt du ja nur zu gut. Das will ich dir und auch mir nicht zumuten. Du solltest jemanden haben, der dir alles bieten und dir vor allem Zeit und Aufmerksamkeit schenken kann. Das kann ich nicht.« Hannah schlug die Hände vors Gesicht. »So gern ich auch würde.«

Sophie zog die Knie an und umklammerte ihre Beine. Das konnte nicht wahr sein. Warum hatte Hannah nie etwas gesagt? Erst in diesem Moment wurde ihr bewusst, wie sehr sie sich auf eine gemeinsame Zukunft mit Hannah gefreut hatte, dass sie von einem gemeinsamen Leben geträumt hatte. Warum hatte sie mit ihrer Entscheidung, sich von Alina zu trennen, nur so lange gewartet? Vielleicht wäre alles anders gekommen, wenn sie nicht so lange gezögerte hätte. Dabei war es doch schon seit Monaten abzusehen, dass Alina und sie nichts mehr verband.

»Sag doch bitte was!«, riss Hannah Sophie aus ihren Gedanken.

»Ach Hannah«, war alles, was Sophie entgegnen konnte.

»Ich hätte es dir eher sagen sollen, ich weiß. Ich hätte dir keine falschen Hoffnungen machen sollen. Ich habe dir, und wenn ich ehrlich zu mir bin, auch mir, etwas vorgespielt. Es ist so schön mit dir, ich wollte nicht, dass es endet.« Hannah kam auf Sophie zu und blieb vor ihrem Stuhl stehen. »Es tut mir unendlich leid. Das musst du mir glauben.«

Sophie konnte Hannahs Worten kaum folgen. Würde sie noch eine Fernbeziehung ertragen können? Würde sie diese Ungewissheit noch einmal aushalten, diese Distanz noch einmal überbrücken können? Im Augenblick hatte sie keine Antwort darauf. Sie wusste nur, dass sie Hannah liebte.

Hannah legte ihre Hände auf Sophies Schultern und zwang Sophie so, sie anzusehen. »Glaube mir, ich würde mir wünschen, dass es anders wäre. Aber es geht nicht!«

Sophie nickte. »Ja. So geht es nicht«, stimmte sie mit ausdrucksloser Stimme zu. Sie löste sich aus ihrer Starre. »Vielleicht gehe ich jetzt besser. Außerdem habe ich noch etwas zu erledigen.«

Wenig später hatte Sophie ihre Sachen zusammengesucht, und Hannah blieb allein in ihrer Küche zurück.

Noch nie war Sophie die Fahrt nach Hamburg so lange vorgekommen wie dieses Mal. Die ganze Zeit über waren die Gedanken in ihrem Kopf umhergekreist. Sie hatte das Karussell nicht anhalten können.

War es das Richtige, was sie tat? Konnte sie all die Jahre einfach wegwerfen? Wie konnte es mit Hannah weitergehen?

Unschlüssig stand Sophie vor Alinas Wohnungstür. Was, wenn Alina gar nicht zu Hause war?

Sophie konnte sich kaum daran erinnern, wann sie sich das letzte Mal so unsicher gefühlt hatte. Eigentlich war sie eine selbstbewusste Frau, die wusste, was sie wollte, und die das durchzog, was sie sich vorgenommen hatte, die ihre Pläne und Ziele verfolgte. In dieser Minute allerdings war davon nichts mehr zu spüren.

Mit feuchten Fingern drückte sie auf den Klingelknopf. Wenig später öffnete sich die Tür. Als Sophie die Treppe hochstieg, fühlten sich ihre Knie wackelig an.

»Was machst du denn hier?«, begrüßte Alina Sophie, nachdem sie sie erblickt hatte. Fragend zog sie ihre Augenbrauen zusammen. »Hattest du doch so große Sehnsucht nach mir?« Alina versuchte ein Lächeln, das jedoch erstarb, als sie Sophies ernste Miene sah.

»Hallo Alina. Darf ich reinkommen?« Sophie vermied jeglichen Körperkontakt zu Alina, als sie neben ihrer Freundin in die Wohnung trat. Sie wich Alina aus, als diese Sophie küssen wollte.

»Was ist los mit dir?«, fragte Alina mit vorwurfsvoller Stimme.

»Wir müssen reden«, stellte Sophie ohne große Umschweife klar.

»Willst du nicht erst einmal deine Jacke ausziehen?« Alina stand noch immer in der Wohnungstür.

Sophie nickte, zog ihren Mantel aus und warf ihn achtlos über einen Küchenstuhl.

»Nimm doch Platz.« Alina war Sophie in die Küche gefolgt und rückte einen Stuhl für sie zurecht.

»Danke.« Sophie setzte sich. Ihre Finger trommelten auf die Tischplatte.

Auch Alina suchte sich einen Platz. »Dann reden wir eben zum tausendsten Mal. Ich weiß gar nicht, was du immer zu bereden hast.« Sie verdrehte die Augen. Sophie entging Alinas sarkastischer Unterton dabei nicht. Alina verschränkte ihre Hände in ihrem Nacken und lehnte sich zurück. »Also, schieß los.« Herausfordernd sah sie Sophie an. Mal wieder schien sie den Ernst der Lage zu verkennen.

»Alina, das mit uns hat keine Zukunft mehr. Ich liebe dich nicht mehr«, platzte es aus Sophie heraus. Die Bombe war gezündet.

»Bist du jetzt übergeschnappt?«, schrie Alina augenblicklich auf sie ein. »Was soll das heißen?«

»Dass es kein *uns* mehr geben wird. Unsere Beziehung ist gescheitert.« Sophie bemühte sich um einen ruhigen Tonfall, aber ihre brüchige Stimme verriet ihre Anspannung und Aufregung.

»Das kann doch nicht dein Ernst sein!«, polterte Alina lauthals weiter. Sie erhob sich von ihrem Stuhl und kam auf Sophie zu. »Unsere Beziehung ist gescheitert«, äffte sie Sophie nach. Ihre Augen verdunkelten sich. »Es lief doch bestens mit uns.« Sie griff fest nach Sophies Schultern. Mit ihren Fingern hob sie unsanft Sophies Kinn an, zwang sie dazu, sie anzusehen.

»Lass mich los! Du tust mir weh!« Sophie schüttelte bestimmt die Hände ab, von denen sie nicht mehr berührt werden wollte – und erst recht nicht in dieser Art.

»Wer ist der wahre Grund für diesen Unsinn, den du hier erzählst?« Alina verschränkte die Arme vor ihrer Brust.

»Bitte hör auf damit!« Sophie senkte den Blick zu Boden.

»Nein. Wer ist der Grund?«, wiederholte Alina noch einmal.

»Niemand«, erwiderte Sophie nach einer Weile zaghaft. Natürlich war das nicht die ganze Wahrheit, aber Alina brauchte nicht mehr zu wissen. Das würde alles nur noch schwieriger machen.

»Eine andere Frau!« Alina schien Sophies Zögern bemerkt zu haben. »Wie heißt sie? Sag es mir!«

»Alina«, versuchte Sophie ihre aufgebrachte Freundin zu beruhigen. »Es hat nichts mit einer anderen zu tun. Es geht dabei lediglich um uns. Wir passen nicht zusammen. Ich habe keine Gefühle mehr für dich.«

Doch Alina schien Sophies Worte nicht zu hören. »Wie lange betrügst du mich schon?«

Sophie seufzte. Es hatte keinen Sinn, mit Alina zu diskutieren. Es war immer das Gleiche.

»Ich habe also recht! Wie lange geht das schon? Wie lange hast du mir etwas vorgespielt?« Wieder rüttelte Alina an Sophies Schultern. »Sieh mich an!«, tobte Alina. »Und lüg mich bloß nicht an. Ich finde das heraus.«

Sophie stand auf, um mit Alina auf Augenhöhe zu sein. Sie ergriff ihre Hände. »Alina ...«, setzte Sophie erneut an. Was sollte sie sagen? Alina hatte nicht unrecht. Sie konnte die Vorwürfe nicht ganz abstreiten. Sie hatte Alina betrogen. Das war die Wahrheit. Aber war Alina daran nicht auch mitschuldig? Konnte sie ihr das vorwerfen? War sie, Sophie, nicht die Täterin, die eiskalte, gewissenlose Betrügerin, und war Alina nicht das Opfer, die Betrogene?

Nein, so war es nicht! Sophie hatte so lange gebraucht, um zu erkennen, dass immer zwei zu so einer Situation dazugehörten, dass sie nicht die alleinige Schuld trug, dass auch Alina Fehler gemacht hatte. Das durfte sie jetzt in diesem Moment nicht vergessen. »Ich sag es dir noch ein letztes Mal: Wir haben beide unsere Fehler gemacht, aber wie es auch immer dazu gekommen ist, ich habe erkannt, dass wir nicht zusammengehören. Wir haben zu verschiedene Vorstellungen vom Leben. Wir werden niemals zusammen glücklich werden.« Sophie atmete tief ein und hielt die Luft an.

»Verschwinde aus meiner Wohnung. Aber glaube mir, so schnell gebe ich nicht auf! Das schwöre ich dir.« Alina zerrte kräftig an Sophies Arm. »Und nimm deinen Kram mit. Ich will dich hier nie wieder sehen.« Sie stampfte auf den Boden. »Und fang bloß nicht mit dem Freundinnen-Bleiben-Mist an. Das kannst du vergessen!«

»Mach es mir doch nicht so schwer«, bat Sophie. Aber Alina würdigte sie keines Blickes mehr.

Sophie packte die wenigen Sachen, die sie bei Alina gelagert hatte, zusammen. »Ich gehe jetzt«, bemerkte sie, als sie mit der Tasche im Flur stand.

Wieder blieb Alina stumm.

Sophies Blick fiel auf ihre Hand und den Ring, den sie von Alina bekommen hatte. Mit zitternden Fingern zog sie ihn ab. »Hier«, sie hielt ihn in Alinas Richtung, doch Alina machte keine Anstalten, ihn entgegenzunehmen. Sophie ließ ihn zu Boden fallen, wo er mit einem Klirren aufschlug. Sophie musste kräftig schlucken, um den Kloß in ihrem Hals zu vertreiben.

Als Sophie die Tür hinter sich schloss, hörte sie, wie sich Alina gegen die Wand fallen ließ. »Warum schmeißt du einfach alles weg?«, schluchzte Alina hinter Sophie her. »Wir hatten so eine schöne Zeit. Ich liebe dich doch.«

Diese Einsicht kam zu spät. Sophie spürte die aufsteigenden Tränen. *Jetzt bloß nicht heulen*, ermahnte sie sich. Aber sie kam nicht dagegen an. So einfach beendete man keine Beziehung. Auch wenn es die richtige Entscheidung war.

Langsam folgte sie den Treppenstufen zum Ausgang.

Es war vorbei. Ein für alle Mal. Alina und Sophie. Das war Geschichte.

Sophie parkte ihren Wagen vor ihrem Elternhaus an der gleichen Stelle, wie sie es immer getan hatte. Ein letztes Mal putzte sie ihre Nase. Ein Blick in den Rückspiegel verriet ihr, dass ihre Augen geschwollen und gerötet waren. Aber was spielte das für eine Rolle? Wahrscheinlich würden sie es nicht einmal bemerken.

Noch einmal holte Sophie tief Luft, dann stieg sie aus. Hoffentlich würde sie es nicht bereuen.

Von außen sah alles noch genauso aus wie damals. Nur die Fichte neben dem Eingang war einige Zentimeter gewachsen. Selbst der künstliche Blumenkranz an der Haustür war derselbe.

Mit klopfendem Herzen näherte sich Sophie der Tür.

Wollte sie das wirklich? Nach all den Jahren?

Sophie lief über die roten Pflastersteine. Keiner sah aus wie der andere. Als Kind hatte sie es geliebt, Gemeinsamkeiten zu suchen. Stundenlang hatte sie auf dem Treppenabsatz gesessen. Aber am Ende waren sie doch immer verschieden gewesen. Genauso wie die Bewohner dieses Hauses. Auch sie hatten nichts gemein. Bei dieser Erkenntnis musste Sophie lächeln.

Noch drei Schritte trennten sie von der Haustür. Durch das Milchglas schien das Licht aus dem Hausflur.

Sophie wischte ihre feuchten Finger an ihrer Hose ab. Sie atmete tief aus, bevor sie den Klingelknopf drückte. Das altbekannte Schrillen ertönte.

Noch könnte sie einfach umdrehen, sich diese irrsinnige Idee aus dem Kopf schlagen. Als ob plötzlich alles gut wäre! Als ob sie plötzlich alles verstehen würden!

Genau in diesem Moment öffnete sich die Tür.

»Oh«, war alles, was ihre Mutter zur Begrüßung sagte, während sie Sophie ungläubig anstarrte.

Und auch Sophie blieb stumm. Stattdessen betrachtete sie ihre Mutter genauer. Sie war alt geworden. Die Falten, die ihre eisblauen Augen umrandeten, hatten sich tiefer in ihr Gesicht gegraben als früher.

Jutta Benecke hielt die Türklinke umklammert.

Sophies Blick fiel auf die dunklen Flecken auf ihrem Handrükken.

»Komm doch rein.« Die raue Stimme ihrer Mutter hatte nichts von ihrer Festigkeit verloren.

Sophie nickte. Dazu war sie schließlich hergekommen.

»Deine Haare sind ziemlich kurz geworden«, bemerkte Sophies Mutter, während sie ihre Tochter kritisch von oben bis unten musterte.

»Ich weiß«, erwiderte Sophie, auch wenn sie der Meinung war, dass man kinnlange Haare nicht wirklich als kurz bezeichnen konnte.

Sophies Mutter strich sich eine eigene graue Haarsträhne, die aus ihrer akkuraten Hochsteckfrisur entwischt war, aus ihrer Stirn.

Sophie stand noch immer auf der Türschwelle.

»Sophie, was ist los? Willst du nicht endlich reinkommen?« Der Vorwurf in der Stimme ihrer Mutter schwang deutlich mit.

Sophie versuchte ein Lächeln aufzusetzen, doch es geriet schief. »Es ist alles in Ordnung.« Endlich wagte sie sich einen Schritt in ihr Elternhaus. »Ist Papa auch da?«

»Komm doch erst mal mit ins Wohnzimmer.« Sophies Mutter deutete mit ihrer Hand geradeaus, als hätte Sophie vergessen, wo sich das Wohnzimmer befand.

Ihre Mutter folgte ihr. »Möchtest du ein Glas Wasser?«

»Nein, danke. Ich möchte nichts zu trinken.« Sophie ballte ihre Hände zu Fäusten und vergrub sie in ihren Hosentaschen. Es hatte sich nichts geändert.

»Papa kommt später«, beantwortete Jutta Benecke endlich Sophies Frage.

»Wirklich?«, hakte Sophie nach. Die Anspannung in ihren Händen ließ nach.

»Hätte ich gewusst, dass du kommst, hätte ich einen Kuchen gebacken.«

»Das hat sich ganz spontan ergeben«, versuchte Sophie zu erklären.

»Aber du hättest dich ja mal melden können.«

Irgendwie schaffte es ihre Mutter immer, ihr ein schlechtes

Gewissen zu machen. Sophie nickte seufzend. »Beim nächsten Mal.«

»Ich koche uns Kaffee«, fuhr ihre Mutter unbeeindruckt fort und verschwand in der Küche.

Sophie nutzte die Zeit und sah sich um. Ihre Eltern hatten sich noch immer nicht von der schrecklichen Eichenschrankwand getrennt, die das Zimmer klein und düster erschienen ließ. Es wäre das Erste gewesen, was Sophie in diesem Haus entsorgt hätte. Über dem Barfach stand ein Foto. Sophie nahm es in die Hand. Ihre Finger strichen den goldenen Rahmen entlang. Das Foto zeigte ihre Eltern und sie. Damals waren sie eine glückliche Familie gewesen. Sophie musste ungefähr vier Jahre alt gewesen sein. Ihre Haare trug sie seitlich zu zwei Zöpfen gebunden, sie hatte ein Kleid an. Daneben standen ihre strahlenden Eltern.

Ein tiefer Seufzer entfuhr Sophie. Der Traum ihrer Eltern. Sie setzte sich auf das schwarze Ledersofa.

»Die Maschine läuft.« Ihre Mutter nahm auf dem Zweisitzer Platz. Sie saß dort, als wollte sie jeden Moment aufspringen. Ihr Rücken war kerzengerade. Sie hatte immer auf eine perfekte Haltung geachtet.

»Gut siehst du aus«, bemühte sich Sophies Mutter ein Gespräch zu beginnen. »Nur die Haare.« Sie runzelte die Stirn.

»Mama!« Sophies Augenbrauen zogen sich bedrohlich zusammen.

»Ist ja schon gut.« Jutta Benecke atmete hörbar laut aus. »Für den Herbst ist es ganz schön warm heute. Findest du nicht auch?«, fuhr sie fort.

Sophie hatte keine Lust, über das Wetter zu plaudern, als wäre nichts gewesen. Sie verschränkte ihre Finger ineinander. »Wie du meinst«, erwiderte sie knapp.

»Ich hole mal den Kaffee. Er müsste längst durchgelaufen sein.« Ihre Mutter stand auf. »Du kannst ja schon mal Tassen rausstellen.« Sie verließ das Wohnzimmer.

Sophie presste die Luft aus ihrer Lunge. Ihre Finger fuhren durch ihre Haare. Sie verstand noch immer nicht, was ihre Mutter gegen ihre Frisur hatte. Sophie holte das Geschirr aus dem Schrank und verteilte es auf dem Wohnzimmertisch. Es war wirklich alles beim Alten.

Als ihre Mutter wiederkam, schenkte sie beiden den Kaffee ein. Ein angenehmer Duft stieg Sophie in die Nase. Die Tasse dampfte. Kaum hatte sich Sophie am ersten Schluck die Zunge verbrannt, hörte sie den Schlüssel im Schloss.

Augenblicklich zog sich ihr Magen zusammen. Es begann hinter ihren Schläfen heftig zu pochen. Sie schloss die Augen und rieb über ihre Stirn, um den Schmerz zu vertreiben. Als Sophie ihre Augen wieder öffnete, stand ihr Vater in der Wohnzimmertür. Sein Kopf stieß fast oben gegen den Balken, und sein Körper füllte den Rahmen beinahe ganz aus.

»Sophie! Das ist aber eine Überraschung«, stellte ihr Vater in seinem gewohnt bissigen Ton fest. Seiner Stimme konnte Sophie nicht entnehmen, ob er sich freute oder nicht. Seine Finger glitten über sein glatt rasiertes Kinn.

Sophie stand auf, um wenigstens halbwegs mit ihm auf Augenhöhe zu sein. »Ja, ich bin da.« Sie stemmte die Hände in die Hüften.

Schnaubend ließ sich ihr Vater in seinen Sessel fallen. »Schenke mir auch mal eine Tasse ein!«

Sofort griff Sophies Mutter nach der Kanne und goss ihm ein.

Seine Haare waren grau geworden, fast weiß.

»Setz dich«, forderte Sophies Vater seine Tochter auf.

Wie von selbst folgte sie seinem Befehl.

»Was hast du die ganze Zeit getrieben, Sophie?« Ihr Vater sah sie durchdringend an.

Sophies Hände wurden feucht. Sie wischte sie an ihrer Hose ab. Sie fühlte sich wie in einem Verhör. Genau das, was sie erwartet hatte, aber auch hatte vermeiden wollen.

»Ich kümmere mich mal ums Abendbrot«, erklärte Sophies Mutter und zog sich erneut in die Küche zurück. Wie immer, wenn es brenzlig wurde.

Nun waren sie also allein.

Sophie räusperte sich. »Eigentlich nichts Aufregendes.« Sie wusste, dass ihr Vater das ganz anders sah. Ihn hätte das ganz gewiss aufgeregt.

»Gut«, gab er sich scheinbar mit der Antwort zufrieden. Er nahm einen Schluck aus seiner Kaffeetasse, als wäre zwischen ihnen alles in bester Ordnung.

»Und wie ist es euch ergangen?« Sophie starrte auf die dicken Schweißflecke, die sich auf dem weißen Hemd ihres Vaters abzeichneten.

»Wenn du mal angerufen hättest, wüsstest du es.«

Sophies Zehen verkrampften sich in ihren Schuhen. Ihre Finger krallten sich in der Sofalehne fest. »Du weißt genau, warum ich mich nicht gemeldet habe.«

Doch statt darauf zu reagieren, beantworte ihr Vater die Frage. »Uns geht es blendend. Wir hätten nur gern ab und zu gewusst, was unsere Tochter so macht.«

Sophie versuchte, ihren Atem zu beruhigen, aber es wollte ihr nicht gelingen. Sie biss auf ihre Lippe, bis sie den metallischen Geschmack von Blut wahrnahm. »Das interessiert euch doch nicht wirklich.« Sophie schlug mit ihrer Faust auf die Couch.

»Und was sagst du zum Wahlausgang?«, versuchte Sophies Vater die Unterhaltung in eine andere Richtung zu lenken, die sie beide nicht wollten. Als wäre nichts gewesen.

»Ich muss zur Toilette«, entfloh Sophie endlich dieser Situation. Sie hielt es nicht länger aus, ihrem Vater gegenüberzusitzen. Alles erinnerte sie an damals.

Damals, als er auch nur mit ihr reden wollte und sie dann plötzlich vor die Tür gesetzt hatte.

Als Sophie aus dem Badezimmer zurückkam, lief der Fernseher. Sie setzte sich wieder auf ihren Platz, während ihr Vater die Mattscheibe anstarrte. Das war es dann wohl mit ihrer Unterhaltung.

»Könnt ihr bitte schon mal den Esstisch decken?«, rief Sophies Mutter nach einer schweigsamen Weile aus der Küche zu ihnen herüber.

Sophie seufzte. Sie und ihr Vater in dem engen Esszimmer. »In Ordnung.« Sophie kniete sich vor den Schrank, in dem sie das Essgeschirr erwartete, und wurde nicht enttäuscht. Sie holte drei Teller hervor. »Kannst du Besteck und Gläser holen?«, bat sie ihren Vater, der noch immer ruhig in seinem Sessel saß und keinerlei Anstalten machte, sich zu bewegen.

»Hm, ja«, brummte er und erhob sich ächzend.

Kurze Zeit später kam er mit den Sachen ins Esszimmer. »Und?«, durchbrach er die Stille.

»Und was?« Sophie hielt in ihrer Bewegung inne und sah ihm geradewegs in die Augen. Sie wusste genau, worauf er hinaus wollte.

»Was ist mit dieser ...« Er brach mitten im Satz ab.

»Alina. Du kannst ihren Namen ruhig aussprechen.«

Sophies Vater knallte ein Glas auf den Tisch. »Das will ich aber nicht!«, brüllte er seine Tochter an.

»Was ist so schlimm daran?«, schrie Sophie zurück.

»Also bist du noch immer mit ihr zusammen?« Er sprach es aus, als wäre es eine ekelige Krankheit. Klatschend legte er Messer und Gabel auf den Tisch.

»Nein.« Zwischen Sophies Augenbrauen bildete sich eine tiefe Falte. »Ich habe mich von ihr getrennt. Deswegen bin ich in Hamburg.«

»Gott sei Dank.« Ihr Vater atmete hörbar laut auf. »Ich habe dir doch schon immer gesagt, dass das nicht halten kann. Zwei Frauen. Die können nicht zusammen alt werden. Das geht nicht. Das gehört nicht zusammen. Ich wusste es schon immer, dass es nicht funktioniert!« Eine gewisse Genugtuung war nicht zu überhören.

»Kein Grund zur Freude. Das mit Alina ist aus, ja, aber glaube bloß nicht, dass ich deswegen jetzt auf den *richtigen* Weg gekommen bin. So hast du es doch genannt. Der richtige Weg.« Sophie schlug mit ihrer Faust auf den Tisch. Die Teller klirrten. »Du wirst nichts daran ändern, dass ich Frauen liebe.« Mit jedem Wort wurde Sophies Stimme lauter. »Da kannst du mich noch so oft vor die Tür setzen.«

»Zügel deinen Ton!«, herrschte Johannes Benecke seine Tochter an.

»Mein Gott, verschließ dich doch nicht vor der Wahrheit.« Sophies Fingernägel bohrten sich schmerzhaft in ihre Handfläche.

»Das ist widernatürlich. Gegen alles, was wir dir beigebracht haben.« Ihr Vater starrte das Kreuz an der Wand an. »Mann und Frau gehören zusammen, dann würde das auch klappen. Und du würdest auch eine funktionierende Beziehung führen, die hält. So etwas …« zischte er mit angewidertem Gesicht, »ist doch zum Scheitern verurteilt.«

»Papa, hör auf!« Sophie spürte einen tiefen Messerstich in ihrer Brust. Mit seinem Gerede hatte ihr Vater ihr lange genug im Weg gestanden. Vielleicht hätte sie sich schon längst von Alina getrennt gehabt, wenn sie nicht gewusst hätte, dass sie so genau seine unsinnigen Vorurteile bestätigen würde. Er hatte doch keine Ahnung. Als wäre ihr das mit einem Mann nicht passiert! »Ich dachte, nach all den Jahren hättest du dich beruhigt. Aber darauf kann ich wohl lange warten.«

»Was ist denn hier los?« Sophies Mutter kam ins Esszimmer. »Beruhigt euch doch.« Sie streichelte den Arm ihres Mannes.

Sophie sah ihre Mutter angriffslustig an. »Ich will mich aber nicht beruhigen. Könnt ihr nach all den Jahren nicht endlich akzeptieren, wer ich bin?«

Ohne ein weiteres Wort verließ Sophies Vater kopfschüttelnd das Esszimmer. Das war Antwort genug.

Sophie presste ihre Zähne so fest aufeinander, dass es weh tat, um die aufkommenden Tränen zu unterdrücken. Es hatte sich gar nichts geändert. Wie hatte sie das auch nur eine Sekunde annehmen können? Wie hatte sie es auch nur einen Augenblick wagen können, zu hoffen?

»Was ist passiert?«, wollte Sophies Mutter wissen.

»Das kannst du dir doch denken!«

Sophies Mutter nickte. »Es ging um diese Frau.« Sie verzog ihr Gesicht zu einer Grimasse.

»Alina. Verdammt, sie heißt Alina.«

»Papa hat das bestimmt nicht so gemeint.« Sophies Mutter wischte ihre Hände an ihrer Schürze ab. »Du solltest dich bei ihm entschuldigen.

»Ich?«, tobte Sophie. Es reichte! Sie griff nach einem Teller und schmiss ihn zu Boden. Das Porzellan zersprang in tausend Scherben. »Wofür soll ich mich entschuldigen? Dafür, dass ich bin, wie ich bin?«, schrie sie.

»Sophie!«

»Ihr habt euch kein bisschen geändert.« Sie stampfte aus dem Esszimmer ins Wohnzimmer.

Sophies Vater saß in seinem Sessel und schaute fern, als wäre nichts gewesen, als hätte es die Auseinandersetzung gar nicht gegeben.

Ihre Mutter folgte ihr. »Möchtest du heute Nacht hier schlafen? Du könntest in dein altes Kinderzimmer.«

Sophie schnaubte. »Das kann doch nicht dein Ernst sein. Glaubst du, ich bleibe noch einen Moment länger hier, wo ihr es so offensichtlich nicht mit mir, eurer missratenen, lesbischen Tochter unter einem Dach aushaltet? Lieber schlafe ich unter einer Brücke.« Sophie griff ihre Handtasche. »Falls ihr jemals eure Meinung ändert, lasst es mich wissen.« Laut scheppernd schmiss sie die Haustür ins Schloss.

Wenig später fand sie sich in ihrem Auto wieder. Tränen flossen ihre Wangen hinunter. Sie schluchzte. Wieso taten ihre Eltern ihr das an?

Hinter der Gardine konnte sie ihre Mutter erkennen, die sie beobachtete. Hatte sie eigentlich keine eigene Meinung? Noch immer hörte sie ausschließlich auf ihren Vater, machte alles für ihn. Sie gab sogar ihre Tochter auf, ihr einziges Kind.

Sophie startete den Motor. Sie musste weg hier.

Es gab nur noch einen Ort in Hamburg, wo sie willkommen war.

»Was ist denn mit dir passiert?«

Ohne ein Wort zu sagen, ließ sich Sophie in Emilias Arme fallen. Ihre beste Freundin drückte sie fest an sich. Langsam kamen Sophies Tränen zum Stillstand.

»Komm rein.« Emilia strich zärtlich durch Sophies Haare. »Dann kannst du mir alles in Ruhe erzählen.«

Sophie folgte Emilia in ihre Wohnung. Viel zu lange war sie nicht mehr hier gewesen. Alina hatte Emilia nicht gemocht und es meist zu verhindern gewusst, dass sie sich trafen, wenn Sophie überhaupt mal in Hamburg gewesen war.

Sophie schüttelte den Kopf. Wieso hatte sie das nur alles mit sich machen lassen?

»Hier.« Emilia stellte ein großes Glas Wasser vor Sophie, die lethargisch auf der Couch saß, auf den Tisch. »Kaffee ist auch gleich fertig.«

»Meinst du …«, begann Sophie mit brüchiger Stimme, »ich könnte heute Nacht bei dir schlafen?«

Emilia lächelte sie an. »Was für eine Frage. Natürlich. So lange du willst. Maria ist für ein paar Tage bei ihrem Freund, du kannst bestimmt in ihrem Zimmer schlafen. Wir können sie gleich anrufen und fragen.« Sie legte ihre Hand auf Sophies Schulter.

Sophie seufzte. »Danke.« Sie wickelte eine Haarsträhne um ihren Finger. »Nur für eine Nacht.« Mit geschlossenen Augen lehnte sie sich zurück. Es war das erste Mal an diesem Tag, dass sie spürte, wie die ganze Anspannung von ihr wich. Ihre Muskeln lockerten sich ein wenig. Bis zu diesem Moment hatte Sophie gar nicht gemerkt, wie verkrampft sie gewesen war.

Wenig später kam Emilia mit zwei Tassen Kaffee aus der Küche zurück. »Und jetzt erzähl mal, was dir passiert ist. Du siehst, wenn ich das so sagen darf, fürchterlich aus.«

Sophie nickte. »Das kann ich mir vorstellen.« Sie nahm einen Schluck Wasser. »Heute Morgen, als ich aufgewacht bin, dachte ich noch, ich wüsste genau, was ich tun muss, aber das war alles nicht so einfach, wie ich es mir vorgestellt hatte«, begann Sophie ihre Erzählung. Ausführlich berichtete sie Emilia von der Nacht mit Hannah, von Hannahs Auslandsplänen, von der Trennung von Alina und von dem Besuch bei ihren Eltern.

Emilia hörte ihrer besten Freundin die ganze Zeit aufmerksam zu. »Für vierundzwanzig Stunden war das aber ganz schön viel«, sagte sie, nachdem Sophie ihre Ausführungen beendet hatte. Ihre Augen ruhten auf Sophie. »Ich kann mir vorstellen, wie es dir gehen muss.« Emilias Finger strichen über Sophies Arm. »Und du hattest keine Ahnung, dass Hannah nach England will?«

»Nein, überhaupt nicht. Hätte ich das gewusst …« Sophie schluckte.

»Meinst du wirklich, das hätte etwas an deinen Gefühlen geändert?«, fragte Emilia.

»Ich …« Sophie zuckte mit den Schultern. »Ich weiß es

nicht«, gestand sie.

»Ach Sophie. Dass du dich von Alina getrennt hast, war genau die richtige Entscheidung. Und zumindest um das zu erkennen, brauchtest du Hannah«, sagte Emilia. »Ich meine, das mit euch war doch längst vorbei. Ich habe nie verstanden, warum du so lange bei ihr geblieben bist, so, wie sie dich behandelt hat.«

Sophie zupfte an ihrem Ohrläppchen. »Das ist nicht leicht zu erklären«, begann sie. Sie hatte sich in den vergangenen Tagen mehr als genug Gedanken darüber gemacht. »Meine Eltern ...« Sie stockte.

»Ja, die haben dir immer gesagt, dass das mit einer Frau nicht funktionieren kann, und du wolltest ihnen das Gegenteil beweisen«, brachte Emilia Sophies Gedanken auf den Punkt.

Sophie nickte stumm. Ihre beste Freundin kannte sie einfach besser als jeder andere. Genau so war es gewesen.

»Aber deine Eltern haben keine Ahnung. Nur weil es mit Alina nicht geklappt hat, ist eine lesbische Beziehung doch nicht von vornherein zum Scheitern verurteilt.« Emilia schaffte es immer, genau die richtigen Worte zu finden. »Das darfst du dir nicht einreden lassen. Oder willst du etwa so leben wie deine Eltern? Du hast doch selbst gerade gesagt, dass deine Mutter überhaupt kein eigenes Leben, keine eigene Meinung hat. Meinst du, das ist das richtige Vorbild?«

Sophie verschränkte ihre Finger ineinander, und sofort fiel ihr der fehlende Ring auf. Es war ein komisches Gefühl. Fünf Jahre hatte sie ihn Tag und Nacht getragen. »Du hast recht.«

»Hast du eigentlich Hunger? Du hast doch bestimmt noch nichts gegessen, oder?«, wechselte Emilia abrupt das Thema. Sie sah Sophie fragend an.

Erst jetzt bemerkte Sophie ihren knurrenden Magen. Aus dem Abendbrot bei ihren Eltern war ja nichts geworden. »Ein bisschen Hunger habe ich schon.« Wobei es mehr die Vernunft war als wirklicher Appetit, die Sophie zu dieser Antwort bewog.

»Wollen wir eine kleine Runde zu unserer Imbissbude drehen? Etwas frische Luft würde dir bestimmt auch nicht schaden«, schlug Emilia vor.

Kurz darauf liefen sie durch Hamburgs Straßen. Irgendwie

fühlte Sophie sich fremd hier. Auch wenn sich eigentlich nichts verändert hatte, alles sah genau so aus wie früher. Die gleichen alten Häuser, die gleichen Bäume, die gleichen bemalten Fassaden.

Vielleicht war sie es, die sich verändert hatte. Sophie atmete tief durch. »Wie soll es denn jetzt weitergehen?«, fragte sie in die Stille.

Emilia ergriff ihre Hand und drückte sie sanft. »Es wird sich eine Lösung finden. Was würdest du dir denn wünschen?«

Sophies Stirn legte sich in Falten. Sie wusste genau, was sie sich wünschen würde, doch es würde nicht in Erfüllung gehen können.

Als keine Antwort von Sophie kam, hakte Emilia noch einmal nach. »Mir kannst du es doch sagen. Und ich sehe dir an der Nasenspitze an, dass du genaue Vorstellungen hast.«

Sophie zögerte. »Was ich mir wünsche ...« Sie kickte einen kleinen Stein zur Seite. »Eine gemeinsame Zukunft mit Hannah.« Der Stein rollte auf die Straße. »Ich liebe sie. Das ist mir heute Morgen so richtig bewusst geworden. Mit ihr möchte ich alt werden.«

»Aber was hindert dich daran? Es hört sich für mich ja nun wirklich nicht so an, als hätte Hannah keine Gefühle für dich. Du scheinst ihr ebenfalls viel zu bedeuten.«

Mittlerweile waren sie an der Imbissbude angekommen. Emilia bestellte ihnen zwei Portionen Pommes mit Currywurst, während sich Sophie an einen der Stehtische stellte. Es war längst dunkel draußen. Sophie hatte keine Ahnung, wie spät es war, sie hatte jegliches Zeitgefühl verloren. Was spielte das auch schon für eine Rolle. Es war Ende Oktober, und im Januar würde Hannah in England sein.

»Und jetzt sag mir, was dich an einer glücklichen Zukunft mit deiner Traumfrau hindert.« Emilia stellte die dampfenden und herrlich duftenden Schalen vor ihnen ab.

»Wie sollen wir denn ein Jahr lang eine derartige Distanz überstehen? Wir kennen uns ja noch nicht einmal richtig.« Sophie piekste ein Stückchen Wurst auf ihre Gabel.

»Ihr wärt doch nicht die Ersten, die eine Fernbeziehung überstehen.« Emilia tunkte Pommes in die Sauce und steckte sie genüsslich in ihren Mund.

»Aber wir wären auch nicht die Ersten, bei denen es nicht klappt.« Sophie senkte den Blick. »Wie leicht eine Fernbeziehung scheitern kann, habe ich gerade gesehen.« Sie seufzte schwer.

»Tut mir leid«, entschuldigte sich Emilia. »Daran hatte ich gar nicht mehr gedacht. Manchmal bin ich aber auch ein Trampel.«

Sophie versuchte ein Lächeln. »Kein Problem.«

»Weißt du«, fuhr Emilia fort, »das mit dir und Alina war zwar auch eine Fernbeziehung, aber eine ohne jegliche gemeinsame Perspektive. Ihr habt beide oft genug darüber gesprochen, wie es weitergehen soll, doch ihr hattet überhaupt keinen gemeinsamen Nenner. Und bei dir und Hannah, da verhält es sich doch etwas anders. Es ist nur ein Jahr, und dann ist sie wieder da. Ein Ende ist absehbar. Das kann man doch gar nicht vergleichen.«

»Wenn das nur so einfach wäre. Aber ein ganzes Jahr? Wir kennen uns doch kaum. Und wie oft würden wir uns sehen? Ich weiß einfach nicht, ob ich das noch einmal schaffe. Die Zeit mit Alina ...« Sophie spürte einen mächtigen Kloß in ihrem Hals. »Das hat tiefe Wunden hinterlassen.« Sie schluckte. »Sie hat mir so oft weh getan, und das nicht selten gerade aufgrund der Entfernung zwischen uns.«

Emilia legte ihre Hand auf Sophies Arm. »Aber meinst du nicht, dass das mit Hannah anders wäre?«

Sophie zuckte mit den Schultern. »Ich weiß es nicht. Ich weiß es einfach nicht«, flüsterte sie.

»**L**aura?«, fragte Hannah in den Telefonhörer, als am anderen Ende der Leitung nur ein unverständliches Murmeln zu vernehmen war.

»Ja«, brummte Laura zurück.

»Bist du schon wieder nüchtern?«, konnte sich Hannah einen

Seitenhieb nicht verkneifen.

»Sehr witzig«, stöhnte Laura. »Mir tut alles weh. Was hast du gestern nur in die Gläser gefüllt? Hätte ich gewusst, dass dein Geburtstag so schlimm werden würde, wäre ich besser zu Hause geblieben.«

»Meinst du, du schaffst es in deinem Zustand heute noch ins Café? Ich muss dringend etwas mit dir besprechen.« Hannahs Stimme klang ernst.

»Ist was passiert?« Laura war plötzlich hellwach.

»Das kann man so sagen.« Hannah wollte Laura nicht am Telefon alles berichten. Insbesondere wollte sie Laura in die Augen blicken, wenn sie ihr von England erzählte. Das war längst überfällig.

»Gut, gib mir eine Stunde, dann bin ich da.« Laura konnte ein Gähnen nicht unterdrücken. »Ich muss nur erst richtig wach und fit werden. Aber dann komme ich. Wie immer?«

»Ja, wie immer!«, sagte Hannah und legte auf. In ihrem Magen zog es kräftig. Sie hätte ihrer besten Freundin schon lange die Wahrheit sagen sollen. Warum fiel ihr das nur so schwer? Laura hatte sie immer verstanden. Auch bei dieser Entscheidung würde sie Hannah bestimmt unterstützen. Doch Hannah wusste, dass es ihre Freundschaft auf eine enorme Probe stellen würde. Davor hatte sie Angst. Außerdem würde sie Laura schrecklich vermissen.

Hannah seufzte. Manchmal war sie eine Meisterin darin, Probleme zu verdrängen. Als ob man sie dadurch lösen konnte, dass man lange genug wartet und einfach schweigt! Im Gegenteil, sie sollte mittlerweile wissen, dass zu langes Warten alles nur noch schlimmer und schwerer machte.

Pünktlich zur verabredeten Zeit saß Hannah in ihrem Stammcafé. Kurz nach ihr traf auch Laura ein.

»Du bist aber ziemlich blass um die Nase«, stellte Hannah grinsend fest, als sie ihre beste Freundin zur Begrüßung umarmte.

»Ja, Frau Doktor, ich weiß. Und das liegt einzig und allein an deiner Geburtstagsfeier.« Laura ließ sich ächzend auf einen Stuhl fallen und rieb über ihre Schläfen. »Habe ich mich sehr danebenbenommen?«

Hannah schmunzelte. »Es ging. Aber es war gut, dass Pauline dabei war und dich etwas gebremst hat.«

Lauras Gesicht verzog sich zu einer Grimasse. »Oje. Tut mir leid, wenn ich dich in eine unangenehme Situation gebracht habe.«

Hannah machte eine wegwerfende Handbewegung. »Vergiss es, und immerhin hast du dafür gesorgt …«, sie machte eine Pause und nippte an ihrem Kaffee, »… dass Sophie über Nacht geblieben ist.«

Laura richtete sich auf und beugte sich etwas in Hannahs Richtung. Ihr Kater schien wie weggeblasen, und ihre Neugierde war geweckt. »Erzähl!«, forderte sie ihre Freundin grinsend auf.

Hannah holte tief Luft. »Das ist eine sehr komplizierte Geschichte.«

Doch noch bevor Hannah damit beginnen konnte, Laura alles zu erzählen, unterbrach sie die Kellnerin, um ihre Bestellung aufzunehmen.

Als sie wieder weg war, setzte Hannah erneut an. »Am besten, ich fange ganz von vorn an.« Sie suchte den Augenkontakt zu Laura. »Puh …« Sie zupfte an ihren Haarspitzen. »Das ist nicht so einfach.«

»Komm schon. Schieß los! So schlimm kann es ja nicht sein.« Laura lächelte Hannah aufmunternd zu.

Hannahs Herz klopfte schneller, ihre Finger schwitzen. »Also, ich werde im Januar für ein Jahr nach England gehen. Ich habe ein Forschungsstipendium erhalten. Das ist eine einmalige Gelegenheit für mich.«

Lauras Augen weiteten sich überrascht. »Oh«, war schließlich alles, was sie entgegnete.

»Die Zusage habe ich schon eine Weile, aber entschieden habe ich mich erst vor kurzem. Weißt du, ich wollte dir das auch schon viel eher sagen, aber ich wusste einfach nicht, wie. Eigentlich bin ich ja sehr glücklich hier. Hier habe ich dich, das Tanzen und …« Hannah schluckte. »Und Sophie.«

Laura nickte nur. Ein Jahr in England. Das war eine weite Entfernung. Warum hatte Hannah ihr nicht erzählt, dass sie weg wollte? Sie hatten doch immer über alles gesprochen.

»Aber ich möchte so gern forschen. Ich träume schon so lange von einem eigenen Projekt, und das lässt sich hier einfach nicht so realisieren, wie ich mir das vorstelle«, erklärte Hannah.

Laura konnte ihre beste Freundin verstehen, auch wenn sie sich in diesem Moment gar nicht vorstellen wollte, dass sie für dreihundertfünfundsechzig Tage ins Ausland ging.

»Laura, bitte sag doch irgendetwas! Ich weiß, du bist meine beste Freundin, und ich hätte viel eher mit dir darüber reden sollen, aber ich ...« Hannah wischte ihre Hände an ihrer Hose ab. »Es fällt mir einfach so schwer. Und ich wusste doch gar nicht, ob ich wirklich gehen wollte.«

»Das kann ich mir vorstellen.« Laura versuchte zu lächeln. »Auch wenn ich ehrlich gesagt enttäuscht bin, dass du nicht eher zu mir gekommen bist.«

»Es tut mir leid. Ich wollte es dir mehrmals sagen. Aber irgendwie ...«, stammelte Hannah. »Ich habe es einfach nicht fertiggebracht.« Hannah ließ die Schultern hängen. »Sei bitte nicht böse.«

Laura schüttelte den Kopf. »Das bin ich nicht. Aber lass mich bitte etwas enttäuscht sein. Du hättest mir doch vertrauen können.« Sie nahm einen Schluck aus ihrer Tasse. »Was sagt denn Sophie dazu?«, schaffte sie es, genau den wunden Punkt anzusprechen.

Hannah legte ihren Kopf in ihre Hände. »Ja, Sophie ...« Sie seufzte. »Sophie will sich von Alina trennen, und sie hat mir gesagt, dass sie mich liebt.«

Laura klatschte begeistert in die Hände. »Das ist doch großartig, kein Grund, so ein Gesicht zu machen.«

»Ja, aber das war, bevor ich ihr gesagt habe, dass ich ein Jahr weggehe, aber leider nachdem ich mich für das Stipendium entschieden habe«, sagte Hannah leise.

Lauras Lächeln erstarrte. »Oh«, war erneut alles, was sie erwidern konnte.

»Und sie will keine Fernbeziehung mehr. Das kann ich ja auch verstehen. Nach den Erfahrungen, die sie gemacht hat. Und ich ... ich will das auch nicht«, fuhr Hannah fort. Ihre Finger spielten mit dem Tischtuch.

»Hast du ihr denn gesagt, was du für sie empfindest?«, bohrte

Laura weiter nach.

»Na ja«, zögerte Hannah. »Nicht so direkt. Aber was spielt das auch für eine Rolle?« Sie verschränkte ihre Hände. »Wir haben keine gemeinsame Zukunft.«

»Was wünschst du dir denn?«, gab Laura nicht nach.

Ja, was wünschte sie sich? Hannah schloss die Augen. Sie hatte sich seit Wochen darüber Gedanken gemacht. Sie war zu keiner Antwort gekommen. Jedenfalls redete sie sich das ein. Wenn sie an das Herzklopfen dachte, was sie in Sophies Nähe spürte, wenn sie an das Kribbeln in ihrer Magengegend dachte, die unzähligen Schmetterlinge ... Wenn sie an die vielen schönen Stunden mit Sophie dachte, daran, wie sie gemeinsam gelacht hatten, wie sie miteinander geredet oder manchmal auch einfach nur geschwiegen hatten ... Wenn sie daran dachte, wie unglaublich es sich angefühlt hatte, wenn sie mit Sophie geschlafen hatte, welche Gefühle sie dabei überwältigt hatten ... Gefühle, die sie so niemals zuvor gehabt hatte ...

Dann wusste sie eigentlich ganz genau, was sie wollte. Sie wollte eine gemeinsame Zukunft mit Sophie. Sie liebte Sophie. Sie wollte mit Sophie alt werden.

Laura hatte Hannah die ganze Zeit beobachtet. »Was wünschst du dir?«, wiederholte sie nach einer Weile ihre Frage.

»Ach Laura. Ich möchte mit Sophie zusammen sein. Ich liebe sie wie noch keine Frau zuvor. Aber ...«

»Kein Aber. Weißt du was? Wir zahlen jetzt, und dann überlegen wir uns bei einem kleinen Spaziergang eine Lösung«, bestimmte Laura in einem Ton, der keinerlei Widerrede zuließ. »Wenn ihr euch liebt, werdet ihr zusammenfinden.«

Lauras hoffnungsloser Optimismus war beneidenswert.

Kurz darauf standen sie auf der Straße und liefen in Richtung Stadtpark.

»Hier sind uns noch immer die besten Ideen gekommen«, stellte Laura fest, als sie den Park betraten. »Weißt du noch, wie wir hier stundenlang darüber geredet haben, wie es mit uns weitergehen soll?« Laura knuffte ihrer besten Freundin lachend in die Seite. »Meine Güte, damals dachte ich, nachdem wir miteinander geschlafen hatten, würde ich dir nie wieder unter die Augen treten können und unsere Freundschaft hätte sich ein für alle Mal erledigt.« Laura legte ihren Arm um Hannah. »Doch ich bin froh, dass es nicht so gekommen ist und wir uns einig waren, dass es nur ein Ausrutscher war und wir beide eigentlich nichts voneinander wollten«, sagte Laura kichernd. »So habe ich eine wirklich beste Freundin gefunden und eine Lektion fürs Leben gelernt.« Sie hielt an. »Das Krankenhaus ist eine einzige Sündenmeile«, prustete sie los.

Hannah blieb ebenfalls stehen und musste lachen. »Das stimmt wohl. Und nicht nur das. Das Krankenhaus ist auch eine wahre Gerüchteküche. Ich möchte nicht wissen, wer sich über uns das Maul zerrissen hat. Unentdeckt ist unsere Affäre bestimmt nicht geblieben. Irgendjemand findet so etwas immer heraus.«

»Ja, ja«, nickte Laura zur Bestätigung. »Du und ich. So etwas sorgt immer für Gesprächsstoff.« Sie lief weiter. »Aber jetzt kümmern wir uns mal um deine Probleme.« Ihre Stimme wurde wieder ernst.

»Was soll ich denn machen? Meine Karriere war mir immer das Wichtigste, und so eine Chance … Wer weiß, ob ich die noch einmal bekommen«, begann Hannah. »Aber auf der anderen Seite: Ich habe noch nie so etwas für eine Frau empfunden wie für Sophie. Natürlich war es mit Miriam, Janina oder Maren auch schön, aber es ist überhaupt kein Vergleich zu den Gefühlen für Sophie.«

»Du kannst stolz sein auf das, was du bisher erreicht hast, und ich weiß, dass es ein hartes Stück Arbeit war und dass es nicht gegangen wäre, hättest du deine Karriere nicht in den Mittelpunkt gestellt. Aber meinst du nicht, es wäre auch mal an der Zeit, sich etwas anderem zu widmen?« Laura sah Hannah von der Seite erwartungsvoll an.

»Wenn ich das selbst nicht auch glauben würde, dann würde mir diese Entscheidung nicht so schwerfallen. Ganz bestimmt nicht. Früher wäre ich einfach gefahren. Keine Frage. Da wäre mir alles andere egal gewesen. Aber jetzt … seit ich Sophie kenne … das verwirrt mich«, erklärte Hannah. Sie atmete tief durch.

»Das kann ich verstehen. Plötzlich erschüttert die Liebe alles in deinem Leben.« Laura zwinkerte Hannah zu.

»Ganz so pathetisch hätte ich es jetzt vielleicht nicht ausgedrückt.«

»Dafür hast du ja auch mich«, erwiderte Laura. »Also, was machst du? Du hast nicht mehr ewig Zeit, dich zu entscheiden!«

Hannah runzelte die Stirn. »Ich weiß.«

Die ganze Woche hatte Hannah vergeblich versucht, Sophie zu erreichen. Aber Sophie war nie an ihr Telefon gegangen, auch ihr Handy hatte sie nicht abgenommen. Zurückgerufen hatte sie ebenfalls nicht. Dabei hätte Hannah so gern noch einmal mit Sophie gesprochen.

Hannah drückte die Türklinke herunter. »Guten Morgen, Frau Schöpf«, begrüßte sie die Sekretärin ihres Chefs. »Ist Prof. Eckhardt da?« Hannahs Herz pochte laut. Sie hatte sich entschieden. Endgültig. Sie würde die Kündigung zurückziehen. Jetzt war der Zeitpunkt gekommen, es ihrem Chef mitzuteilen. Aber würde ihr Chef eine Rücknahme der Kündigung akzeptieren? Vielleicht hatte er bereits eine Nachfolgerin für sie gefunden. Was sollte sie dann machen? Hannah bemerkte, wie ihre Knie nachgeben wollten.

Frau Schöpf lächelte. »Das muss wohl Gedankenübertragung gewesen sein.« Sie legte den Telefonhörer, den sie in der Hand hielt, zurück. »Ich wollte Sie gerade anrufen. Prof. Eckhardt möchte mit Ihnen sprechen.«

Hannahs Finger wurden feucht. Doch sie war sich sicher, dass es die richtige Entscheidung war. Sie musste auf ihr Herz hören und sich und Sophie eine Chance geben. Hoffentlich war Sophie noch bereit dazu. Sie musste versuchen, die Kündigung rückgängig zu machen. Sie wollte in Bochum bleiben, wollte bei Sophie bleiben. Auch wenn das bedeutete, dass sie das Stipendium nicht antreten konnte. So eine Liebe gab es nur ein einziges Mal …

»Gehen Sie durch. Prof. Eckhardt wartet auf Sie«, holte die Stimme von Frau Schöpf Hannah wieder in die Realität zurück.

»Danke.« Hannah klopfte kurz an die Tür, bevor sie das Zimmer ihres Chefs betrat.

»Frau Rehfeld, schön, dass Sie so schnell Zeit hatten. Nehmen Sie bitte Platz.« Ihr Chef deutete auf den freien Stuhl vor seinem Schreibtisch.

»Ich wollte ohnehin etwas Wichtiges mit Ihnen besprechen«, erklärte Hannah, als sie sich den Stuhl zurechtrückte.

»Das trifft sich ausgezeichnet.« Prof. Eckhardt lächelte Hannah an. »Ich will Sie gar nicht lange auf die Folter spannen.«

Hannah hatte keine Ahnung, was ihr Chef ihr mitteilen wollte.

Prof. Eckhardt faltete seine Hände. »Ich möchte Ihnen ein Angebot machen. Vielleicht kann ich Sie so umstimmen, doch bei uns zu bleiben.« Er suchte den Augenkontakt zu Hannah.

Er wollte sie umstimmen? Hannah begriff nicht, was er meinte.

»Frau Rehfeld, Sie sind eine meiner besten Mitarbeiterinnen. Ich und auch das Krankenhaus, wir können uns nicht erlauben, Sie zu verlieren.«

Hannah stutzte. »Danke«, murmelte sie. Ihre Wangen röteten sich.

»Deswegen habe ich mir etwas überlegt, wie Sie vielleicht Ihren Traum vom Forschen bei uns verwirklichen könnten. An guten Ideen für Projekte mangelt es uns ja nicht, das wissen Sie.«

Hannah nickte. Das wusste sie in der Tat. Es gab einige Kollegen, die an interessanten Projekten arbeiteten, es fehlte ihnen nur an zeitlichen und teilweise auch an finanziellen Möglichkeiten.

»Das Problem ist eher die Zeit, die wir in diese Arbeiten investieren können. Aber«, Prof. Eckhardt machte eine bedeutungsschwangere Pause, »ich würde Ihnen anbieten, ein Jahr lang ausschließlich zu forschen.« Erwartungsvoll sah er Hannah an.

Hannah war sprachlos. Ein Jahr nur forschen? Und das in Bochum? Das bedeutete, sie musste ihre Kündigung gar nicht zurücknehmen. Ganz im Gegenteil.

»Ich habe mich noch mal ein wenig in Ihre bisherigen Schwerpunkte eingelesen und mich auch mit den Projekten der Universität in Bristol beschäftigt. Ich habe auch schon mehrere

Ideen, was Sie hier machen könnten. Experimentell, im Labor. Ich denke, das ist doch das, was Sie machen möchten, oder?«

»Ja, ganz genau.« Zu mehr Worten war Hannah noch immer nicht fähig. Sie wischte ihre Hände an ihrer Hose ab.

»Zudem habe ich mir erlaubt ...« Er räusperte sich. »... mit der Uni in Bristol zu sprechen. Sie könnten dort einen Monat lang im Labor lernen und zusehen, um sich einzuarbeiten und sich die entsprechende Methodik anzueignen. Die genauen Details müssten wir natürlich noch besprechen.«

Mit offenem Mund starrte Hannah ihren Chef an. Was hatte er gerade gesagt?

Als von Hannah keine Reaktion kam, fragte Prof. Eckhardt: »Und, was meinen Sie dazu? Würde Ihnen ein Monat dort reichen? Hätten Sie Interesse an meinem Angebot?«

»Ich weiß gar nicht, was ich dazu sagen soll.«

Ihr Chef lachte. »Am besten ja!«

Hannah nickte. »Ja, das wäre wirklich großartig. Ich könnte mir das sehr gut vorstellen. Ich habe auch schon einige Ideen. Ich denke, wir werden uns da schnell einig«, sprudelte es aus Hannah heraus.

Alle Probleme hatten sich wie von selbst in Luft aufgelöst. Sie konnte in Bochum bleiben und forschen. Und dazu durfte sie trotz allem noch einen Monat in Bristol lernen. Besser hätte es gar nicht kommen können.

»Worüber wollten Sie denn mit mir sprechen?«, fragte Prof. Eckhardt.

»Ach, das hat sich erledigt.«

»Dann sind wir uns einig und ich kann Ihre Kündigung zerreißen?«

»Das können Sie«, stimmte Hannah zu.

Prof. Eckhardt reichte Hannah seine Hand. »Ich freue mich.«

»Ich mich auch.« *Wie sehr, können Sie sich gar nicht vorstellen*, fügte sie in Gedanken hinzu.

Hannah hüpfte beinahe über den Flur. Kaum war sie wieder in der Notaufnahme angekommen, suchte sie Laura. Endlich entdeckte sie ihre beste Freundin in einer der Patientenkabinen. »Hast du einen kleinen Moment Zeit?«

Laura blickte von den Patientenunterlagen auf, und als sie in

Hannahs strahlendes Gesicht sah, war ihre Neugierde geweckt. »Aber wirklich nur kurz.«

»Es ist auch wirklich wichtig. Entschuldigen Sie Schwester Laura bitte einen kleinen Moment«, wandte sich Hannah an die Patientin. »Sie ist auch sofort zurück.«

Laura kam aus der Kabine. »Was ist denn mit dir los? So glücklich habe ich dich ja eine Ewigkeit nicht mehr gesehen.«

»Du glaubst gar nicht, was mir passiert ist«, platzte es augenblicklich aus Hannah heraus. »Ich war gerade bei Prof. Eckhardt, um ihn zu bitten, meine Kündigung zurückzunehmen. Ich habe nämlich beschlossen, auf mein Herz zu hören. So eine Frau wie Sophie werde ich niemals wieder finden. Das darf ich nicht wegwerfen.«

Laura klopfte ihr auf die Schulter. »Das ist eine sehr weise Entscheidung.«

»Ja, warte, das Beste kommt noch. Noch bevor ich ihm das sagen konnte, hat er mir angeboten, für ein Jahr in unserer Abteilung zu forschen, und das nicht nur nebenbei, sondern hauptberuflich. Jeden Tag acht Stunden Labor. Ist das nicht großartig?« Hannah bekam das Lächeln gar nicht mehr aus ihrem Gesicht.

»Wow, das klingt großartig!« Laura drückte Hannah fest an sich. »Herzlichen Glückwunsch! Das freut mich für dich. Für mich wären acht Stunden Labor eine Strafe, aber wer es mag ...« Ihre Mundwinkel zuckten verdächtig.

»Ich bin ja noch nicht fertig«, fuhr Hannah fort. »Prof. Eckhardt hat organisiert, dass ich einen Monat in England die Methodik erlernen kann, die ich dann hier in einem eigenen Projekt anwende.«

»Hast du Sophie schon die guten Neuigkeiten mitgeteilt?«

Hannah schüttelte den Kopf. »Nein, dieses Mal bist du die Erste.« Hannahs Augen verdunkelten sich. »Außerdem ... ich habe diese Woche mehrfach versucht, sie zu erreichen, aber scheinbar möchte sie nicht mit mir sprechen.« Sie seufzte.

»Hannah, gib nicht auf! Kämpf um deine große Liebe.« Kämpferisch hob Laura ihre rechte Faust in die Luft.

»Ja, das werde ich«, versprach Hannah. »Und jetzt wieder an die Arbeit.«

»Hallo Süße. Dein großer Tag ist gekommen!«, begrüßte Tobias Sophie, als sie am Montagmorgen das Büro betrat.

Sophie hatte keine Ahnung, wovon ihr Kollege sprach. »Was meinst du?«

»Na, die einmalige Chance, deine neu erworbenen Tanzkünste zu demonstrieren.« Tobias grinste breit über das ganze Gesicht.

Sophie seufzte. »Ich fürchte, das ist nicht mehr nötig.« Es hatte keinen Sinn mehr, Hannah noch einmal wiederzusehen. Es würde alles nur noch schwieriger machen. Hannah ging für ein Jahr ins Ausland. Für Sophie war in ihrem Leben kein Platz mehr. Auch wenn Hannah mehrfach versucht hatte, sie zu erreichen. Es war Sophie alles andere als leicht gefallen, ihre Anrufe zu ignorieren. Es hatte sie viel Überwindung gekostet, nicht zurückzurufen. Doch sie hatte es geschafft, auch wenn sie sich dabei nicht so gut gefühlt hatte, wie es hätte sein sollen. Sie brauchte einfach Abstand von Hannah, um in Ruhe über alles nachdenken zu können.

»Kommt überhaupt gar nicht in Frage. Glaubst du, ich habe diese Tortur, dir das Tanzen beizubringen, umsonst auf mich genommen?« Tobias fuchtelte mit seinem erhobenen Zeigefinger durch die Luft.

Jetzt musste auch Sophie lachen. »Also, wann und wo ist es denn so weit?«, wollte sie wissen.

»Am Freitag. Wieder bei uns in der Tanzschule.«

Sophie schaltete ihren Computer ein. Sie wurde wieder ernst. »Ich werde es mir überlegen.« Ein Tanzabend würde unvermeidlich ein erneutes Aufeinandertreffen mit Hannah bedeuten. Und wie das die letzten Male ausgegangen war, daran hatte sie noch sehr lebhafte Erinnerungen. Schon allein der Gedanke daran löste in Sophie ein unbändiges Kribbeln aus, das nach und nach jede Zelle ihres Körpers in Aufruhr versetzte.

»Ich kann also mit dir rechnen?«, hakte Tobias noch einmal nach.

Sophie ließ sich seufzend auf ihren Schreibtischstuhl fallen.

Sosehr sie auch versuchte, ihre Gefühle für Hannah zu unterdrücken, es gelang ihr ohnehin nicht. Vielleicht sollte sie es doch wagen. »Habe ich eine andere Wahl?«

»Nein!«, kam es wie aus der Pistole geschossen von Tobias zurück. »Und vielleicht ist ja auch jemand Nettes für dich dort.« Tobias zwinkerte ihr vielsagend zu.

»Genau das fürchte ich.« Sophie holte einen Block aus ihrer Schreibtischschublade.

»Aber hast du das alles nicht für sie gemacht? Ich meine, das so in Erinnerung zu haben. Oder irre ich mich?« Als würde er angestrengt nachdenken, legte Tobias seinen Zeigefinger ans Kinn.

Sophie verdrehte die Augen. »Das ist alles nicht so einfach.«

»Für komplizierte Angelegenheiten bin ich immer zu haben, also schieß los.« Tobias schenkte Sophie eine Tasse Kaffee ein.

In Kurzfassung erzählte Sophie Tobias die Ereignisse der vergangenen zehn Tage. »Mittlerweile bin ich mir nicht sicher, ob ich es nicht doch wagen sollte, mich noch einmal auf eine Fernbeziehung einzulassen. Ich liebe Hannah, das kann ich nicht abstellen. Und ein Jahr hört sich zwar lang an, aber dann kommt sie wieder. England ist ja nicht am anderen Ende der Welt«, schloss Sophie ihre Ausführungen. Sie war hin und her gerissen.

»Dann ist doch der Tanzabend die perfekte Möglichkeit, ihr das zu sagen.« Tobias lächelte seine Kollegin liebevoll an.

»Aber was, wenn sie das gar nicht möchte?« Sophie zuckte hilflos mit den Schultern.

»Und was, wenn du es gar nicht erst versuchst? Wie willst du das jemals herausfinden? Glaube mir, wenn man endlich jemanden gefunden hat, für den man so intensive Gefühle hat, muss man dafür kämpfen.« Zur Bestätigung seiner eigenen Worte nickte Tobias mit dem Kopf. »Hör auf zu zweifeln, kämpf um Hannah. Ihr gehört zusammen!«

»Vielleicht hast du recht.« Sophie stand auf und stellte sich ans Fenster. Sie ließ ihren Blick in die Ferne schweifen. »So etwas passiert einem nur ein einziges Mal im Leben«, murmelte sie. Sie konnte Hannah nicht davonziehen lassen, ohne noch einmal mit ihr zu sprechen. Vielleicht hatten sie noch eine Chance. Eine Fernbeziehung war zwar nicht die perfekte Lösung, aber auch das würden sie überstehen. Ihre Gefühle waren stark genug.

»Ich komme mit.« Sophies Stimme wurde wieder lauter. »Ich werde Hannah überraschen«, beschloss sie bestimmt.

»Eine sehr gute Entscheidung.« Tobias trat hinter Sophie. »Und du wirst sie überraschen. Ich bin mir sicher. Mit deiner Anwesenheit und damit, dass du für sie tanzen gelernt hast. Oder besser ...« Er konnte ein Kichern nicht zurückhalten. »Damit, dass du es zumindest versucht hast.«

»Ja, ja, ich verstehe schon. Ich brauche dringend noch ein Abschlusstraining«, bemerkte Sophie schmunzelnd. »Sonst wird das nichts.«

»Daran soll es nicht scheitern. Heute Abend um acht bei mir?« Tobias legte seine Hand auf Sophies Schulter.

»Ich werde da sein.« Sophie atmete einmal tief durch. Sie würde Hannah wiedersehen. Hoffentlich wollte Hannah das überhaupt.

Sophie zog ihre extra angeschafften Tanzschuhe an, während Tobias eine CD einlegte.

»Was willst du denn heute machen?«, fragte er seine Schülerin.

»Wie wäre es mit Walzer?« Sophie zog die Riemchen enger. Auch wenn sie die Schuhe nun schon einige Male bei ihren Trainingsstunden getragen hatte, so ganz sicher fühlte sie sich auf den hohen Absätzen noch nicht.

»Langsamer oder Wiener Walzer?« Tobias studierte die Hülle der CD, um ein passendes Lied zu finden.

»Langsamer Walzer«, antwortete Sophie. Sie fand, dass das einer der schönsten Tänze war. Leider aber auch ziemlich schwierig, auch wenn Tobias etwas anderes behauptete. Etwas Wiederholung konnte nicht schaden.

»Gut, dann räum mal den Tisch ein bisschen zur Seite. Dafür brauchen wir viel Platz.« Tobias wählte einen geeigneten Titel und drückte auf *Pause*.

Sophie schaffte unterdessen etwas mehr Platz im Wohnzimmer.

Wenig später tanzten sie durch Tobias' Wohnung. Langsam,

aber sicher hatte Sophie ein Gefühl für den Takt entwickelt. Sie ließ sich von Tobias widerstandslos führen. Ihre Füße machten das, was sie sollten, ohne dass Sophie allzu viel darauf achten musste. Es war immer noch anstrengend für sie, so leichtfüßig wie Hannah glitt sie noch längst nicht übers Parkett, aber mittlerweile konnte sie nachvollziehen, was Hannah am Tanzen so liebte.

Wie schön musste es sein, mit Hannah über die Tanzfläche zu schweben! In Hannahs Armen zu liegen, Hannahs Bewegungen zu spüren, sich ihr und dem Takt hinzugeben. Sophie schloss die Augen.

Das Lied endete und ein neues begann.

»So, Frau Expertin, was tanzen wir denn hierzu?«, fragte Tobias Sophie, die angestrengt dem Takt lauschte und im Kopf verschiedene Tänze durchspielte.

Nach einigen Sekunden hatte Sophie eine Idee. »Jive«, schlug sie vor.

»Ich bin beeindruckt. Das ist eine sehr gute Idee. Also los.« Tobias brachte Sophie in Haltung, ehe er mit ihr durch die Wohnung fegte.

Einige Lieder später wischte sich Sophie die Schweißperlen von der Stirn. »Ich glaube, das reicht für heute.«

»Ich muss sagen, das sah schon sehr gut aus. Es besteht Hoffnung für dich. Du bist doch kein aussichtsloser Fall.« Tobias grinste.

Sophie knuffte ihn in die Seite. »Vielen Dank. Du kannst außerordentlich charmant sein.«

»Ich weiß. Aber Hannah wird eh nur Augen für dich haben, da kannst du tanzen, wie du willst.«

»Meinst du, die ganze Anstrengung war umsonst?« Sophie stemmte theatralisch ihre Hände in die Hüften.

»Wir werden sehen. Dann bis Freitag. Ich hol dich ab.«

Mit klopfendem Herzen betrat Sophie an der Seite von Tobias das Gebäude, in dem der Tanzabend stattfinden sollte. Die ganze Woche hatte Sophie voller Anspannung auf diesen Tag gewartet. Auch wenn sie ziemlich sicher war, Hannah hier anzutreffen, ein letzter Zweifel war geblieben. Was sollte sie Hannah überhaupt sagen, wenn sie sie sah? Würde Hannah nach dem letzten Abgang von ihr überhaupt noch mit ihr reden wollen? Hatte sie überhaupt Interesse daran, mit ihr zusammen zu sein? Vielleicht hatte sich Hannah sie schon längst aus dem Kopf geschlagen. Aber warum hätte sie dann versuchen sollen, sie anzurufen?

»Darf ich dir deinen Mantel abnehmen?«, holte Tobias Sophie aus ihren Grübeleien. »Du kannst in der Zwischenzeit ja schon mal deine Schuhe wechseln.«

Sophie nickte und reichte Tobias ihren Mantel. Hoffentlich mochte Hannah Überraschungen. Sophie setzte sich auf eine Bank im Eingangsbereich und zog ihre Tanzschuhe an. Kurz darauf kam Tobias zurück. Gemeinsam folgten sie der Musik und gingen in den Tanzsaal. Dabei versuchte Sophie, ihren Blick möglichst unauffällig über die Tanzfläche wandern zu lassen. Es waren viele Paare dort, aber Hannah und Jan konnte Sophie unter ihnen nicht entdecken.

»Wir können zu Luisa, meiner Tanzpartnerin, an den Tisch, wenn du möchtest. Es sei denn, du hast bereits eine bessere Alternative als mich gefunden.« Tobias grinste Sophie vielsagend an.

»Eine bessere Alternative als dich?« Sophie bemühte sich, amüsiert zu klingen, was ihr aber nicht gelang. »Ich komme gern mit zu euch an den Tisch. Das ist eine gute Idee.«

»Du musst mir nichts vormachen.« Tobias versetzte Sophie einen sanften Stoß. »Schließlich bist du nicht wegen mir hier.« Er zwinkerte Sophie zu.

Auf dem Weg zu ihrem Tisch suchte Sophie erneut den Raum nach Hannah ab. Jedes Mal, wenn sie eine Frau mit dunklen Haaren sah, hielt sie kurz den Atem an, nur um jedes Mal enttäuscht festzustellen, dass es nicht Hannah war.

Sophie strich ihr Kleid glatt. Sie waren fast angekommen, Tobias winkte Luisa bereits zu.

Und plötzlich entdeckte sie Hannah. Ganz am äußeren Rand. Augenblicklich wurden Sophies Finger feucht, ihr Puls begann zu rasen. Sie musste sich an Tobias festhalten, um nicht den Halt zu verlieren.

»Alles in Ordnung bei dir?«, wollte Tobias wissen. »Du siehst ganz blass aus.«

Doch Sophie hatte nur noch Augen für Hannah. Sie saß gemeinsam mit Jan an einem Tisch und nippte gedankenverloren an ihrer Cola. In ihrem roten Kleid sah sie umwerfend aus. Ihre schwarzen Haare hatte Hannah verführerisch hochgesteckt. Eine herausgelöste Strähne umrahmte ihr lächelndes Gesicht.

»Verstehe!«, lachte Tobias, nachdem er Sophies Blick gefolgt war.

Ohne dass Sophie es bemerkte hatte, hatte Tobias sie in Hannahs Richtung gezogen, bis sie nur noch wenige Meter von ihrem Tisch entfernt waren. »Viel Glück«, flüsterte Tobias Sophie ins Ohr. Dann gab er ihr einen kleinen Schubs. »Los!«, forderte er sie auf, bevor er sie allein ließ.

Genau in diesem Moment blickte Hannah zu Sophie auf. Sie starrte Sophie mit halbgeöffnetem Mund an. Das musste ein Traum sein. Das konnte unmöglich wahr sein. Mit vielem hatte sie gerechnet, aber nicht damit, Sophie hier auf dem Ball zu treffen. »Sophie«, sagte sie schließlich mit leiser Stimme.

Sophie räusperte sich. »Hallo Hannah.« Zu mehr war sie in diesem Moment nicht fähig. Hannahs blaue Augen hatten sie gefesselt.

»Ich verschwinde mal kurz. Ich glaube, ihr braucht mich nicht«, bemerkte Jan und verließ den Tisch.

»Möchtest du dich zu mir setzen?«, fragte Hannah. Nervös rutschte sie auf ihrem Stuhl hin und her. Nachdem sie Sophie trotz aller Versuche nicht erreicht hatte, stand sie mit einem Mal vor ihr. Endlich konnte sie ihr sagen, dass sie nicht nach England gehen würde. Bei diesem Gedanken beschleunigte sich Hannahs Herzschlag. Wenn Sophie überhaupt noch wollte …

»Gern.« Umständlich rückte Sophie den Stuhl zurecht und

nahm Platz. »Wie geht es dir?«, versuchte sie ein unverfängliches Gespräch zu beginnen, während ihr Magen Saltos schlug.

Hannah rieb über ihren Nasenrücken. Was sollte sie darauf antworten? Sie wusste ja selbst nicht, wie es ihr ging. Was sie wusste, war, dass sie Sophie vermisst hatte. Sie hatte unentwegt an Sophie gedacht, wollte sie unbedingt wiedersehen, sie um eine zweite Chance bitte. Doch das konnte sie ihr auf diese belanglose Frage nicht antworten. Hannah wollte nicht gleich mit der Tür ins Haus fallen. Stattdessen sagte sie: »Ganz gut. Und dir?« Ihre Finger spielten mit dem Teelicht, das auf ihrem Tisch stand.

Sophie schluckte. »Na ja«, begann sie. »Es war ziemlich viel los in den letzten Tagen.« Sie zögerte. »Ich habe viel nachgedacht. Über mich. Und ...« Sie holte tief Luft. »Und über uns. Hannah, ich habe eine Entscheidung getroffen.«

Hannah sah Sophie an. Ihr Herz pochte laut. »Das habe ich auch«, unterbrach sie Sophie. Sie wickelte eine lose Haarsträhne um ihren Finger. »Und dieses Mal möchte ich den Anfang machen. Ich habe schon viel zu lange gewartet.« Ihr Hals fühlte sich plötzlich ganz trocken an. Sie räusperte sich. Sie musste Sophie endlich ihre Gefühle gestehen. »So etwas wie mit dir ist mir noch nie passiert. Lange habe ich versucht, mich dagegen zu wehren und meiner Karriere den Vorzug zu geben, aber dann habe ich gemerkt, dass ich das nicht kann.« Hannah blickte Sophie tief in die Augen. »Sophie, ich liebe dich! Und aus diesem Grund hatte ich mir überlegt, nicht nach England zu gehen. Ich wollte bei dir bleiben. Deswegen war ich bei meinem Chef, um die Kündigung zurückzunehmen.«

Sophie schaute Hannah ungläubig an. Was meinte Hannah damit? Und warum sprach sie in der Vergangenheit?

»Aber so weit ist es gar nicht gekommen.« Über den Tisch hinweg suchte Hannah Sophies Hände. Als sie sie endlich gefunden hatte, ergriff sie diese behutsam. Ein sanftes Prickeln überzog ihre Haut. »Mein Chef hat mir ein viel besseres Angebot gemacht.« Sie lächelte Sophie an. »Kurz gesagt, ich werde nur für einen Monat nach England gehen und dann den Rest der Zeit in Bochum bleiben.«

Alles um Sophie herum drehte sich. Ein Lächeln umspielte ihre Lippen. »Ach Hannah«, seufzte sie. Sie liebte Hannah auch. Endlich war sie sich ganz sicher. »Ich …«, wollte sie gerade ansetzen. Genau in diesem Moment ertönten die ersten Takte von *Queen of my heart*. Es war das Lied, zu dem Sophie und Tobias immer wieder geübt hatten. Sophie war sich sicher, dass Tobias es sich gewünscht hatte. Für Sophie. Und für Hannah.

Nach dieser langen Zeit konnte ihre Liebeserklärung noch einen Augenblick warten. Und war das Tanzen nicht auch eine Art Liebeserklärung an Hannah? »Darf ich bitten?« Sophie sah Hannah tief in die Augen, während sie noch ihre Hände festhielt.

Überrascht erwiderte Hannah Sophies Blick. Doch als sie merkte, dass Sophie das ernst meint, lächelte sie. »Gern.« Sie standen auf, und Sophie führte Hannah zur Tanzfläche. Erst jetzt hatte Hannah Gelegenheit, Sophie ausführlich zu studieren. Sophie trug ein schwarzes, enganliegendes Kleid, unter dem sich ihre Rundungen abzeichneten. Ihre sportlichen Beine wirkten durch die eleganten Tanzschuhe noch länger. Ihre blonden Haare hatte sie mit ein wenig Haarspray in Form gebracht. An ihrem schlanken Hals trug sie eine silberne Kette. Sophie war die schönste Frau des Abends. Das war sicher.

Am Rande der Tanzfläche angekommen, beugte sich Sophie dicht zu Hannah. Hannahs berauschender Duft stieg ihr in die Nase. »Allerdings kann ich nur die Frauenschritte. Du müsstest mich führen«, wisperte sie Hannah zu. Ihre Lippen berührten für einen winzigen Moment Hannahs Wange und hinterließen einen kleinen, feuchten Fleck.

Kleine Stromstöße jagten durch Hannahs Körper. »Das wäre mir ein Vergnügen.«

Die beiden nahmen Haltung an. Hannahs rechte Hand legte sich an Sophies linkes Schulterblatt. Ihre Oberkörper schmiegten sich so eng aneinander, dass ihre Brüste sich berührten. Ihre Gesichter lagen nur wenige Millimeter voneinander entfernt. Hannahs Atem kitzelte Sophies Haut. Dabei hauchte sie einen zarten Kuss auf Sophies Wange, der Sophie heiß und kalt werden ließ.

Sophie holte tief Luft. Ihre ganze Sicherheit, was die Tanzschritte anging, schien in Hannahs Gegenwart wie weggeblasen.

Aber als Hannah den ersten Schritt des Langsamen Walzers machte, folgte Sophie ihr wie von selbst. Gemeinsam glitten sie über das Parkett, als hätten sie nie etwas anderes gemacht.

Sophies Lippen kamen Hannahs gefährlich nah. Hannah konnte sie beinahe an ihrem Mund spüren. Wie gern hätte Hannah Sophie geküsst. Aber vorher hatten sie noch einiges zu klären. Hannah drehte Sophie über die Tanzfläche.

Sophies Daumen kreiste über Hannahs nackte Schulter.

Eine Gänsehaut wanderte Hannahs Rücken hinunter. »So kann ich mich nicht aufs Tanzen konzentrieren«, raunte Hannah Sophie zu.

»Ich kann mich in deiner Gegenwart auf nichts konzentrieren.« Sophie beugte sich noch ein weniger näher zu Hannah.

»Seit wann kannst du denn eigentlich tanzen?«, fragte Hannah.

Sophie Wangen erröteten. »Na ja, können ist wohl übertrieben«, stammelte sie.

»Du machst das großartig.« Hannah schloss ihre Augen. Mit ihrer Wange berührte sie Sophies warme Haut. Das Ziehen in ihrem Bauch verstärkte sich.

»Tobias hat es mir beigebracht.« Sophie machte eine kurze Pause. »Ich wollte dich damit überraschen.«

Hannah lächelte. »Das ist dir gelungen.« Mittlerweile hatte das Lied geendet. Hannahs Finger streichelten durch Sophie Haare, fuhren ihre Wangenknochen entlang bis zu ihren Lippen. Mit ihren Daumen glitt sie zärtlich darüber. »Das war die schönste Überraschung, die du mir machen konntest.«

Das nächste Lied ertönte. »Kannst du auch Cha-Cha-Cha?«, wollte Hannah wissen.

Sophie nickte nur. Hannahs Berührungen brachten sie ganz durcheinander. Sie hatte das Gefühl, der Boden unter ihren Füßen gäbe nach.

Aber Hannah hielt Sophie fest und zog sie wieder an sich, um Sophie über die Tanzfläche zu führen. Dieses Mal ging es etwas temporeicher zu. Hannah führte Sophie sanft, aber bestimmt. Und Sophie ließ es geschehen. In Hannahs Armen fühlte sie sich sicher und geborgen. Sie vertraute Hannah, auch auf dem Parkett.

Ein Ruck an Sophies Schulter ließ sie zusammenzucken. Erschrocken drehte sie sich um und starrte geradewegs in Alinas Augen.

»Alina.« Sophies Stimme klang kühl und reserviert. Ihre Augen verdunkelten sich. »Was willst du?«, fragte sie barsch.

Hannah spürte einen heftigen Stich in ihrer Brust. Alina. Vielleicht war es doch noch nicht beendet. Ihre Fingernägel bohrten sich in ihre Handfläche.

»Sophie, ich habe dich so vermisst.« Alina versuchte, Sophie zu umarmen. Dabei fiel ihr Blick auf Hannah, die sich von Sophie gelöst hatte und zur Seite ausgewichen war. »Was will die denn hier?«, schrie sie. »Was machst du mit der hier?« Alinas Augenbrauen zogen sich bedrohlich zusammen.

Es fühlte sich an, als ob sich ein Messer in Hannah Brust drehte. Langsam und quälend. Sie hatte so gehofft, dass sich Sophie tatsächlich von Alina getrennt hatte und dass sie wirklich keine Gefühle mehr für Alina hatte. Aber vielleicht war diese Geschichte mit Alina doch noch nicht aus der Welt und es gab am Ende für Sophie und sie keine wirkliche Chance. Hannahs Kehle schien wie zugeschnürt. Es könnte alles so schön werden, wenn Alina nicht erneut dazwischenfunken würde.

Sophie ging einen Schritt zurück, um den Armen ihrer Exfreundin auszuweichen. »Bist du verrückt, hier aufzutauchen? Was willst du hier? Wie kommst du überhaupt hierher?« Auf Sophies Stirn bildeten sich tiefe Falten.

»Du hast vergessen, mir meinen Schlüssel wegzunehmen, als du bei mir in Hamburg warst«, sagte Alina laut. »Und wenn du auf deinen Schreibtisch diesen Flyer für diesen Tanzabend liegenlässt und dann auch noch ein großes Herz darum malst, dann bist du selbst schuld, wenn ich dich finde«, keifte sie.

»Was fällt dir ein, einfach in meine Wohnung zu gehen? Und mich dann auch noch zu verfolgen?«, tobte Sophie wutentbrannt. Das konnte nicht wahr sein. Was bildete sich Alina ein?

»Sophie, ich liebe dich! Du kannst das doch nicht einfach aufgeben.« Alina ging erneut ein Stück auf Sophie zu.

Hannah hatte das Gefühl, als läge in ihrem Magen ein schwerer Stein. Bis vor wenigen Augenblicken war es noch der schönste Abend, den sie sich hätte ausmalen können. Und jetzt …

Das Herz klopfte ihr bis zum Hals. Hatte sich Sophie wirklich gegen Alina entschieden? So viele Jahre konnte man schließlich nicht einfach vergessen. Hannahs Beine drohten nachzugeben.

»Ich dich aber nicht mehr. Versteh das endlich, Alina. Ich habe dir doch gesagt, dass ich dich nie mehr wiedersehen will«, herrschte Sophie Alina an.

»Du kannst doch nicht alles wegwerfen, was wir hatten. Wir gehören doch zusammen«, schnaubte Alina. Aufgebracht griff sie nach Sophies Schultern.

»Alina, es gibt kein Wir mehr. Nie wieder. Sieh das endlich ein!« Sophies Augen fixierten Alina eindringlich. »Und jetzt verschwinde von hier.«

Alina machte jedoch keine Anstalten, sich von der Stelle zu bewegen. »So einfach kannst du uns doch nicht aufgeben. Wegen dieser dahergelaufenen Schlampe«, zischte sie. »Die ist es doch, mit der du mich betrogen hast. Gib es endlich zu!«

Bestimmt drängte Sophie Alina zur Seite. »Pass auf, was du sagst!«, drohte sie Alina. Lange konnte sie sich nicht mehr zurückhalten. »Und eins kannst du mir glauben: Ich habe mir diese Entscheidung nicht leichtgemacht, aber es ist mir sehr ernst. Ich will dich nie wieder sehen. Hau ab.«

Hannah bemerkte, dass Sophie am ganzen Körper zitterte. Ihre Finger hatten sich zu Fäusten verkrampft.

»Es ist dir also wirklich ernst?« Alina stemmte ihre Hände in die Seiten.

»Ja«, war alles, was Sophie erwiderte. Für sie war diese Sache damit ein für alle Mal erledigt. Sie nahm Hannahs Hand und drehte sich zu ihr. »Es tut mir so unendlich leid.«

Ein warmer Strom durchfloss Hannah. Sophie hatte sich entschieden. Ganz eindeutig. Für sie. Für Hannah.

Mittlerweile waren Tobias und Jan, die die Szene beobachtet hatten, dazugekommen. »Hast du nicht gehört, was Sophie gesagt hat?«, fragte Tobias Alina bestimmt.

Ohne Sophie noch eines weiteren Blickes zu würdigen, drehte sich Alina um und stampfte davon.

Hannah stellte sich vor Sophie. Ihre Hände strichen Sophies Arme entlang. »Du kannst doch nichts dafür.«

»Alina kann so ein Biest sein. Und jetzt hast du es auch noch abbekommen. Entschuldige«, bat Sophie leise.

»Wenn sich einer entschuldigen muss, dann Alina«, sagte Hannah, während ihre Finger durch Sophies Haare fuhren.

Sophie nickte. »Du hast recht.« Sie atmete tief aus. »Hannah ...«, setzte sie an. »Was ich nach deinem Geburtstag zu dir gesagt habe, das meine ich ernst. Immer noch.« Ihre Blicke trafen sich. »Hannah, ich liebe dich«, sprach sie erneut die drei Worte aus, die Hannahs Welt vor zwei Wochen ins Wanken gebracht hatten. Dieses Mal zauberten sie ein Lächeln auf Hannahs Gesicht. Ihrem gemeinsamen Glück stand nichts mehr im Wege.

Sophies Herz schlug schneller. »Meinst du, du kannst mir ... du kannst uns noch eine Chance geben?«

»O Sophie!« Überglücklich strahlte Hannah Sophie an. »Natürlich. Es ist das Schönste, was ich mir vorstellen kann.« Sie zog Sophie näher zu sich, bis sich ihre Lippen trafen und zu einem unendlich langen Kuss verschmolzen.

Wie gut es sich anfühlte!

»Jetzt kann uns nichts mehr trennen«, flüsterte Hannah nach einer Weile.

Sophie schmiegte sich an Hannah. »Du hast recht.«

In diesem Moment begann die Musik aufs Neue.

»Hast du Lust auf einen zweiten Walzer?«, fragte Hannah.

Sophie grinste. »Mit dir immer.«

ENDE

## Weitere Titel der édition el!es

### Ruth Gogoll: Ein paar Tage Zärtlichkeit

Erotischer Liebesroman

Gina und Teri sind kein Liebespaar. Sagt Gina zumindest. Nur der Zufall hat sie zusammengeführt, über den Wolken, als sie nebeneinander im Flugzeug saßen. Obwohl Teri nicht auf kurzzeitige Affären aus ist, gibt es einen besonderen Grund, warum sie an Weihnachten nicht allein sein will. Deshalb läßt sie sich auf die Affäre mit Gina ein.
Sie verleben eine berauschende Weihnachtszeit miteinander, danach gehen sie wieder getrennte Wege. Doch Teri hat sich verliebt, während Gina mühelos in die üblichen Affären zurückzugleiten scheint.
Waren »ein paar Tage Zärtlichkeit« wirklich alles, was Teri erwarten konnte?

### Maren Frank: Irischer Liebessommer

Erotischer Liebesroman

Als Zeugin eines Verbrechens wird Stefanie Gardner ins Zeugenschutzprogramm aufgenommen. Zusammen mit ihrer Leibwächterin Gundula, genannt Gun, wird Steffi für einige Zeit in Irland versteckt. Die Leichtigkeit des irischen Sommers läßt Gefühle entstehen, gegen die sich beide nicht lange wehren können ... die Tage vergehen voller erotischer Abenteuer. Da trifft die Nachricht ein, daß die Täter gefaßt seien und Steffi wieder gefahrlos nach Deutschland zurückkehren könne. Wird sie ihre Leibwächterin nun tatsächlich nicht mehr brauchen?

### Catherine Fox: Der Liebe auf der Spur

Erotischer Liebesroman

Während eines Praktikums im Morddezernat lernt die Studentin Karen die Kommissarin Diane kennen. Beide verstehen sich auf Anhieb. Die Aufklärung des Mordanschlages auf einen Stadtratsabgeordneten bringt sie auch privat näher. Doch Karens manchmal äußerst merkwürdiges Verhalten bringt Diane immer wieder durcheinander, bis Karen eines Tages spurlos verschwindet. Die Kommissarin beginnt fieberhaft zu ermitteln ...

## Sal Mathews: Stan und Lea

Erotischer Liebesroman

Die Malerin Stan verliebt sich Hals über Kopf in die attraktive Goldschmiedin Lea und bittet sie, ihr für ein Bild Modell zu sitzen. Dabei kommen die beiden sich näher, aber Lea ist immer noch hetero. Oder wird sich das auf ihrer gemeinsamen Reise nach Schottland ändern? Denn Lea spürt zwar die Anziehungskraft, die Stans Liebe auf sie ausübt, aber sie war noch nie mit einer Frau zusammen und will Stan keine Versprechungen machen, die sie vielleicht nicht halten kann ...

## Alison Barnard: Spaziergang im Regen

Erotischer Liebesroman

Es ist eine eine einmalige Chance für ihre Karriere: Schauspielerin Shara Quinn soll in einem Film die faszinierende, offen lesbisch lebende Dirigentin Jessa Hanson verkörpern. Während der Vorbereitungen auf die Rolle kommen sich Shara und Jessa unerwartet nah, aber eine Liebesbeziehung zwischen ihnen würde allem widersprechen, was die Welt von ihnen erwartet. Zudem ist Shara doch zweifellos hetero ... oder vielleicht doch nicht?

## Julia Schöning: Lass es Liebe sein

Erotischer Liebesroman

Um ihrem Leben nach einer Trennung eine neue Richtung zu geben, beschließt die Versicherungskauffrau Sarah sich von ihren langen Haaren zu trennen, nicht ahnend, dass der Friseurbesuch ihr Leben gehörig durcheinanderbringen wird. Denn die rationale und konservative Sarah verliebt sich in ihre völlig gegensätzliche Friseurin, die unkonventionelle, impulsive und freiheitsliebende Katja. Einige Zufälle führen dazu, dass die beiden eine leidenschaftliche Nacht miteinander verbringen, doch danach wird deutlich, dass Katja nicht an einer Beziehung interessiert ist. Sarah ist verzweifelt, denn sie wünscht sich, dass es auch bei Katja Liebe sein möge ...

## Annette Schniter: Mach mal halblang, Babe

Erotischer Liebesroman

Celines Vorgesetzte ist ungemein attraktiv, aber offensichtlich hetero. Dennoch spielen Celines Hormone bei jeder Begegnung verrückt. Gleichzeitig ist da noch eine Chatbekanntschaft, die Celine auf eine andere Art in ihren Bann zieht. Als die Zeit gekommen ist, endlich die virtuelle Welt zu verlassen, wissen beide, daß nun ganz neue Schwierigkeiten auf sie zukommen werden. Mit den tatsächlich eintretenden Problemen hat jedoch keine gerechnet ...

## Toni Lucas: Zeit der Versuchung

Erotischer Liebesroman

Der Australienexpertin Sarah Jansen werden zwar die Fördergelder für ihr neuestes Projekt nicht bewilligt, doch sie erhält unerwartet die Chance, sich gemeinsam mit der attraktiven, aber seltsam distanzierten Fotografin Florentine auf eine Reise quer durch den australischen Kontinent zu begeben. Beide kommen sich näher und scheinen durchaus füreinander geschaffen, wenn da nicht noch Carmen, Sarahs langjährige Partnerin, und Marisol, Florentines tote Geliebte, wären. Es beginnt eine Zeit der Versuchung, in der sich jede der Frauen darüber klarwerden muss, was wirklich für sie wichtig ist.

## Annette Schniter: Mach mal halblang, Babe

Erotischer Liebesroman

Celines Vorgesetzte ist ungemein attraktiv, aber offensichtlich hetero. Dennoch spielen Celines Hormone bei jeder Begegnung verrückt. Gleichzeitig ist da noch eine Chatbekanntschaft, die Celine auf eine andere Art in ihren Bann zieht. Als die Zeit gekommen ist, endlich die virtuelle Welt zu verlassen, wissen beide, daß nun ganz neue Schwierigkeiten auf sie zukommen werden. Mit den tatsächlich eintretenden Problemen hat jedoch keine gerechnet ...

## Julia Arden: Mein Geheimnis bist du

Liebesroman

Mareike Holländer schnappt Andrea einen wichtigen Posten vor der Nase weg – ausreichend Grund, auf die neue Kollegin wütend zu sein. Dennoch schleichen sich zärtliche Gefühle in das kühle Verhältnis. Aber Mareike ist liiert. Während Andrea noch versucht herauszufinden, wie ernst diese Liaison ist, taucht Laura auf, Mareikes große Liebe. In der Vergangenheit hatte Laura zwar Mareike mehr als einmal sitzengelassen, dennoch ist Mareike ihr immer wieder aufs neue verfallen ... also bleibt Andrea nichts weiter übrig, als ihre Gefühle vor Mareike zu verbergen ...

## Toni Lucas: Paar für ein Jahr

Die Pierrots tanzen weiter

Leas Glück scheint perfekt. Lilia hat sich tatsächlich für sie entschieden und ist bei ihr eingezogen. Doch wie kann sie mit einer Frau zusammenleben, die gerade erst dabei ist, sich selbst zu finden und die so ganz eigene Vorstellungen von einer Beziehung hat?
Ihr bleibt nur ein Jahr, um das herauszufinden ...

## Victoria Pearl: Aller Anfang geht daneben

Erotischer Liebesroman

Als Simone sich in die umwerfend attraktive Autorin Bettina verliebt, ahnt sie nicht, was noch auf sie zukommen wird. Sie und Bettina verleben eine wundervolle, berauschende Zeit, die jedoch durch das plötzliche Auftauchen von Bettinas Exfreundin Linda jäh gestört wird. Linda lässt sich bei Bettina häuslich nieder. Braucht sie nach einer schweren Zeit wirklich nur etwas freundschaftliche Unterstützung von ihrer Exfreundin, oder verfolgt sie andere Ziele?

## Corina Ehnert: Eine WG zum Verlieben (Band 2: »Katrin«)

Liebesroman

Die Polizistin Katrin Brant ist nach einer gescheiterten Beziehung mit Paula wieder Single und fest integriert in den Freundeskreis rund um die WG aus der Pfeiffstraße. Sie ist glücklich mit ihrem Leben und hält sich für eine gestandene Frau. Als Alex (mit der sie im ersten Band eine Affäre hatte) mit ihrer Freundin Nico in eine gemeinsame Wohnung zieht, sucht die WG eine neue Mitbewohnerin. Eine der Bewerberinnen ist die Journalistin Hanna Reuters, von der Katrin sofort fasziniert ist. Aber schnell stellt sich heraus, daß es nicht so einfach ist, diese Faszination zu leben …

## Maren Frank: Liebe in Schottland

Liebesroman

Wie ein Blitz trifft es die junge Archäologiestudentin Nathalie, als sie auf einer Party die schöne Eileen kennenlernt. Zwar ist die Begegnung kurz, doch geht die attraktive Frau mit den smaragdgrünen Augen Nathalie nicht mehr aus dem Kopf. Und nicht nur die Liebe bereitet Nathalie Sorgen. Nachdem sie ihren Job verloren hat, braucht sie schleunigst einen neuen. Tatsächlich ergibt sich schon bald etwas, doch Nathalie ahnt nicht, was dabei alles auf sie zukommt …

## Brenda L. Miller: Mein Herz bewacht dich

Liebesroman

Grace, pubertierender Teenager, wird für sechs Monate in ein Boot Camp geschickt. Dort lernt sie zu gehorchen, wird aber auch von der strengen Ausbilderin Carey ermuntert, ihre Nase in Bücher zu stecken und zu lernen. Denn Grace ist nicht unbegabt. Nach einiger Zeit jedoch wird das Verhältnis zwischen Grace und Carey immer freundschaftlicher – und liebevoller …

## Erotische Adventsgeschichten

Mit Geschichten von Catherine Fox, Maren Frank, Heike Fremmer, Ruth Gogoll, Julia Schöning u.a.

Erzählungen um alte Freundinnen, die sich wiedersehen, und neue Freundinnen, die sich finden, um die Suche nach der Liebe unterm Weihnachtsbaum, die trotz aller Schwierigkeiten immer gut endet, und um die Hoffnung, daß eines der Geschenke die Frau sein möge, nach der man sich schon so lange sehnt ...

## Julia Schöning: Verirrte Herzen

Erotischer Liebesroman

Anne, ihre vierjährige Tochter Lilly und Caro sind eine glückliche Familie. Doch als Lilly in den Kindergarten kommt und Anne beschließt, wieder halbtags zu arbeiten, bekommt die Beziehung Risse. Die erfolgreiche Anwältin Caro schafft es nicht, Anne im Haushalt zu unterstützen. Als Anne dann auch noch die geheimnisvolle Nora kennenlernt, die mit ihrer faszinierenden Ausstrahlung Verwirrung stiftet, scheint das Glück der kleinen Familie ernsthaft bedroht.
Können Caro und Anne ihre Gefühle füreinander bewahren und wieder zueinanderfinden?

## Tina Grasses: Das Geheimnis der Nebelinsel

Lesbischer Fantasy-Roman

Die Sensei Iliska begegnet der Schwertkämpferin Shiree. Die beiden kommen sich näher, doch dann verschwindet Iliskas Freundin Beth unter dramatischen Umständen. Zur gleichen Zeit folgt Karimah einer geheimnisvollen Vision und findet in Beth ihre große Liebe. Doch ihr Glück wird überschattet von einer uralten Gefahr. Die vier Kriegerinnen nehmen den Kampf auf, doch wird es für Karimah und Beth eine gemeinsame Zukunft geben?

## Shari J. Berman: Herz ist Trumpf

Erotischer Liebesroman

Die junge Journalistin Rachel lernt auf einem Lesbenpokerabend die verführerische, etwas ältere Eden kennen – ein erotisches Abenteuer beginnt, das schnell zu Liebe wird. Obwohl zunächst alles perfekt scheint, bleibt die Vertreibung aus dem Paradies nicht aus und stellt die Beziehung auf eine harte Zerreißprobe.
Sind die Bande zwischen Rachel und Eden stark genug, die dramatischen Ereignisse zu überstehen?

## Julia Arden: Liebe unerwünscht

Liebesroman

Jennifer Feiler ist knallharte Geschäftsfrau und bekannt für ihre Affären. Auch der Flirt mit der attraktiven Ärztin Caroline stellt keine Ausnahme dar, doch Caroline weist Jennifer ab. Caroline fühlt sich zwar mehr zu Jennifer hingezogen, als ihr lieb ist, aber Jennifer ist nicht die Frau, der man sein Herz schenken sollte – für tiefere Gefühle hat sie keine Verwendung: Liebe ist ihr unerwünscht.

## Victoria Pearl: Das zwischen uns

Erotischer Liebesroman

Jasmin hat es sich recht gemütlich im Junggesellinnendasein eingerichtet, als eine atemberaubende Schönheit ihre Buchhandlung betritt. Sie verlieren sich aus den Augen, sie sehen sich wieder – und es beginnt etwas, das Jasmin »Beziehung« nennt. Ihre Geliebte hält sich jedoch einiges offen. Ständig lernen sie neue Frauen kennen, von denen Jasmin nie weiß, wie nahe sie und ihre Geliebte sich kommen. Geduldig erträgt sie die Spielchen, doch kann eine solche Beziehung wirklich ewig dauern?

## Corina Ehnert: Eine WG zum Verlieben (Band 1: »Alex«)

Liebesroman

Eine Lesben-WG, in der es drunter und drüber geht: Alex kann sich nicht zwischen Katrin und Nico entscheiden, obwohl Nico eigentlich Paulas Blind Date ist; Casanova Franzi wandelt plötzlich auf monogamen Pfaden, und Thea kriegt irgendwie nie eine Frau ab. Verwicklungen und Verzwicklungen bleiben spannend bis zum Schluß – an dem sich die Fäden entwirren. . . . oder?

## Catherine Fox: Achterbahn der Gefühle

Liebesroman

Jessica will heiraten und hält sich für glücklich, als sie von ihren Freundinnen eine Junggesellinnenreise geschenkt bekommt. Auf einem Reiterhof soll sie ihrem Hobby frönen und die letzten Tage Freiheit genießen. Doch mit der Entspannung ist es bald vorbei, denn sie trifft Kim, die ihren Gefühlshaushalt gehörig durcheinanderbringt. Sie gerät in einen Strudel leidenschaftlicher Gefühle, erfährt eine Zärtlichkeit, die sie nicht kannte. Sie verliebt sich in Kim, aber was wird bleiben, wenn sie wieder zu Hause im alten Trott versinkt?

## Ruth Gogoll: Zwei Welten

Erotischer Liebesroman

Wer sich etwas wünscht, sollte vorsichtig sein bei der Formulierung. Nico jedenfalls war es nicht und landet inmitten einer schrecklich netten Familie im Herzen der Heterosexualität: Häuschen in der Vorstadt, Ehegatte geht morgens brav zur Arbeit, die Kinder quengeln, die Nachbarinnen tratschen ... Da taucht in dieser Heterohölle ein ganz normales (lesbisches) Paar auf, und Nico verliebt sich. Wie kann sie aber in ihre eigene Welt zurückkehren und gleichzeitig diese Liebe aus der anderen Welt bewahren?

## Anthologie »Lesbisches Jugendbuch«

Kurzgeschichten

In dieser Anthologie werden die Geschichten der Gewinnerinnen aus unserem Schreibwettbewerb »Lesbisches Jugendbuch« veröffentlicht. Geschichten von Jugendlichen für Jugendliche – ausgewählt vom Literaturteam des Jugendzentrums *anyway* in Köln.

## Hanna Berghoff: Du bist die Welt für mich

Liebesroman

Ein Bauernhof inmitten Deutschlands: Die Fehde zwischen den Schwestern Veronika und Franziska Perner vertieft sich, als die neue Tierärztin Dr. Jutta Adler mit frischen Ideen und Behandlungsmethoden gehörig Staub aufwirbelt. Aus Liebe (zu den Tieren und zur Tierärztin) beginnt Veronika in München Veterinärmedizin zu studieren, doch Franziska läßt nichts unversucht, um dem Liebesglück ein jähes Ende zu bereiten. Als dann noch die Zukunft des Hofes auf dem Spiel steht, muß Veronika eine schwere Entscheidung fällen ...

## Toni Lucas: Vom Tanz der Pierrots

Liebesroman

Nach einem nicht ganz freiwilligen One-night-stand wird Lea aus ihrer bequemen, langjährigen Beziehung herauskatapultiert. Sie zieht in eine Kleinstadt, die trostloser nicht sein kann. Nur ihre verheiratete Kollegin Lilia bringt Farbe in den Alltag, und nach einiger Zeit mangelt es auch an Erotik nicht. Allerdings scheinen die beiden zunächst doch nicht füreinander geschaffen – oder müssen sie erst einmal auseinandergehen, um schließlich zueinander zu finden?